폭력의 법칙
사랑의 법칙

# 폭력의 법칙
# 사랑의 법칙

변춘란 · 박미정 옮김  바다출판사

톨스토이

일러두기

- 이 책은 러시아 국립문학출판사(모스크바, 1928~1958)가 출간한《톨스토이 전집》중 제37권과 38권에서 비폭력주의와 반전평화에 관한 글들을 뽑아 번역한 것입니다.
- 이 책에 나오는 성경구절은 개역개정판《성경전서》를 기본으로 하되 옮긴이가 원문 내용을 반영하여 번역하였습니다.
- 각주 중 끝에 '옮긴이'라고 표시한 것은 옮긴이가 독자의 이해를 돕기 위해 추가한 것입니다.
- 인명, 지명을 비롯한 외래어는 국립국어원의 외래어표기법을 따랐으나 몇몇 경우 일상적으로 널리 쓰이는 용례가 있으면 이를 참고하였습니다.
- 단행본과 정기간행물 등은 겹화살괄호(《 》)로 표기하였으며, 단편·시·논문·기사·장절 등의 제목은 홑화살괄호(〈 〉)로 표기하였습니다.

# 목차

육신은 죽이나 영혼은 죽일 능력이 없는 자들을 두려워하지
말고, 육신과 영혼을 공히 멸하실 이를 더욱 두려워하라.

마태복음 10:28

기독교가 왜곡된 결과 기독교 민족의 삶은 이교도들의 삶보
다 못한 것이 되었다.

현존하는 삶의 죄악을 시정하는 일은 다른 무엇도 아닌 오
직 종교적인 거짓을 폭로하고 개인들이 내적으로 종교적 진
리를 확립하는 데서 시작된다.

비합리적인 삶의 고통은 합리적인 삶의 필연성 자각으로 이

어진다.

전 인류와 개인들이 겪는 온갖 재난은 무용한 것이 아니다. 그것은 비록 우회로이기는 하나 사람들에게 예정된 하나의 활동 즉 인류를 완성으로 이끌어간다.


## 서언

심판은 빛이 세상에 왔으나 사람들의 과업이 악함으로 인하여 그들이 빛보다 암흑을 더 사랑한다는 데 있느니라. 악행을 저지르는 자마다 빛을 미워하며 빛으로 향하지 아니하니, 이는 그의 악행이 드러날까 하는 것이다. 진리에 따라 행하는 자는 빛을 향하나니 과업이 하나님 안에서 수행된 것이므로 그 과업이 분명해지게 하려 함이라.

요한복음 3:19~21


진리가 사람의 본모습을 들춰내지는 않나 하여 진리를 두려워하는 것보다 더한 불행은 없다.

파스칼


선량한 자들의 영광은 그들의 양심에 있지, 그들의 말에 있는 게 아니다.

지금 내가 이 글을 쓰는 이유는 오직 기독교 세계 사람들이 점점 더 빠져드는 저 끔찍한 육체적 고통과 특히 정신적 타락의 수렁에서 그들을 구할 수 있는 한 가지 방법을 알고 있기 때문이다. 나는 이제 죽음의 관 어귀에 선 자로서 침묵할 수가 없다.

　오늘날 사유하는 사람들 모두에게 분명할 수밖에 없는 사실이 있다. 단지 러시아 사람들만이 아닌 기독교 세계의 모든 국가의 생활 속에서 가난한 사람들의 곤궁과 부유한 사람들의 사치는 더욱 확대되고, 만인의 만인에 대한 투쟁이 벌어진다. 혁명가들은 정부에 반대하고 정부는 혁명가들에게 반대하며, 노예화된 민족들은 압제자들에 반대한다. 국가 간의 투쟁이 벌어지고 동과 서가 투쟁을 벌인다. 무장이 더더욱 강화되어 민족의 역량을 삼킬 것이고 그런 일들은 세련되게 행해지고 타락을 동반할 것이다. 그러한 삶이 지속될 수는 없다. 또한 기독교 민족들의 삶은 변화가 없다면 불가피하게 더욱더 참담하기 짝이 없게 변해갈 것이다.

　이는 많은 이들에게 명확하지만, 애석하게도 사람들은 이러한 참담한 처지의 원인을 알지 못하는 경우가 빈번하고 거기서 벗어나는 수단을 아는 경우는 더욱더 드물다. 이러한 처지의 원인으로는 많은 것, 아주 다양한 조건들이 거론되며 거기서 구제되는 수단 또한 다양하게 제기되고 있다. 그런데 원인은 하나이며, 벗어나는 수단 또한 하나이다.

　기독교 국가들의 참담한 상태의 원인은 기독교 국가들 사이에 그들 모두에게 공통적이고 드높은 삶의 의미와 신앙의 의미 이해 그리고 거기서 흘러나오는 행위 지침이 부재하기 때문이다.

이러한 참담한 처지에서 벗어나는 수단, 그것도 환상적이거나 인위적이지 않은 자연스러운 수단은, 19세기 전에 계시받은 것이며 지금 인류의 나이에 걸맞은 드높은 삶의 이해와 거기서 흘러나오는 행동 지침, 즉 **참된 의미의 그리스도의 가르침**을 기독교 세계 사람들이 수용하는 데 있다.

## I

거칠기 그지없는 미신들 가운데 하나는 인간이 신앙 없이 살 수 있다는 과학적인 자들의 미신이다.

참된 종교는 인간이 자신을 둘러싼 무한한 생명과 관련해 스스로 설정한 태도이며, 그것은 생명을 저 무한성과 연계시켜서 그의 행동을 지도한다.

그대에게 신앙이 없음을 깨달았다면, 그대는 인간이 이 세상에서 처할 수 있는 가장 위험한 상태에 있음을 알라.

사람들은 특유의 이성적이며 화목한 삶을 살 수 있으며

살아가고 있기도 하다. 다만 그런 삶은 사람들이 인생의 의미에 대한 이해, 즉 그들 대다수를 한결같이 만족시키는 인생의 의미에 대한 이해 그리고 그런 이해에서 흘러나오는 행동 지침에 대한 똑같은 믿음으로 통합될 때만 가능하다. 일어날 수밖에 없는 일이 일어나는 순간이 있다. 인생의 의미 해명과 거기서 흘러나오는 행위 지침이 결코 최종적이지 않고 계속해서 더욱더 명백해져 가기 때문이다. 그리하여 인생의 의미 파악이 더 정확하고 일정해져 거기서 나오는 예전과는 다른 행위 지침의 해명을 요구하는데도, 어떤 민족 또는 여러 민족의 생활은 예전처럼 이어진다. 이런 경우 그러한 민족들의 생활은 사분오열되고 비참해진다. 게다가 그 사분오열과 비참한 상태는 멈추지 않고 확대되어 간다. 사람들이 어떤 시대 특유의 종교적인 판단과 거기서 흘러나오는 행위 지침을 적용하지 않고, 삶에 대한 시대에 뒤처진 판단에서 나오는 지침에 따라 삶을 살아가기 때문이다. 게다가 사람들은 시대 특유의 종교적인 판단을 수용하는 대신 이미 대다수의 정신적 요구에 합치하지 않는 생활구조를 정당화하는 식의 삶에 대한 견해를 인위적으로 고안하려 애를 쓴다.

역사상 이런 일이 수차 반복되었다. 그러나 내 생각에, 삶의 의미의 종교적인 해명과 거기서 유래하는 행동 지침에서 뒤처진 사람들의 생활방식상의 저 부조화가 지금의 기독교 인민들 가운데 부조화의 양상만큼 큰 적은 결코 없었다. 지금 기독교 인민들은 계시받은 **참된 의미**의 그리스도의 가르침과 거기서 흘러나오는 행위 지침을 받아들이지 않고, 지난날의 이교도적인 삶을 계속하여 살아간다.

기독교 인민들의 생활 속 이러한 부조화가 특히 큰 이유는, 기독교가 인민들의 의식 속에 불어넣은 생의 의미 해명이 기독교를 받아들인 인민들의 삶의 방식과는 너무나 거리가 멀었기 때문이다. 그 결과 그러한 해명에서 비롯한 행동 지침이 사람들의 개인적인 습관만이 아니라 그리스도의 가르침을 받아들인 이교도적 인민들의 기존의 온갖 삶의 방식과도 아주 상반되는 상황이 빚어진 것이다.

이로부터 기독교 인민들의 삶에서의 저 놀라운 분열상, 비도덕성, 비참함, 우둔함이 발생한다.

이런 사태가 벌어진 이유는, 기독교계 사람들이 기독교라는 미명으로 교회식 가르침─기본적으로 무성의와 인위성 면에서만 이단과 구별되는─을 받아들이고는 곧바로 그 가르침을 더 이상 믿지 않게 되었기 때문이다. 거기다 그 가르침을 어떤 다른 것으로 대체하지도 않았다. 그리하여 기독교계 사람들은 왜곡된 기독교적 가르침에 대한 믿음에서 점점 더 벗어나 마침내 오늘날과 같은 처지에 이르렀다. 그들 대다수가 자기 인생의 의미에 대한 어떠한 해명, 다시 말해 어떠한 종교나 믿음, 어떠한 공통된 행위 지침조차 갖고 있지 못한 형편이다. 대다수 즉 노동 인민은 외견상 낡은 교회 신앙을 따르지만, 그 신앙을 믿지도 일상에서 지침으로 삼지도 않는다. 그저 습관상, 관습상 그리고 예의상 따를 뿐이다. 소수의 소위 교양 계급 대부분은 의식적으로는 아무것도 믿지 않으며, 그저 정치적 목적을 위해 그들 가운데 몇몇은 교회 기독교를 믿는 척한다. 또 이들 가운데 극소수는 생활과 양립하지 않고 뒤처진 가르침을 진심으로 믿으며 각종의 복잡한 궤변으로 그 믿음을 정당화하고자 한다.

이것이 오늘날 기독교 민족들이 겪는 비참한 상태의 주되고 유일한 원인이다.

이러한 비참한 상태는 저 불신이 오랜 세월 지속됨으로써 심화하여 다음과 같은 상황을 빚는다. 기독교 세계 사람들 가운데 저 무신앙의 상태가 이로운 자들, 즉 모든 지배 계급이 스스로는 믿지도 않고 믿을 수도 없는 걸 아주 뻔뻔스럽게 믿는 체한다. 특히 그들 가운데 가장 타락한 학자들은 대놓고 설파하기도 한다. 오늘날의 사람들에게는 어떤 인생의 의미 해명, 다시 말해 어떤 신앙도, 신앙에서 흘러나오는 어떤 행위 지침도 필요치 않다고. 인간 삶의 유일한 기본 법칙은 생존을 위한 발전과 생존 투쟁의 법칙이라고. 그런즉 사람들의 인생은 오로지 음욕과 정욕을 지침으로 삼을 수 있고 그래야 한다는 것이다.

이 같은 인민의 무의식적인 불신앙과 소위 교양 계층의 의식적인 신앙 부정이 기독교 세계 사람들이 겪는 역경의 원인이다.

# II

인간은 아무것도 보이지 않으면 아무도 자신을 보지 못한다고 믿는 억제할 수 없는 경향을 지닌다. 마치 자기 모습을 보지 못하도록 제 눈을 감아버리는 아이들처럼 말이다.

리히텐베르크

오늘날 사람들은 소수의 터무니없는 재산과 다수의 시기에 찬 쓰라린 빈곤 및 폭력, 무장, 전쟁 등 삶의 온갖 무분별과 잔인성이 누구에게도 보이지 않고, 그 무엇도 우리가 그런 삶을 지속하는 것을 막지 못한다고 믿는다.

망상이 망상이기를 그치지 않는 이유는 대다수가 그 망상을 나눠 갖기 때문이다.

기독교 세계 사람들은 그리스도의 가르침이라는 미명으로 교회가 왜곡한 교리를 받아들였고, 그것이 이교를 대신하여 애초에는 부분적으로나마 여러 새로운 형식으로 사람들을 만족시켰다. 시간이 지남에 따라 그 왜곡된 기독교마저 더 이상 믿지 않았고, 끝내는 인생에 대한 어떠한 종교적인 이해와 거기서 유래하는 행위 지침이 부재한 상황에 도달했다. 모두에게, 적어도 대다수에게 공통적인 의미의 이해와 거기서 흘러나오는 공통의 행위 지침이 없다면 사람들의 삶은 어리석고 비참해지지 않을 수가 없다. 그렇기에 기독교 세계 사람들의 그 같은 삶은 더 지속될수록 점점 더 불합리하고 비참하게 되어왔다. 이러한 삶이 오늘날에는 더 이상 이전 형태로 지속될 수 없는 불합리하고 비참한 단계에 이르렀다.

땅을 빼앗겨 자기 노동의 산물을 사용할 기회마저 빼앗긴 노동 인민 대부분은 그들을 예속 상태로 얽어매는 토지 소유자와 자본가들을 증오한다. 토지 소유자와 자본가들은 저희에 대한 노동자들의 태도를 알기에 그들을 두려워하고 증오하며, 정부에 의해 조직된 폭력의 도움을 받아 그들을 예속 상태에 붙들어 둔다. 노동자들의 처지는 꾸준히 악화하여 부자들에 대한 그들의 의존도가 높아지고, 부자들의 재산 역시 꾸준히 증가하여 노동 인민에 대한 이들의 권세 그리고 두려움과 증오도 꾸준히 커진다. 더불어 민족과 민족을 적대시하는 끝 모를 군비가 꾸준히 증가한다. 이는 육상, 수상, 수중, 공중 시설물 건설에 점점 더 많은 노예·노동자들의 노동을 사용하는 것으로써, 오로지 국제적인 대량 살상 준비가 그 목적이다.

그러한 살상은 이미 저질러져 왔고, 저질러지고 있으며, 저질러지지 않을 수 없다. 왜냐하면 국가로 통합된 온갖 기독교 민족들(사람들로서가 아니라 국가로서)이 서로 그리고 다른 비기독교 국가들을 증오하며, 언제든 서로를 공격할 준비가 되어 있기 때문이다. 게다가 누구에게도 필요치 않은 모종의 애국적 전통에 기대어 하나 이상의 약소민족을 그들의 의지에 반해 자기 세력권에 두지 않을 기독교 강대국은 하나도 존재하지 않는다. 이에 따라 약소민족들은 자신들이 증오해 마지않는 강대 민족의 생활에 동참을 강요받는 형편에 처한다. 오스트리아, 프로이센, 영국, 러시아, 프랑스가 폴란드, 아일랜드, 인도, 핀란드, 캅카스, 알제리 등 피정복 민족들과 맺는 관계가 그것이다.

그리하여 가난한 사람들의 점차 커져만 가는 부자에 대한 증오, 강대 민족들 쌍방의 그와 같은 증오 말고도 피억압 민족의 억압하는 민족에 대한 증오가 점점 만연해 간다. 그 가운데 최악은 이러한 인간의 본성에 반하는 온갖 증오가, 강대 민족 쌍방이든 피정복민의 정복민에 대한 것이든 그 역이든 상관없이, 사람들 간의 온갖 좋지 못한 감정이 그렇듯 단죄받지 않을 뿐만 아니라 오히려 칭찬받고 업적이나 미덕으로 추앙받는다는 사실이다. 억눌린 노동자들의 부자들과 지배자들에 대한 증오는 자유, 형제애, 평등에 대한 사랑으로 추켜세운다. 프랑스인에 대한 독일인의 증오, 양키[미국인]에 대한 영국인의 증오, 일본인에 대한 러시아인의 증오는 거꾸로 애국주의의 미덕으로 간주된다. 러시아인과 프로이센인 대한 폴란드인의 애국주의적 증오와 폴란드인과 핀란드인에 대한 프로이센인과 러시아인들의 증오와 그 역 또한 그만큼이거나 그 이상으로 높이 평가된다.

그게 다가 아니다. 이러한 온갖 곤경이 아직은 기독교 민족들의 생활이 같은 방향으로 계속될 수 없음을 보여주지는 못할 것이다. 이런 곤경은 우연하고 임시적인 현상일 수도 있다. 만약 이 기독교 민족들 가운데 그들 모두에게 공통적인 어떤 종교적 지도 원리가 존재한다면 말이다. 하지만 그러한 것은 존재하지 않는다. 기독교계 민족들 가운데는 공통적인 종교적 지도 원리와 유사한 어떤 것도 존재하지 않는다. 종교적 거짓과 교회적 거짓이 존재하는바, 그것도 하나가 아니라 여러 가지 다양한 것들이며 서로 적대적이다. 가톨릭, 동방정교, 루터교 등의 거짓이 그것이다. 거기다 학문적인 거짓 역시 아주 다양하며 서로 적대적이다. 또한 정치적·국제적·당파적 거짓에다 예술의 거짓, 전통과 습관의 거짓도 있다. 이처럼 아주 다양한 거짓이 요란하게 많지만, 종교적 세계관에서 흘러나오는 지침, 도덕적 지침은 어떤 것도 존재하지 않는다.

기독교 세계의 사람들은 오직 사적인 이해관계와 서로 간의 투쟁을 생활 지침으로 삼아 짐승처럼 살아간다. 짐승과 차이가 나는 건 짐승들은 태곳적부터 위장과 발톱, 엄니를 한결같이 갖고 있다는 사실뿐이다. 사람들은 흙길에서 철길로, 말에서 증기로, 구두 설교와 필기에서 서적 인쇄, 전신 및 전화로, 돛단배에서 대양의 증기선으로, 창검에서 화약, 대포, 모젤총, 폭탄과 항공기로 갈수록 급속도로 옮겨간다. 전신, 전화, 전기, 폭탄에다 항공기까지 갖추고 만인이 만인을 증오하는 삶, 사람들을 통합하는 어떤 정신적인 원리가

17

아니라 거꾸로 모두를 갈라놓는 동물적 본능이 주도하는 이러한 삶 속에서 사람들은 지적 능력을 자기만족에 활용한다. 이러한 삶은 갈수록 무분별하고 갈수록 비참하게 되어간다.


# III


폭력을 사용하지 않고는 사람들을 이끄는 게 불가능하다고 생각하며 이성을 무시하는 자들은 사람들을 말들과 똑같이 다룬다. 사람들의 눈을 멀게 하여 더 온순하게 원을 그리며 걷게 한다.

사람들의 이성은 대체 무엇을 위한 것인가. 만약 사람들에게 영향을 미칠 수 있는 것이 폭력뿐이라면 말이다.

강자의 권리는 권리가 아니라, 반항과 저항에 부딪히지 않는 동안만 권리일 수 있는 단순 사실이다. 그것은 마치 추위, 어둠, 묵직한 물건 같아서, 난방장치, 불빛, 지렛대를 발견할 때까지는 견뎌야만 한다. 사람들의 각종 생업은 거친 자연의 지배로부터의 해방이다. 공정함의 진보는 강자의 폭정에 가해지는 일련의 제약과 다름없다. 의술의 핵심이 질병에 대한 승리에 있듯, 이로움은 눈먼 야수성과 인간-짐승의 억제되지 않은 음욕에 대한 승리이다. 그리하여 나는 항상 같은 법칙을 보곤 한다. 그것은 개인의 점진적인 해방, 삶 속의 모든 존재가 이로움, 공정성, 지혜를 향해 등정하는 것이다. 탐욕스러운 욕망은 출발점이고, 이성적 관대함은 도달점이다.

앙리 프레데릭 아미엘

폭력으로 사람들을 정의에 복종시키는 것이 가능하다는 데서, 사람들을 폭력에 복종시키는 게 정당하다는 결론이 나오지는 않는다.

파스칼

폭력은 유사 정의만 파생시킬 뿐, 사람들이 폭력 없이 정의롭게 살아갈 가능성을 제거한다.

기독교 세계의 사람들 대다수는 자신의 상황이 갈수록 비참해지고 있음을 느끼며, 그 세계관에 비춰 그들만이 타당하다고 여기는 수단을 자기 구제에 이용한다. 그 수단이라는 게, 어느 한쪽의 다른 한쪽에 대한 폭력이다. 현존 질서가 자신에게 유리하다고 여기는 사람들은 국가 활동이라는 폭력을 동원해 현존 질서를 지키려 하고, 다른 이들은 혁명 활동이라는 똑같은 폭력으로 현존 체제를 누너뜨리고 그 자리에 더 나은 다른 체세를 확립하려 한다.

기독교 세계에는 수많은 혁명과 그 진압이 있었다. 외적인 형태는 여러 번 바뀌었지만, 국가 질서의 본질은 그대로다. 다수에 대한 소수의 지배, 타락, 거짓, 억압당하는 사람들에 대한 지배 계급의 공포, 억눌림, 예속, 몽매, 인민대중의 분노는 형태상 바뀌었어도 본질상 줄어들지 않았을 뿐 아니라 눈에 띄게 커졌고 더 커지고 있다. 지금 러시아에서 저질러지는 일은, 국민 통합 수단을 빙자한 폭력 사용의 무목적성뿐만 아니라 명백한 해독성까지 낱낱이 드러낸다.

최근 모든 신문에서는 어디서 어떻게 계산대가 털렸다거나 어디서 헌병, 장교, 순경이 살해당했다거나 어디서 암살 기도가 발각되었다는 뉴스는 점점 줄어들고, 사형집행과 사형선고 뉴스는 날이 갈수록 잦아지고 있다.

총살형과 교수형이 벌써 한두 해 중단 없이 지속되는 중이고 수천이 처형되었다. 혁명가들의 폭탄에 상처 입거나 찢긴 이들 또한 수천에 이른다. 하지만 최근 지배 세력에 의해 생명을 잃는 자들은 갈수록 많아지고, 혁명 세력에 의해 생명을 잃는 자들은 점점 더 줄어든다는 이유로 지배 계급은 의기양양해 있다. 그들이 승리했고 이제는 폭력으로 속임수를 떠받치고 속임수로 폭력을 떠받치는 보통의 생활을 지속할 수 있으리라 여기는 모양이다.

아주 보수적이든 진보적이든 갖가지 정치 학설의 망상이 사람들을 지금의 참담한 상태로 이끄는 데 일조했다. 그러한 학설이 지닌 망상의 본질은 이 세계 사람들이 폭력을 통해 사람들을 통합시켜 모두가 항거 없이 똑같은 생활 질서와 그에 따른 행동 지침에 복종하게 하는 것이 가능하다고 여겨왔다는 데 있다. 어떤 열정에 굴복하여 사람들은 동의하지 않는 사람들에게 폭력을 써서 자기들의 뜻을 따르도록 강요할 수 있다. 완력을 써서 사람을 밀어내거나 그가 가려고 하지 않는 쪽으로 끌어들일 수도 있다(짐승들은 물론 사람들도 열정에 휩싸인 상태에서 늘 그렇게 행동하기도 한다). 그것은 이해할 법하다. 하지만 폭력이 우리가 원하는 행동을 하도록 사람들을 일깨우는 수단이 될 수 있다는 판단은 전혀 납득이 되지 않는다.

온갖 폭력의 핵심은 일군의 사람들이, 폭력을 당하는 사람들이 원치 않는 일을 행하도록 고통이나 죽음의 위협 아래 강요할 수 있다는 것이다. 그런 까닭에 폭력을 당하는 자들은 폭력 행사자들보다 힘이 약해서 요구사항의 불이행으로 위협받는 처지를 벗어날 수 없는 동안만 원치 않는 일을 하게 된다. 하지만 그들이 더 강해지면, 곧바로 원치 않는 일을 하기를 자연스레 그만둘 뿐만 아니라, 폭력을 행사하던 자들과의 투쟁과 그들로 인해 겪은 모든 일에 분노한 이들이 이번에는 저희에게 쓸모 있고 필요하다고 여기는 일을 그 반대자들에게 행하도록 강요한다. 그런 까닭에 폭력 행사자들과 폭력을 당하는 자들의 투쟁은 결코 사람들을 통합할 수 없고, 오히려 그런 상황이 오래 시속될수록 사람들을 더 갈라놓을 게 분명해 보인다.

사실 이런 말은 굳이 할 필요가 없을 정도로 아주 자명하게 여겨진다. 만약 고래로부터 어떤 이들의 다른 이들에 대한 폭력이 사람들에게 유용하고 그들을 통합할 수 있다는 식의 속임수가 널리 퍼져서 암묵적 동의로 받아들이지 않았더라면 말이다. 폭력이 이로운 사람들뿐만 아니라, 폭력으로 누구보다 더 고통을 당해온 사람들조차 그 속임수를 의심의 여지가 없는 진리로 받아들인다. 이러한 속임수는 기독교 이전과 이후를 막론하고 오랫동안 존재해왔으며, 지금도 기독교권 전체에 걸쳐 여전히 그 영향력을 발휘한다.

기독교가 등장하기 이전 옛날 모습과 현재 기독교권이 보여주는 모습의 차이는, 어떤 이들의 다른 이들에 대한 폭력이 사람들에게 유용하고 그들을 통합할 수 있다는 가정의 근거 없음이 옛적에는 완전히 감춰져 있었다는 것뿐이다. 지금은 그리스도의 가르침 속에 특히 분명히 표현된 진리, 즉 어떤 이들의 다른 이들에 대한 폭력은 사람들을 통합하는 게 아니라 갈라놓을 뿐이라는 진리가 갈수록 분명해지고 있다. 어떤 이들의 다른 이들에 대한 폭력이 고통을 줄뿐더러 합리적이지도 않다는 사실을 깨닫는 순간, 이전에 가만히 폭력을 견뎌온 사람들은 그 즉시 폭력에 격분하여 분노한다.

바로 이런 일들이 지금 각국의 폭력을 당하는 사람들 가운데서 일어나고 있다.

하지만 폭력을 당하는 자들만이 이러한 진리를 점점 더 잘 의식하고 있는 것이 아니라, 오늘날에는 이를 폭력 행사자들도 의식하고 있다. 오늘날 폭력 행사자들 자체 내에서도 폭력을 가함으로써 자신들이 선하고 정의롭게 행동한다는 자신감도 사라졌다. 이러한 망상은 통치자들은 물론 그들과 싸우는 자들에게서도 무너지고 있다. 자기 입장에 사로잡혀서 이쪽과 저쪽 모두, 대개는 거짓인 갖가지 신념을 동원해 폭력이 유용하고 불가피하다고 확신한다. 하지만 영혼 깊은 곳에서는 잔인한 행위를 함으로써 자신들이 원하는 바와 유사한 것밖에 얻지 못하고, 그조차 일시적이며 본질적으로 자신들을 목표에 가까워지게 하는 게 아니라 멀어지게 할 뿐임을 알고 있다.

바로 이러한 의식, 즉 기독교 세계 사람들이 점점 더 명확하게 내면화하는 의식이 그들을 운명적으로 출구로 이끌고 있다. 그 출구만이 그들을 현재의 참담한 처지에서 구할 수 있을 것이다. 출구는 오직 하나, 사람들에게 숨겨진 그리스도의 가르침을 참된 의미 그대로 인류가 받아들이는 것이다. 아직 사람들 대다수에게 그 가르침은 잘 알려지지 않았지만, 거기서 폭력을 배제하는 행위 지침이 흘러온다.

IV

100명 중 1명이 99명을 지배한다면, 이는 공정하지 못하다. 전제주의다. 10명이 90명을 지배하는 것 역시 공정하지 못하다. 그것은 과두정치다. 51명이 49명을 지배한다면(이는 상상일 뿐, 실제로는 51명 가운데 10명 또는 11명이 지배한다), 그때는 완전히 공정하다. 그것이 자유다! 명백하게 터무니없는 이 같은 추론보다 더 우스꽝스러운 게 어디 있겠는가. 그럼에도 이런 추론은 국가 질서를 개선하는 모두의 활동 토대가 된다.

지상의 민족들이 불안에 휩싸여 몸서리치고 있다. 곳곳에서 마치 지진을 예비하는 듯한 어떤 힘의 작동이 감지되고 있다. 인간은 그 어느 때보다 막중한 책임을 지게 되었다. 매 순간 점점 더 중대한 문제가 발생한다. 뭔가 대단한 일이 일어날 것만 같다. 그리스도의 출현을 앞두고도 세상은 위대한 사건을 기대했으나, 정작 그리스도가 오셨을 때는 맞아들이지를 못했다. 지금 역시 그때처럼 세상은 그리스도의 재림을 앞두고 산통을 겪으면서도, 무슨 일이 일어나는지 도통 이해하지 못하는 것일 수 있다.

루시 맬러리

육신은 죽이나 영혼은 죽일 능력이 없는 자들을 두려워하지 말고, 육신과 영혼을 공히 멸하실 이를 더욱 두려워하라.

마태복음 10:28

기독교권 국가들은 고대 국가들이 붕괴 직전에 이르렀던

한계선에 도달하여 오늘날에는 그 한계선을 넘어섰다. 그것은 다음과 같은 사실에서 특히 분명하게 보인다. 오늘날 기술 개선을 향한 온갖 발걸음이 공익에 기여하지 못하고, 도리어 그러한 개선이 사람들의 불행을 확대할 뿐 결코 줄일 수가 없음을 점차 더 명백하게 보여준다. 수중, 지하, 공중, 우주 발사체를 발명하여 사람들을 최고 속력으로 장소 이동시키고, 새로운 장치를 고안해 사람들의 말과 사고를 전파할 수는 있을 것이다. 그러나 이곳저곳으로 이동하는 사람들은 악행 말고는 아무것도 원하지 않으며 그럴 능력도 없다. 그들이 퍼트리는 사고와 말들은 악행 말고는 사람들에게 어떤 다른 동기도 부여할 수가 없다. 날이 갈수록 개선되는 서로에 대한 살상 수단들은 자신을 위험에 빠트리는 일 없이 살인을 가능케 한다. 이런 살상 수단들은 기독교 민족들의 활동이 현재 진행되는 방향으로 지속되기란 불가능함을 점점 더 극명하게 제시할 뿐이다.

지금 기독교 민족들의 삶은 끔찍하다. 그 까닭은 특히 그들을 통합하는 어떠한 도덕적 원리도 부재하며, 인간의 온갖 지적인 성취에도 불구하고 도덕적인 면에서 동물들보다 낮은 수준으로 끌어내리는 불합리성, 주로는 생활상의 비참과 잔인성을 점점 더 교묘하게 숨기는 확고해진 거짓의 복잡성 때문이다.

거짓이 삶의 잔인성을 떠받치고 삶의 잔인성은 갈수록 더 많은 거짓을 요구하여 양쪽 다 눈덩이처럼 걷잡을 수 없이 커지고 있다.

하지만 모든 일에는 끝이 있게 마련이다. 나는 기독교권 민족들의 곤경이 지금 끝 지점에 와 있다고 생각한다.

기독교 세계 사람들의 상황은 끔찍하다. 동시에 그럴 수밖에 없었고 그래야 마땅한 상황이기도 했다. 이제는 기필코 벗어나게 해야 한다. 기독교권 사람들이 겪는 고통, 우리 시대 특유의 종교적 세계관의 부재에서 비롯한 그 고통은 성장의 불가피한 조건이다. 사람들이 이 시대에 걸맞은 종교적 세계관을 받아들임으로써 고난은 끝나야 한다.

우리 시대 특유의 세계관은 1900년 전 그리스도의 가르침에 의해 참된 의미를 드러낸 인생의 의미와 거기서 비롯하는 행동 지침인데, 그것은 교회의 인위적이고 거짓된 왜곡으로 인하여 감춰져 왔다.


## V


공의회 최초 회원들이 '우리와 성령의 뜻대로'〔사도행전 15:28 참조〕라고 말했을 때, 그들은 외적인 권위를 내적인 권위보다 더 높게 끌어올리고 공의회에서의 인간의 초라한 추론의 결과를 인간 내부의 유일하고 참으로 성스러운 것, 즉 인간의 이성과 양심보다 더 중요하고 성스럽다고 인정한 것이었다. 그 시간부터 사람들의 육신과 영혼을 잠재우는 거짓이 시작되었고, 그 거짓은 수백만의 인간 존재를 파멸시켰고, 지금까지 그 끔찍한 일을 계속하는 중이다.

1682년 영국의 레이턴 박사는 존경받던 사람으로 주교제에 반대하는 책을 저술한 뒤 재판을 받고 다음과 같은 형벌을 선고받았다. 그를 가혹하게 채찍질한 뒤 한쪽 귀를 자르고 코 한쪽을 떼어내고 달군 쇠로 한쪽 뺨에다 혼란의 씨를 뿌린 자라는 뜻의 S. S. 자를 새기게 했다. 7일이 지나 등짝의 상처 자국이 채 아물지도 않았음에도 다시 매질하고 다른 쪽 코를 떼어내고 다른 쪽 귀를 베어낸 다음 다른 쪽 뺨에 낙인을 찍었다. 이 모든 짓이 기독교의 이름으로 자행된 것이다.

모리슨 데이비슨

그리스도는 어떠한 교회도 세운 적 없고, 어떠한 국가도 수립한 적이 없으시며, 어떠한 법률이든 어떠한 정부든 어떠한 외적인 권위든 주신 적이 없다. 그분은 사람들이 자주정신을 갖도록 그 마음에 신의 율법을 새기려 애쓰셨다.

허버트 뉴턴

우리 시대 기독교 민족들은 참된 의미에서 인생을 망가드리는 [교회식] 가르침을 제 인생의 기초로 삼는 특수한 상황에 놓여 있다. 이전에는 감춰졌던 그러한 의미가 명백해지기 시작한다. 기독교 민족들은 모래 위도 아니고 얼음 위에 집을 지었다. 그 얼음이 녹기 시작하고 이미 녹아서 집이 무너지는 중이다.

사람들은 대개 교회식 가르침에 속아 그리스도의 가르침의 참 의미에 대한 어렴풋한 개념만 간직한다. 그들은 예전의 우상들 대신 그리스도-하느님, 성모, 그 종복들을 신격화하고 유골과 성상에 예배를 드리며 기적과 성사聖事를 믿고, 속죄며 교회의 고위 성직자의 무오류성[무류설]을 믿어왔다. 그야말로 이교도적 세계질서가 계속되어 사람들을 만족시킬 수 있었다. 사람들은 교회가 제시한 인생의 의미 해명과 거기서 비롯된 행위 지침을 한결같이 믿었고, 이러한 믿음으로 서로가 가까워졌다. 그것은 사람들이 참신앙을 가장한 교회 신앙 이면에 무엇이 숨겨졌는지 보지 못할 동안이었다. 그러나 교회 신앙의 불운은 교회 스스로 신성하다고 인정한 복음서가 존재했다는 것이다. 교회주의자들이 복음서에 표현된 가르침의 본질을 뭇사람들에게 감추려고 얼마나 노력했던가. 모두가 이해하는 언어로 복음서의 번역을 금지한 것이나 복음서에 대한 거짓된 해석이 그렇다. 하지만 그 무엇도 교회의 갖가지 속임수를 꿰뚫은 빛, 이 가르침에 담긴 위대한 진리를 갈수록 더 분명하게 의식하는 사람들의 영혼을 밝히는 빛을 가릴 수는 없었다.

문맹 퇴치와 인쇄술의 보급으로 사람들은 복음서를 깨우치고 거기에 적힌 내용을 이해하기 시작했다. 그러자 사람들은 교회의 온갖 술책에도 불구하고, 교회가 지지하는 국가 질서와 복음서의 가르침 사이의 현저한 모순을 알아차리지 않을 수 없었다. 복음서는 교회와 권력을 가진 국가를 대놓고 부정하고 있었다.

이런 모순이 날이 갈수록 명확해지면서 마침내 사람들은 교회 신앙을 믿지 않게 되었다. 대개는 관습상, 예의상, 일부는 권력에 대한 두려움으로 가톨릭이든 동방정교든 프로테스탄트든 가릴 것 없이 교회 신앙의 외형을 따르면서도 내면적인 종교적 의미는 인정하지 않았다.

그러한 상황이 대다수 노동하는 인민에게서 벌어졌다. (교회식 가르침을 직접적으로 부정하며 참된 의미의 그리스도 가르침에 다소 더 가까운 자체의 가르침을 확립하는 소규모 공동체들을 말하는 게 아니다. 그런 사람들은 종교적 의식에서 점점 더 해방되는 숱한 사람들에 비해 극히 적기 때문이다.)

똑같은 현상이 기독교권의 비노동자인 학식 있는 이들에게서도 벌어졌다. 이들은 교회식 가르침의 일관성 결여와 내적인 모순을 보통 사람들보다 더 분명하게 알아차려 자연스레 그 가르침을 밀어냈지만, 그렇다고 그리스도의 참된 가르침을 인정할 수는 없었다. 왜냐하면 그리스도의 가르침은 기존의 모든 체제에 반대하고, 주로는 그들이 체제 내에서 차지한 남달리 유리한 위치에 반대하기 때문이다.

그리하여 현재 우리 기독교 세계의 대다수는 습관대로, 예의상, 편의상, 권력에 대한 공포에서, 심지어 사욕을 채울 목적으로 겉으로는 여전히 교회의 예식을 행하며 살지만, 교리를 더는 믿지 않으며 믿을 수도 없다. 교회의 내적 모순이 분명히 눈에 들어오기 때문이다. 또한 점점 수적으로 증가하는 다른 한편의 주민들 일부는 기존의 종교를 더 이상 인정하지 않을 뿐만 아니라, '과학'이라 불리는 가르침의 영향을 받아 온갖 종교를 미신의 잔재로 판단하며 개인적 동기 외에는 어떤 다른 무엇도 인생의 지침으로 삼지 않는다.

자기 역량을 넘어서는 종교적 가르침을 받아들인 사람들—국가 폭력 질서 형태의 사회적 생활이 이미 풍습과 습관으로 깊이 뿌리내린 시절에 기독교의 가르침을 수용한 이교도들에게 일어난 일이기도 했다—즉 기독교의 가르침을 받아들인 사람들에게서 애초에는 모순적으로 여겨진 어떤 일인 동시에 일어날 수밖에 없던 어떤 일이 벌어졌다. 당대 최고의 종교를 받아들인 결과, 그 민족들이 종교를 죄다 잃고 훨씬 더 저급하거나 심지어 가장 조잡한 종교적 가르침을 내세우는 사람들보다 더 못한 종교적·도덕적 상태에 빠져든 것이다.


VI


교회식의 기독교 왜곡이 우리를 하느님 나라의 실현에서 멀어지게 했다. 하지만 기독교의 진리는 마른 나무속 불꽃처럼 그 껍질을 불태우고 밖으로 나온다. 기독교의 의의가 만인에게 드러나고, 그 영향은 이미 그걸 감춰온 속임수보다 더욱 강해져 있다.

인간에 대한 신뢰를 바탕으로 한 새로운 종교가 내 눈앞에 있다. 우리 안의 손길 닿지 않는 깊은 곳에 호소하며, 보상에 관한 생각 없이 인간이 선을 사랑할 수 있고 인간의 내부에 신적 원리가 거처함을 믿는 종교 말이다.

사무엘 솔터

우리에게 필요한 것, 인민에게 필요한 것, 우리 시대가 빠져 있는 저 이기주의와 의심 그리고 부정의 늪에서 빠져나올 출구를 찾기 위해 우리 시대가 요구하는 것은 믿음이다. 거기서 우리 영혼은 개인적 목표를 찾아 방황하는 것을 멈추고 하나의 기원, 하나의 법칙, 하나의 목적을 인정하며 모두가 함께 걸을 수 있을 것이다. 낡아서 폐기된 신앙의 폐허에서 발생하는 온갖 굳센 믿음이 기존의 사회질서를 변화시킨다. 각각의 굳센 믿음은 필연적으로 인간 활동의 모든 분야에 적용되기 때문이다.

인류는 여러 방식으로 다양한 단계에서 주기도문을 되풀이한다. "아버지의 뜻이 하늘에서와 같이 땅에서도 이루어지게 하소서."

마치니

거짓 믿음이 양산하는 해로움을 저울질하거나 측정하는 것은 불가능하다. 믿음은 신과 세상에 대한 인간의 관계 정립이며 그 관계에서 유래하는 제 소명을 규정하는 것이다. 만약 이런 관계와 거기서 유래하는 소명의 규정이 거짓이라면, 인생은 어떻게 되겠는가?

거짓된 믿음 즉 세상에 대한 거짓된 관계를 떨쳐버리는 것만 가지고는 충분치 않다. 참된 관계 정립이 필요하다.

기독교 세계 사람들이 처한 상황의 비극은 [당시로서는] 피할 수 없던 이해 부족으로 이들이 그간 살아온 사회생활의 전체 체계를 가장 확실하게 부정하고 파괴하는 가르침을 그들 고유의 종교적 가르침으로 받아들였다는 데 있다. 그들로서는 그 생활체계 외부의 삶은 상상할 수가 없는 것이었는데도 말이다.

여기에 기독교 민족들이 처한 상황의 비극과 이례적 축복이 동시에 깃들어 있기도 하다.

이교 민족들에게 제안된 형태에서 그리스도의 가르침은 신격에 대한 조잡한 이해가 어느 정도 완화되고, 인간의 소명과 도덕성 기준에 대한 더 높은 이해가 담긴 것이었다. 그 가르침의 참된 의미는 복잡한 교의와 매력적이고 장중한 예식으로 그럴싸하게 감춰져 있어 누구의 의심도 사지 않았다. 한편 참된 의미의 가르침은 왜곡된 가르침과 불가분의 상태였지만 교회가 신의 계시로 인정하는 복음서에 명확히 표현되었다. 또한 그 가르침은 거짓된 교의들로 어지럽혀지고 왜곡되었어도 인간 영혼과 어우러지는 친연성을 갖고 있었다. 그러니만치 진리에 대단히 민감한 사람들은 그 가르침의 참된 의미를 감득하는 경우가 갈수록 잦아졌고, 참된 그리스도의 가르침과 세계질서 간의 모순을 점점 더 선명하게 알게 되었다.

타티아누스, 클레멘스, 오리게네스, 테르툴리아누스, 키프리아누스, 락탄티우스 같은 고대 세계 교회의 스승들에 대해서는 말할 것도 없다. 앞서 언급한 모순은 중세기에 자각되었고, 근대에 들어 점점 더 많은 것이 밝혀졌고, 폭력을 그 존립의 필수 조건으로 삼아 기독교에 반하는 국가적 질서를 부정하는 수많은 종파에서도 표현되었다. 그 모순은 또한 자신을 기독교적이라고 내세우지 않는 다양한 인도주의적인 가르침 속에서도 표현되었다. 그런 가르침들은 다 특히 최근에 확산한 사회주의, 공산주의, 무정부주의와 마찬가지로 폭력을 부정하는 기독교적 의식의 일면적 발현과 다름없다.

기독교 세계의 민족들이 자신들로서는 결별을 원치 않는 생활체계를 그 진짜 의미로는 파괴할 수밖에 없는 가르침을 숨겨져 왜곡된 형태로 받아들였다는 사실에 그들이 겪는 고통의 원인이 있다. 그들의 위대한 축복은 숨겨진 진리를 내포한 기독교를 왜곡된 형태로 받아들였다가 이제는 더 이상 왜곡된 것이 아니라 참된 의미로 그리스도의 가르침을 수용해야 할 필연성에 도달했다는 데 있다. 참된 의미의 그리스도의 가르침은 점점 더 많이 밝혀져 지금은 명약관화해졌고, 그것만이 사람들을 그들이 처한 비참한 상황에서 구할 수 있다.


## VII


어리석은 생활 질서의 주요 원인은 거짓된 믿음이다.


우리는 깊은 관심을 가지고 우리의 사회적 업무를 대해야만 한다. 견해를 변화시키고 낡은 관점에서 벗어나 새로운 관점을 수립할 자세를 갖추어야 한다. 선입견을 버리고 완전히 자유로운 머리로 판단해야 한다. 바람의 방향이 바뀌어도 아랑곳없이 언제나 똑같은 돛을 세우는 선원은 결코 닿고자 하는 항구에 도달하지 못한다.

헨리 조지


우리 모두나 우리 각자가 겪는 끔찍한 기만이 분명해지려면, 그리스도의 가르침을 직접적으로 간단히 이해할 필요가 있다.


인생의 본질은 만물의 근원―이것이 우리 안에서 발현되

는 징후가 사랑이다—을 의식적으로 더욱더 많이 발현하는 것이며, 따라서 인생의 본질 즉 삶을 지배해야 하는 최고의 법칙은 사랑이다. 오늘날 더욱더 선명해지는 과정에 있듯, 여기에 참된 의미의 기독교의 가르침이 들어 있다.

사랑이 인생의 필수적이고 은혜로운 조건임은 고대의 온갖 종교적 가르침이 인정한 것이었다. 이집트의 현자, 브라만, 스토아주의자, 불교도, 도교도 등의 온갖 가르침에서도 호의, 동정심, 자비, 자선 그리고 사랑이 주요 미덕 가운데 하나로 인정되었다. 이런 가르침 가운데서도 가장 훌륭한 가르침에 의한 그 같은 고백은 만인에 대한 사랑과 악을 선으로 갚는 것까지 칭송하는 단계에 도달했고, 특히 도교도와 불교도가 그런 가르침을 설파했다. 하지만 이 가운데 어떤 가르침도 이러한 미덕을 삶의 토대, 즉 사람들의 주요하고 유일한 행위 지침이 되어야 하는 최고 율법으로 설정하지는 않았다. 저 모든 종교적 가르침 가운데 가장 늦게 나타난 기독교가 그런 일을 해낸 것이다. 기독교 이전의 갖가지 가르침에서도 사랑은 미덕 가운데 하나로 인정받았지만, 기독교 가르침에서 인정받는 것과는 달랐다.

기독교 가르침에서 사랑은 형이상학적으로 만물의 토대이며, 실천적으로 인생의 최고 법칙, 즉 어떤 경우에도 예외를 허용치 않는 법칙이다. 기독교 가르침은 고대의 온갖 가르침에 비해 새롭고 특별한 가르침이 아니다. 이는 앞선 갖가지 종교적 가르침에 의해 어렴풋이 느껴지며 전도되던 사람다운 삶의 토대에 대한 더욱 분명하고 확실한 표현일 뿐이다. 이런 면에서 기독교적 가르침의 특질은 오로지 그것이 가장 늦게 나온 가르침으로써 사랑의 율법의 본질과 거기서 필연적으로 흘러나오는 행위 지침을 더 정확하고 확실하게 표현했다는 것이다. 기독교적인 사랑의 가르침은 이전의 갖가지 가르침에서처럼 그저 알려진 미덕의 설교가 아니라, 사람다운 삶의 최고 율법과 거기서 불가피하게 흘러나오는 행위 지침을 규정한 것이다. 그리스도의 가르침은 어째서 이러한 율법이 인간다운 생활의 최고 율법인지를 해명하며, 다른 한편 그 가르침이 진리임을 인식한 결과 사람이 마땅히 해야 할 일과 하지 말아야 할 일련의 행위를 제시한다. 특히 기독교 가르침에는 이것이 최고의 율법이기 때문에 그 실행은 예전의 가르침에서와 같은 어떤 예외도 허용할 수 없다는 사실이 명백하게 표현되어 있다. 이 율법이 정의하는 사랑은 어떤 예외 없이 이방인, 타 종교 신앙인은 물론 우리를 증오하며 우리에게 악한 일을 하는 원수들까지도 똑같이 응대할 때의 그 사랑이다.

이렇듯 어째서 저 율법이 인생의 최고 율법인가를 해명하고, 저 율법에서 불가피하게 흘러나오는 행위들을 정확하게 규정하는 것, 여기에 기독교 가르침이 만든 진보의 핵심이 있고, 또한 거기에 그 가르침의 주요 의의와 혜택이 있기도 하다.

어째서 저 율법이 삶에서의 최고 율법인가에 대한 해명은

요한서에 아주 분명하게 표현되어 있다.

"사랑하는 자들아, 우리 서로를 사랑하리니, 사랑은 하느님한테서 나온 것이고 사랑하는 자 모두 하느님으로 인하여 탄생하여 하느님을 아나니. 사랑하지 아니하는 자 하느님을 깨우치지 못하나니 하느님은 사랑이심이라. …… 아무 때도 하느님을 본 사람이 없으니, 만일 우리가 서로를 사랑하면 하나님이 우리 안에 거하시니라. …… 하느님은 사랑이시니, 사랑 안에 거하는 자는 하느님 안에 거하고 하느님 역시 그자 안에 거하시느니라. …… 우리가 형제들을 사랑하기에 죽음에서 생명으로 옮겨졌음을 아느니 형제를 사랑하지 아니하는 자는 죽음 안에 거하느니라."(요한1서 4:7, 8, 12, 16, 3:14)

저 가르침의 핵심은 다음과 같다. 우리가 우리 자신, 즉 우리의 생명이라 부르는 것은 우리 안에 우리 몸으로 제한된 신적인 근원이자 우리 안의 사랑으로 발현되는 것이며, 그런 까닭에 각자의 신적이고 자유로운 참된 삶은 사랑으로 발현된다.

사랑의 율법에 대한 그러한 이해에서 발원하며 어떠한 예외도 허용치 않는 행위 지침은 복음서의 여러 곳에 표현되었으며, 특히 산상설교 가운데 네 번째 계율에 정확하고 명징하게 규정되어 있다.

"눈에는 눈으로, 이에는 이로 갚으라(출애굽기 21:24)는 말을 너희가 들었으나, 내가 너희에게 이르노니 악한 자를 대적지 말라." 마태복음 5장 38절의 내용이다. 39절과 40절에는 사랑의 율법을 실생활에 적용할 때 필요하게 여겨질 법한 예외를 예상한 듯, 사랑에 대한 처음의 단순한 기준에서 물러설 그 어떤 조건도 없으며, 있을 수도 없다는 게 명시된다. 달리 말해, 타인이 내게 하지 않았으면 하는 일은 타인에게 하지 말라는 말씀이다.

또한 이런 말씀도 있다. "누구든 네 오른쪽 뺨을 치거든 왼쪽도 돌려 대라, 그리고 너를 고발하여 네 속옷을 가지려는 자에게 겉옷도 내어주라." 너에게 저질러진 폭력이 네 쪽에서 가하는 폭력을 정당화하지는 않는다는 뜻이다. 다른 사람들이 어떤 행위를 한다 해도 사랑의 율법에서 후퇴하는 것이 정당화되지 않는다는 사실은 계명의 마지막 부분에 더 분명하고 정확하게 표현되어 있다. 그것은 마치 그 계명을 위반할 만한 통상의 거짓된 해석을 직접 지목한다.

"네 이웃을 사랑하고 네 원수를 미워하라(레위기, 19:17~18) 하였다는 것을 너희가 들었다. 나는 너희에게 이르노니 너희 원수를 사랑하며 너희를 저주하는 자를 축복하라, 너희를 미워하는 자에게 은혜를 베풀라, 너희를 노엽히고 너희를 몰아내는 자를 위하여 기도하라. 이같이 한즉 하늘에 계신 너희 아버지의 아들이 되리니, 이는 하느님이 그 태양을 악인과 선인의 머리 위로 솟아오르게 하시며 비를 의로운 자와 불의한 자에게 내려주심이라. 너희가 너희를 사랑하는 자를 사랑하면 무슨 상이 있으리오? 세리도 이같이 아니하느냐? 또 너희가 너희 형제에게만 문안하면 남보다 더 하는 것이 무엇이냐? 이방인들도 이같이 아니하느냐? 그러므로 하늘에 계신 너희 아버지의 온전하심과 같이 너희도 온전하라."(마태복음 5:43~48)

이처럼 사랑의 율법을 인간다운 삶의 최고 율법으로 인정한 것, 그리고 원수 즉 우리를 미워하며 노엽게 하고 저주하는 사람들에 대해서도 매한가지인 사랑에 대한 기독교의 가르침에서 흘러나오는 뚜렷하게 표현된 행동 지침이 그리스도의 가르침의 독특성이다. 그러한 특징이 사랑에 대한 가르침과 거기서 흘러나오는 지침에 적확한 의미를 부여하며, 필연적으로 기독교 세계뿐 아니라 전 세계 모든 민족의 기존 생활 질서에 전적인 변화를 불러온다.

여기에 이전의 가르침들과의 주요한 차이, 그리고 참된 의미의 기독교 가르침의 핵심 의미가 들어 있다. 기독교의 가르침이 이뤄낸 인류 의식의 한 단계 전진이 여기에 있다. 그 진일보는 예전의 사랑에 대한 종교적·도덕적인 가르침들이 인류의 삶을 위한 사랑의 은덕을 인정하는—달리는 못했을 것이다—동시에, 사랑의 율법 실행이 의무적이지 않거나 피해갈 만한 특정 조건의 가능성을 허용했다는 데 있다. 사랑의 율법이 삶의 변하지 않는 최고 율법이기를 그치자 곧바로 그 율법의 모든 은덕은 온데간데없이 사라지고, 사랑에 대한 가르침은 아무런 구속력 없는 현란한 설교와 말솜씨로 축소되었다. 따라서 각 민족의 생활방식은 사랑에 대한 가르침 이전, 즉 그 생활방식이 오직 폭력에만 기초했던 때의 모습 그대로였다. 참된 의미의 기독교 가르침은 사랑의 율법을 최고의 것으로, 그 법의 실생활 적용을 어떤 예외도 없는 것으로 인정하여, 그런 인정으로 온갖 폭력을 없애고 따라서 폭력에 기초한 세상의 온갖 질서를 부정할 수밖에 없었다.

이와 같은 기독교 가르침의 핵심 의의가 가짜 기독교에 의해 숨겨져온 것이다. 가짜 기독교는 사랑의 가르침을 인간다운 삶의 최고 율법이 아니라 기독교 이전의 가르침에서 그랬듯 아무 방해가 없을 때 준수하면 유용한 행동 규칙의 하나로 인정할 뿐이다.


## VIII


전쟁과 군사적 대비의 재앙은 그것을 정당화하려고 내세우는 명분들과 일치하지 않는다는 것이다. 게다가 그 명분이 대개는 하도 하찮아서 논의할 가치조차 없고 전쟁터에서 죽어가는 사람들에게는 전혀 알려지지도 않는다.

사람들은 폭력을 통해 삶의 외부 질서를 유지하는 데 너무 익숙해진 나머지 폭력 없는 생활은 상상조차 하지 못한다. 한편 사람들이 폭력을 통해 (외견상) 공정한 삶을 이룩한다면, 그러한 삶을 이룩하는 사람들은 마땅히 정의가 무엇인지 알고 스스로 공정해져야 한다. 어떤 사람들이 정의가 무엇인지 알 수 있고 공정해질 수 있다면, 왜 모두가 그것을 모르고 공정해지지 못하는가?

사람들이 전적으로 어질다면, 그들은 결코 진리에서 물러서지 않았을 것이다. 진리는 악을 행하는 사람에게만 해롭다. 선을 행하는 사람은 진리를 사랑한다.

이성은 자주 죄의 노예가 되어, 죄를 정당화하는 쪽으로 기울곤 한다.

어째서 인간이 종교, 정치, 학문적인 면에서 저토록 끔찍한 불합리한 입장을 옹호하는지 궁금할 때가 있다. 찾아보라, 그가 자기 입장을 옹호한다는 걸 알게 되리라.

그리스도께서는 사랑을 삶의 **최고** 율법으로 인정하셨고, 그런즉 어떤 예외도 허용할 수 없다는 게 그 가르침의 참된 의미이다.

기독교, 즉 다른 법률의 이름으로 행해지는 폭력에 대한 예외를 허용하는 사랑의 율법에 관한 가르침은 차가운 불길 또는 뜨거운 얼음만큼이나 내적인 모순을 지닌다.

일부 사람들이 사랑의 은덕을 인정하면서도, 미래에 이로운 어떤 목표라는 명목으로 몇몇 사람들에 대한 박해와 살해의 필요성을 허용할 수 있다면, 똑같은 권리로 다른 사람들 역시 사랑의 은덕을 인정하면서도 미래를 위한다는 명목으로 다른 사람들에 대한 박해와 살해의 필요성을 허용할 수 있을 것이다. 그런즉 사랑의 율법을 실행하라는 요구 가운데 그게 어떤 것이든 예외를 용인한다면, 그러한 용인은 온갖 종교적 교리는 물론 온갖 도덕적 가르침의 기초가 되는 사랑의 율법의 모든 가치와 의미, 그 은덕까지 무효화할 게 분명해 보인다. 이는 너무 당연해서 그걸 증명하는 것이 부끄러울 정도다. 그런데도 기독교 세계의 사람들은—자신을 신자라고 말하는 사람이든 비신자라고 간주하는 사람이든 도덕법칙은 인정하는 사람들—양쪽 다, 온갖 폭력을 거부하는 사랑에 대한 가르침과 특히 그 가르침에서 비롯하는 악에 악으로 저항하지 말라는 명제를 환상적이고 실현 불가능해 실생활에 전혀 적용할 수 없는 어떤 것으로 바라본다.

지배자들이라면 폭력 없이는 질서도 없고 선한 삶도 있을 수 없다고 말할 수 있을 것이다. 여기서 '질서'란 소수가 타인의 노동을 과도하게 사용할 수 있는 삶의 구조를 의미하고, '선한 삶'이란 그러한 삶의 방해 없는 진행을 의미한다. 그러나 그들의 말이 아무리 부당한 것이어도, 그들로서는 그렇게 말할 수 있을 것이다. 폭력이 근절되면 그들이 사는 방식대로 살아갈 기회를 박탈당할 뿐만 아니라, 오랜 불의와 그들의 잔인한 삶이 폭로될 것이기 때문이다.

하지만 노동하는 사람들에게는 폭력이 필요치 않을 것으로 여겨진다. 놀랍게도, 그들 스스로가 자기 자신에게 아주 열심히 폭력을 행사하고 폭력으로 심히 고통받는다. 지배자들의 피지배자들 대한 폭력은 약자에 대한 강자, 소수에 대한 다수, 스무 명에 대한 백 명 같은 직접적이고 즉각적인 폭력은 아니다. 지배자들의 폭력은, 다수에 대한 소수의 폭력이 유지되는 방식과 마찬가지로 오래전 교활하고 눈치 빠른 사람들이 조성해놓은 속임수로 유지된다. 그 결과 사람들은 당장 명백한 작은 이득을 챙기다가 가장 큰 이익을 빼앗길 뿐 아니라 자유를 박탈당하고 아주 잔인한 고통을 겪는다. 이러한 기만의 본질에 대해서는 벌써 400년 전 프랑스 작가 에티엔 드 라 보에티가 《자발적 복종》에서 언급한 바 있다.

다음은 이에 대해 그가 쓴 내용이다.

"폭군을 보호하는 것은 무기나 무장한 사람들, 즉 기병이나 보병이 아니다. 믿기는 어렵겠지만, 서넛이 폭군을 지원하며 그를 위해 온 나라를 예속으로 몰아넣는다. 언제나 폭군의 측근은 대여섯이다. 그들이 직접 그에게 알랑거려 신뢰를 얻거나 가까이 다가서 그의 잔악한 행동의 공모자, 만족의 동행자, 쾌락의 조직자, 강탈의 공모자가 되고자 한 것이었다. 이 6명은 자기들이 폭군을 상대하는 방식으로 이들 여섯을 상대하는 600명을 지배하에 거느린다. 이들 600명에게는 그들이 직접 지위를 상승시켜 어떤 행정단위 또는 재정 관리권을 준 사람 6000명이 휘하에 있다. 그들 6000명이 저들의 사리사욕과 잔인한 행위에 복무하도록 하기 위한 것이다. 이들 뒤에는 또 대규모 수행원이 있다. 이러한 그물망을 풀어헤치고자 하는 사람은, 그저 6000명이 아니라 수십만, 수백만이 폭군과 저 사슬에 묶여 있음을 알게 될 것이다. 이를 위해 폭정 지원이 핵심인 직무가 증가한다. 그리고 이러한 직무를 맡은 이들 모두가 거기서 이득을 얻고 그 이득으로 폭군들과 연계되기 때문에, 폭정에서 이득을 얻는 사람들은 자유가 기쁨이 되는 사람들만큼이나 무수하다. 의사들은 우리 몸에 뭔가 상한 곳이 있으면 즉각 나쁜 진액이 그 아픈 부위로 몰려든다고 말한다. 그와 마찬가지로 어떤 군주가 폭군이 되면 온갖 흉악한 것, 국가의 인간쓰레기, 도둑떼와 망종들이 군주에게로 모여든다. 그들은 아무런 능력 없이 사욕을 탐하는 욕심 사나운 자들로, 노획물에 참여하며 더 큰 폭군 밑에서 작은 새끼 폭군이 되고자 모여드는 것이다.

그런즉 폭군은 특정 신하들을 통해 다른 신하들을 복종시키고, 설령 망종은 아니더라도 그가 경계해야만 하는 사람들의 호위를 받는다. 하지만 '장작을 패려거든, 같은 나무로 쐐기를 만들라'라는 말이 있듯이 호위병들 또한 폭군과 마찬가지다.

그들은 폭군 때문에 고통을 당하기도 한다. 하지만 하느님께 버림받은 이 가망 없는 자들은 여건만 갖춰지면 자신들에게 악을 행하는 자가 아니라 악을 견디는 방법밖에 없는 사람들에게 악을 저지를 태세에 있다.”

이러한 속임수는 폭력 사용으로 고통을 당할 뿐인 당사자들이 폭력을 정당화하고 마치 필수적인 무엇인 듯 스스로 폭력을 요구할 정도로 민간에 깊이 뿌리내려 있다. 저 속임수 탓에 사람들이 스스로 나서서 서로에게 폭력을 행사하는 것이다. 그리하여 제2의 천성이 된 이러한 습관에서 놀라운 망상이 발생하며, 그 결과 속임수로 가장 고통받는 당사자들이 직접 그 속임수를 뒷받침한다.

언뜻 보기에 노동하는 사람들은 자신들을 대상으로 저질러지는 폭력에서 어떠한 이득도 얻지 못하므로 마침내 그들이 빠져든 속임수를 알아차릴 것이고, 그러면 가장 단순하고 쉬운 방법으로 거기에서 해방될 것만 같다. 오직 그들이 참여한 덕분에 그들을 대상으로 자행되는 폭력에 참여하지 않음으로써 말이다.

그보다 더 간단하고 자연스러운 방법은 이런 것처럼 보인다. 러시아는 물론 전 세계 대다수인 노동하는 사람들, 특히 농사꾼들이 수 세기 동안 그들에게 아무 이득도 없는 자해적인 폭력으로 고통을 겪어왔으므로, 끝내는 그들이 스스로 고통받는다는 사실을 이해하는 것이다. 그들이 시달리는 가장 큰 원인, 즉 일하지 않는 소유주의 토지 소유제가 순찰내원, 경찰, 병사의 모습을 한 그들 자신에 의해 유지된다는 사실 또한 그렇다. 마찬가지로 직접세든 간접세든 온갖 조세 또한 저희가 반장, 순경, 조세 징수자, 또다시 경찰과 병사의 차림새를 하고 직접 자신들에게서 거둬들인다. 노동하는 인민이 이를 깨닫고 끝내는 저희의 책임자들에게 이렇게 말만 하면 될 것만 같다. "우릴 가만 내버려 두시오. 황제, 대통령, 장군, 판사, 고위 성직자, 교수 그리고 온갖 학식 있는 분들에게 군대, 함대, 대학, 발레단, 종무원, 음악원, 감옥, 교수대, 기요틴이 필요하다면, 그런 것은 직접 조성하여 돈을 모으고, 심판하여 서로를 감옥에 집어넣고 사형시키고, 전쟁터에서 사람들을 죽이세요. 직접들 나서서 하시고, 우린 내버려 두세요. 그따위 것들은 우리에겐 필요가 없습니다. 우리에게 쓸모없는 이따위 몹쓸 일에는 더 이상 참여하고 싶지 않으니까요."

이보다 더 자연스러워 보이는 게 있을까? 그런데도 저런 일이 필요찮은 노동하는 사람들, 특히 농사꾼들은 러시아만이 아니라 어느 나라에서도 그렇게 하지 않는다. 이들 가운데 다수는 저희 사정에 역행하는 당국의 요구를 수행하고자 경찰, 조세 징수원, 병사가 되는 방식으로 계속하여 직접 자기들을 괴롭힌다. 또 다른 소수자들은 폭력에서 벗어나기 위해, 혁명 때 같은 기회가 생기면 자신들을 괴롭혀온 사람들을 대상으로 폭력을 저지른다. 다시 말해, 불을 불로 끄는 것이며, 이런 방법으로는 자신들에 대한 폭력을 더 증가시킬 뿐이다.

어째서 사람들은 이토록 무분별하게 행동하는가?

장기간 속임수가 지속되어온 결과 자신들의 억압 상태와 자신들이 폭력에 참여한 것과의 연관성을 못 보기 때문이다.

　그러면 어째서 이러한 연관성을 보지 못하는 것인가?

　사람들의 온갖 불행 원인은 이들에게 신앙이 없기 때문이다. 신앙이 없으면 사람들은 오직 이익에 이끌릴 수밖에 없고, 이익만을 추구하는 이는 사기꾼이거나 기만당한 자에 불과할 수 있다.

　이런 이유로 다음과 같은 겉보기에 놀라운 현상이 발생하는 것이다. 폭력이 자신에게 불리함에도, 오늘날 노동하는 사람들이 걸려든 속임수가 명약관화함에도, 그들이 겪는 불공정이 만천하에 밝혀졌음에도, 폭력의 근절을 목표로 하는 온갖 혁명에도 불구하고, 대다수 노동하는 사람들은 계속하여 폭력에 복종할 뿐만 아니라 폭력을 뒷받침하고, 상식이나 자신의 이익과도 배치되게 직접 자신을 상대로 폭력을 저지른다.

　한편의 노동자들 대다수는 습관상 이전의 교회식 가짜 기독교의 가르침을 따른다. 그들은 더 이상 그 가르침을 믿지 않으며, 오로지 고대적인 '눈에는 눈'의 법칙과 거기에 기초한 국가 질서만을 믿는다. 다른 한편 문명의 영향을 받은 (특히 유럽의) 노동자들은 온갖 종교를 부정하지만, 무의식적으로 마음속 깊이 고대의 '눈에는 눈' 법칙을 믿고 믿는다. 다른 방도가 없을 때는 저 법칙에 따라 현존 체계를 증오하면서도 거기에 복종한다. 그러다 다른 방도가 생기면, 그들은 아주 다양한 폭력적인 수단으로 폭력을 없애고자 한다.

전자, 즉 문명화되지 않은 노동자들 대부분은 자신들의 처지를 변화시킬 수가 없다. 국가 질서에 대한 신앙을 고백한 그들로서는 폭력에 가담하는 것을 거부할 수 없기 때문이다. 또한 아무런 신앙도 없는 문명화되지 않은 노동자들은 다양한 정치적인 가르침만을 따르며, 폭력에서 해방될 수가 없다. 폭력을 폭력으로 없애려 하기 때문이다.


## IX


군사적 살육의 야만적인 본능은 수천 년에 걸쳐서 아주 세심하게 배양되고 장려되어 인간의 뇌 속에 깊이 뿌리를 내렸다. 그러나 우리보다 더 나은 인류가 저 끔찍한 범죄에서 해방될 능력을 발휘하기를 희망해야 한다. 그런데 더 나은 그 인류는 우리가 그토록 자랑스러워하는 소위 세련된 문명에 대해 어떻게 생각할까? 우리가 고대 멕시코 사람들과 그들의 식인 풍습에 대해 생각하는 것과 거의 같으며, 호전적이면서도 신앙심 깊은 어떤 동물에 대한 것이리라.

르투르노


전쟁은 사람들이 어떤 폭력에도 가담하지 않으며, 그런 이유로 받을 법한 온갖 박해를 감수할 각오가 되어 있을 때 비로소 종식될 수 있다. 이것이 전쟁을 종식하는 한 가지 해결책이다.

그리스도께서 인류를 해방하신 주요 악이 무엇인가 대부분 기독교인에게 물어보라. 지옥으로부터, 영원한 불로부터 그리고 미래의 형벌로부터라고 답할 것이다. 그들은 그에 걸맞게 구원을 다른 사람이 우리를 위해 해줄 수 있는 무엇이라 생각한다. 성경에서 아주 드물게 마주치는 지옥이라는 단어는 잘못된 해석의 결과 기독교에 많은 해를 끼쳤다. 사람들은 가장 두려워해야 할 외부의 지옥으로부터 도망친다. 인간에게 가장 필요한 구원, 그리고 인간에게 해방을 주는 것은 제 마음속의 악으로부터의 구원이다. 외부의 처벌보다 훨씬 더 나쁜 무엇이 있다. 그것은 죄, 즉 하느님을 거역한 영혼의 상태, 신성한 힘을 부여받았으나 동물적 욕정에 자신을 내맡긴 영혼의 상태, 신과 더불어 살면서도 인간의 위협이나 분노를 두려워하고, 미덕의 고요한 의식보다 인간적 영광을 더 선호하는 영혼의 상태이다. 이보다 더 나쁜 파멸은 없다.

그리고 이것이 회개하지 않는 인간이 무덤까지 가져가는 것이다. 두려워해야 할 것은 바로 이것이다.

최상의 의미에서 구원을 얻는다는 것은 쓰러진 정신을 일으켜 세우고 병든 영혼을 치유하며 그 영혼에 사유와 양심, 사랑의 자유를 되돌려주는 것을 의미한다. 이러한 상태에 그리스도께서 죽으신 목적인 구원이 있다.

이러한 구원을 위해 우리에게 성령이 주어졌고, 기독교의 모든 참된 가르침은 그러한 구원을 향한다.

윌리엄 채닝

진실을 말하는 게 얼마나 쉬워 보이는가. 그러나 그 일을 달성하려면 얼마나 많은 내적 작업이 필요한가.

한 사람의 진실성의 정도는 그 사람의 도덕적 완성의 정도를 나타내는 지표다.


앞서 거론한 일은 오랫동안 있어왔고, 지금도 비기독교권과 기독교권 모두에서 계속되고 있다. 그러나 생각건대 저 애처롭고 어리석은 [1905년] 러시아 혁명, 특히 대담하고 무분별하게 잔인한 방법으로 끔찍하게 혁명이 진압된 후인 지금 타민족보다 덜 문명화된, 다시 말해 정신적으로 덜 타락하여 흐릿하나마 기독교 가르침의 본질에 대한 표상을 여전히 갖고 있는 러시아인, 주로 농경민인 러시아인들이 마침내 구원의 수단이 어디에 있는지 깨닫고, 그 수단을 가장 먼저 적용하게 될 것이다.

이러한 구원의 수단은 오랫동안 사람들에 의해 예감되어 그들을 매료시키고, 최근에는 점점 더 사람들의 의식 속에 자리를 잡아 이미 적용되기 시작하는 중이다.

어느 지방 도시에서 군사법원 재판이 열렸다. 그곳의 탁자 위에는 상단에 쌍두독수리 장식이 있고 하단에는 인쇄 문서가 깔린 [정의의 상징물] 삼면각기둥이 놓였다. 활자 표제 하에 글씨가 빼곡하게 적힌 종잇장들을 정갈하게 접은 법전들도 놓여 있다. 탁자 첫 좌석에는 금줄과 십자가를 목에 건 군복 차림의 건장한 남자가 지적이고 선량한 표정으로 앉았다. 특히 지금 그의 얼굴에는 감동한 표정까지 감돌았다. 아침을 잘 먹었고 막내 녀석의 건강에 대한 안심되는 소식도 접한 터였다. 그 곁에는 독일 출신의 또 다른 장교가 자기가 맡은 임무에 불만을 품은 채 상관에게 제출할 보고서를 저울질하고 있었다. 세 번째 자리에는 아주 젊은 장교가 앉았는데, 그는 아까 연대장댁 아침 식사 자리에서 재치 있는 농담으로 좌중을 웃긴 유쾌한 멋쟁이였다. 방금 그 농담을 떠올리고 보일락말락 미소를 짓는다. 그는 굉장히 담배를 피우고 싶어 하며 애타게 휴식 시간을 기다리는 중이다. 따로 떨어진 조그만 탁자를 마주하고 앉은 이는 서기다. 앞에는 서류 더미가 쌓였고, 그는 상사의 요청에 곧바로 필요한 서류를 제출할 준비에 여념이 없다.

병사 복장의 두 젊은이―하나는 펜자현 농부고 다른 이는 류비모시 소상공인―가 역시 병사 외투를 입은 새파란 젊은이를 끌고 온다. 창백한 모습의 이 젊은이는 법정을 한번 흘깃거리고는 제 앞만 물끄러미 쳐다본다. 이 젊은이는 선서와 병역을 거부했다는 이유로 벌써 3년을 감옥에서 보냈다. 이미 3년이 지났는데도 감옥에서 나가기 위한 선서를 하라는 것이다. 그렇게만 하면 비록 감옥에서지만 3년 동안 복무한 병사로서 석방될 수 있었다. 하지만 청년은 접견 때 했던 말을 교회에서도 그대로 했다. 기독교인으로서 어떤 선서도 할 수 없고 살인자가 될 수도 없다는 말이었다. 지금 그는 이러한 새로운 거부 때문에 재판을 받는 것이다. 서기가 기소장이라 불리는 서류를 낭독한다. 거기에는 청년이 봉급을 받기를 거부했고, 군대 복무를 죄악으로 여긴다는 내용이 적혀 있다. 선량한 재판장이 청년에게 유죄임을 인정하는지를 묻는다.

"여기서 말한 것은 모두, 그것은 모두 제가 행하고 말했습니다. 하지만 저는 자신이 유죄라고 인정하지 않습니다." 청년이 더듬거리며 떨리는 목소리로 말한다.

재판장이 답변이 무난하다는 표시로 고개를 끄덕이고는 서류를 살피며, 병역 거부는 어떻게 설명할 것인지를 묻는다.

"예전에 거부했고 지금도 거부하는 이유는 군대 복무가 죄악(그가 말을 더듬는다)…… 그리스도의 가르침에 어긋나는 죄악이라고 여기기 때문입니다."

재판장은 여기에도 만족하여 호의적으로 고개를 끄덕인다. 모든 게 순조롭다.

"뭐 더 할 말 없나?"

청년은 아래턱을 덜덜 떨며 복음서에는 살인뿐만 아니라 형제에 대한 나쁜 감정도 금지되어 있다고 말한다.

재판장은 이 말도 승인한다. 독일인은 불만스레 잔뜩 찌푸린 표정이고, 젊은 장교는 고개를 들고 눈썹을 치켜올려 뭔가 새롭고 흥미로운 말인 듯 유심히 듣는다.

피고는 점점 더 불안해하며 선서는 명백히 금지되어 있으며, 만약 자신이 [선서와 병역을] 거부하지 않았다면 자신이 유죄라고 여겼을 거라고 말한다. 그는 이제 준비가…….

재판장이 그를 제지한다. 피고가 사건에 적합지 않고 불필요한 말을 한다고 판단했기 때문이다.

그 후 연대장과 특무상사가 증인으로 불려 나온다. 휘스트 게임을 할 때면 보통 재판장의 파트너 역할을 하는 연대장은 대단한 사냥꾼이고 게임의 명수이며, 특무상사는 약삭빠른 미남형의 알랑거리는 폴란드의 소귀족으로 소설 읽기를 굉장히 좋아하는 사람이다. 늙수그레한 사제도 들어온다. 그는 집을 방문한 딸과 사위며 손자들을 방금 배웅하고 왔는데, 어머니가 아끼던 양탄자를 그가 딸에게 내준 문제로 어머니와 다퉈서 속상해 있었다.

"사제님, 수고스러우시겠지만 증인들의 선서를 진행하셔서 잘못된 증언은 하느님 앞에 죄를 짓는 일이라는 사실을 상기시켜 주십시오." 재판장이 사제에게 말했다.

사제가 에피트라힐[러시아 정교식 영대領帶]을 걸치고 십자가와 복음서를 들고 낯익은 훈계의 말을 한다. 그러고는 대령의 선서를 진행한다. 대령은 재판장이 카드 게임 때 눈여겨본 적이 있어 아주 잘 아는 깨끗한 두 손가락을 재빠른 농작으로 들어 올려 사제의 뒤를 이어 선서 구절을 말하고 만족스러운 듯 쩝쩝거리며 십자가와 복음서에 입술을 맞춘다.

대령의 뒤를 이어 가톨릭 신부가 들어와 미남 특무상사의 선서를 아까처럼 신속하게 진행한다.

재판관은 차분하고 진중하게 기다린다. 젊은 장교는 밖으로 나가 담배를 한 모금 빨고 증인 진술에 맞춰 돌아왔다.

증인들은 병역 거부자가 말한 것과 똑같은 내용을 진술한다. 재판장은 승인을 표명한다. 다음으로 따로 떨어져 앉은 장교가 일어선다. 그가 검사다. 그가 선서대로 다가서 그 위에 놓인 서류를 이리저리 옮겨놓더니 말하기 시작한다. 저 청년이 한 일, 재판관이 다 아는 것, 청년이 직접 숨기지 않고 오히려 기소 동기를 심화하며 언급한 내용을 전부 큰소리로 조리 있게 기술한다. 검사는 피고가 자기 말대로 어떤 종파에도 소속되어 있지 않고 그의 부모는 러시아 정교도이며 그렇기에 그의 병역 거부는 그저 고집에 근거한 거라고 말한다. 그 또는 그와 비슷하게 망상에 빠져 순종하지 않는 자들의 고집으로 인해 정부는 그러한 자들에게, 검사의 의견대로라면, 현재 사건에 적용되는 것과 같은 엄중한 처벌을 결정하게 되었다는 것이다. 그 후 변호사가 뭔가 전혀 엉뚱한 말을 한다. 그러고는 모두 법정에서 나갔다가, 그 후 다시 피고가 끌려 나와 법정이 시작된다. 재판관들이 착석했다가 곧장 일어서고, 재판장은 피고를 쳐다보지도 않고 고르고 차분한 목소리로 판결문을 공표한다. 3년간 자신이 병사임을 인정하지 않아 고통을 겪은 피고인은 먼저 군인 칭호, 어떠한 신분권도 혜택도 박탈되며, 4년간의 강제노동형에 처한다는 것이다.

그 후 호송병들이 청년을 끌고 가고, 재판 참석자들은 별일 없었다는 듯 모두 일상의 일과와 유희를 시작한다.

그저 애연가 젊은이만은 어떤 이상한 불안한 감정을 맛보곤 했다. 커다란 흥분감으로 표현된 고귀하고 강하며 반격할 수 없는 피고인의 말이 집요하게 떠올라서 그는 좀체 그런 감정을 털어낼 수가 없었다. 재판관들의 협의 석상에서 이 젊은 장교는 윗사람들의 결정에 동의하지 않을 생각이었지만, 망설이다가 군침을 꿀꺽 삼키고는 동의하고 말았다.

연대장 집에서 열린 저녁 파티에서 세 판짜리 카드 게임 사이 찻잔이 놓인 탁자 곁에 모두 모이자, 병역을 거부한 병사 이야기가 나왔다. 그 모든 원인은 교육을 못 받아서라고 연대장이 명확하게 의견을 표명했다. 그런 자들은 온갖 개념들을 마구 집어삼키지만, 뭐가 뭔지를 도통 몰라서 그런 어리석은 일이 생긴다는 것이다.

"아니요, 삼촌, 저는 거기에 동의하지 않아요." 고등여학교 학생으로 사회민주주의자인 연대장의 조카딸이 대화에 참여했다. "그 사람의 정력과 강인함은 존경받아 마땅해요. 그 힘이 잘못된 방향으로 간다는 게 안타까울 뿐이에요." 그렇게 덧붙이고, 여학생은 그런 굳건한 사람들이 있다면 얼마나 유용할까를 생각했다. 만약 그런 사람들이 시대에 뒤떨어진 종교적 환상이 아니라 과학적 사회주의의 진리를 고수한다면 말이다.

"그래, 넌 유명짜한 혁명가였지." 삼촌이 웃으면서 말했다.

"제가 보기에, 기독교의 관점에서는 그자를 반박할 수 없을 것 같습니다." 계속해서 담배를 피워대며 젊은 장교가 입을 열었다.

"어떤 관점에서인가는 모르겠네. 병사는 병사다워야지 설교자가 돼서는 안 된다는 것은 알지." 고참 장군이 진지하게 말했다.

"내 생각에 중요한 일은, 우리가 여섯 게임을 다 끝내려면, 금쪽같은 시간을 허비하지 말아야 한다는 것이올시다." 눈웃음을 치며 재판장이 말했다.

"차를 다 마시지 못한 사람은 내가 카드 테이블로 차를 가져다드리죠." 손님 대접이 후한 주인장이 말했다. 어느 노름꾼 하나가 민첩하고 익숙한 동작으로 카드를 부채 모양으로 펼쳐놓았다. 그러자 노름꾼들이 각자 자리를 잡았다.

감옥 현관에서는 병역을 거부한 죄수와 호송병들이 상부의 조치를 기다리는 동안 이런 대화가 오갔다.

"어떻게 그분이 모르겠나. 성경책에 없는 것도 아니고. 어떻게 그런." 호송병 가운데 어느 누가 말했다.

"그니까 다들 이해하지 못한 겁니다." 병역 거부자가 대꾸했다. "만약 이해했다면, 그 사람들도 똑같은 말을 했을 테니까요. 예수님께서는 죽이지 말고 사랑하라 명하셨어요."

"그야 그렇지. 진기한 일이야, 중요한 것은 고된 일이라서 그렇지."

"뭐 고되고 말고 없어요. 난 감옥에 갇혀 있었고, 또 갇혀 있을 거예요. 내 맘이 이렇게 좋으니, 하느님께서 모두에게 허락하시길 바랄 뿐이죠."

비전투 중대의 부사관이 다가왔다. 낫살깨나 먹은 사람이었다. "거, 세묘느이치. 형이 선고되었소?" 부사관이 정중하게 죄수에게 물었다.

"선고되었습니다."

부사관은 고개를 내저었다. "그야 그렇지. 견디기가 힘든 일이오."

"어차피 그리될 일이지요." 죄수가 웃으면서 대꾸했다. 그는 보아하니, 부사관의 공감에 감동한 모양이었다.

"그야 그렇지. 주님은 인내하셨고 우리에게도 인내하라고 하셨지. 아무튼 힘들 걸세."

이 말을 하던 차에 폴란드인 미남자 특무상사가 빠르고 씩씩한 걸음으로 현관에 들어섰다.

"쓸데없는 말들 그만두고. 새 감옥으로, 앞으로 갓!" 특무상사가 아주 엄격하게 굴었다. 그는 죄수가 병사들과 의사소통하지 못하도록 감시하라는 명령을 받은 상태였다. 죄수가 여기서 2년 감옥살이하는 동안, 그런 식의 소통으로 네사람이 그에게 빠져들어 똑같이 병역을 거부하는 바람에 재판을 받았고, 지금은 여러 감옥에 나뉘어 수형생활을 하기 때문이다.

# X

그리스도의 계시는 만인의 평등, 즉 하느님이 곧 아버지시
며 사람들은 형제라는 가르침이었다. 그것은 문명 세계의
목을 죄는 괴물 같은 폭정의 뿌리를 직접 강타해 노예들의
사슬을 끊음으로써 거대한 거짓을 파괴했다. 그 거짓이 대
중의 노동을 대가로 소수가 사치를 누리는 걸 가능케 하고
노동하는 사람들을 소위 새카만 육신에 가둬온 것이었다.
이것이 최초의 기독교가 박해받았던 이유이며, 기독교를 없
애버릴 수 없다는 사실이 분명해지자 특권층이 이를 받아들
여 변질시킨 이유이다. 기독교는 승리를 구가하는 과정에서
초창기 몇 세기의 진정한 기독교이기를 그만두고 아주 상당
한 정도로 특권계급의 봉사자가 되어버렸다.

헨리 조지

교회식의 기독교 왜곡이 우리를 하느님 나라의 실현에서 멀
어지게 했다. 하지만 기독교의 진리는 마른 나무속 불꽃처
럼 그 껍질을 불태우고 밖으로 나온다. 기독교의 의의가 만
인에게 드러나고, 그 영향은 이미 그걸 감춰온 속임수보다
더욱 강해져 있다.

인간에 대한 신뢰를 바탕으로 한 새로운 종교가 내 눈앞
에 있다. 우리 안의 손길 닿지 않는 깊은 곳에 호소하며, 보
상에 관한 생각 없이 인간이 선을 사랑할 수 있고 인간의 내

부에 신적 원리가 거처함을 믿는 종교 말이다.

사무엘 솔터

교회식 기독교가 불완전하고 일면적이며 형식적이긴 해도,
여전히 기독교라 생각지 말라. 그렇게 생각지 말라. 교회식
기독교는 참된 기독교의 적이며. 지금 참된 기독교와 연관
시켜 보면 교회식 기독교는 범죄 현장에서 체포된 자 즉 현
행범에 불과하다. 교회 기독교는 자멸하거나 아니면 계속
새로운 범죄를 저지르리라.

앞 장의 재판정에서 병역 거부자가 한 말은 오래전 기독
교 초창기부터 전해져온다. 충심 어린 열정적인 교부들은
국가체제의 불가피한 기본 존재 조건 가운데 하나인 군대와
기독교의 양립 불가능성에 대해 똑같은 말을 했다. 다시 말
해, 기독교도는 군인이 될 수 없다는 것, 즉 시키면 시키는
대로 누구든 죽일 자세가 될 수는 없다는 것이다.

5세기 이전 초창기 기독교 공동체는 그 지도자들을 통해
기독교인에게는 온갖 살해 행위, 따라서 전쟁터에서의 살인
까지도 금지되어 있음을 분명히 밝히곤 했다.

실례로 2세기에 기독교로 개종한 철학자 타티아누스는 전
쟁터에서의 살인은 온갖 다른 살인 행위와 마찬가지로 기
독교인에게 용납될 수 없는 것으로, 영예의 무훈 화관은 기
독교인에게 꼴사나운 것으로 간주한다. 같은 세기 아테네의

아테나고라스는 기독교인들은 직접 살인을 저지르지 않으며, 살인 현장에 있는 것도 피한다고 말한다.

3세기 알렉산드리아의 클레멘스는 이교의 '호전적인' 족속들과 '평화로운 기독교 종족'을 대비시킨다. 기독교인들의 전쟁 참여에 거부감을 가장 분명하게 표현한 이는 저명한 오리게네스다. 사람들이 칼을 낫으로, 창을 쟁기로 바꿔서 벼릴 때가 온다는 이사야의 말씀을 기독교인에게 적용하여 그는 아주 확실하게 말한다. "우리는 어떤 족속을 향해서도 무기를 들지 않으며, 전쟁하는 기술도 배우지 않습니다. 예수 그리스도를 통해서 우리는 세상의 자식으로 거듭났기 때문입니다." 또한 기독교인들이 병역을 기피한다는 켈수스의 비난(로마 제국이 기독교화된다면, 제국이 망하고 말 것이라는 의견)에 답하며, 오리게네스는 누구보다 기독교인들이 황제의 안녕을 위해 열심히 싸우고들 있다고 말한다. 그들은 선한 행위와 기도, 사람들에게 선한 영향을 미침으로써 황제를 위해 싸운다는 것이다. 오리게네스는 무기를 든 전투와 관련하여 기독교인들은 황제의 군대와 함께 싸우지 않을 것이며 설령 황제가 이를 강요한다 해도 거기에 따르지 않을 것이라고 아주 공정하게 말한다.

오리게네스와 동시대인 테르툴리아누스 또한 기독교인이 군인이 되는 것은 불가능하다고 확고하게 언급한다. "그리스도의 징표와 악마의 징표, 즉 빛의 성채와 어둠의 성채에 [한꺼번에] 복무하는 것은 타당치 않다." 병역과 관련된 그의 발언이다. 하나의 영혼이 두 주인을 섬길 수는 없는 것과 같은 이치다. 게다가 하느님께서 칼을 앗아가신 터에 어떻게 싸운단 말인가? 하느님께서 칼을 든 자 칼로 망하리라고 말씀하신 터인데 과연 칼 쓰기 훈련을 할 수 있단 말인가? 그리고 세상의 아들로서 어찌 전투에 참여한단 말인가?

"세상이 상호 유혈 속에 미쳐 날뛴다. 단독으로 저지르면 범죄로 여겨지는 살인이 집단으로 행해지면 미덕이라 불린다. 범죄자들은 광란이 증식되어야 면죄부를 받는다." 저명한 키프리아누스의 말이다.

4세기에 [기독교 신학자] 락탄티우스 역시 같은 뜻의 말을 한다. "하느님의 계율에는 어떠한 예외가 있어서도 안 된다. 사람을 죽이는 것은 언제나 죄악이다. 무기를 지니는 것 역시 허용되지 않는다. 오로지 진리만이 무기인 까닭이다."

3세기 이집트의 교회 규례들과 이른바 '우리 주 예수 그리스도의 언약'에는 기독교인의 군 복무 입대는 교회로부터 파문 위협하에 무조건 금지되어 있다. 성자들의 행전 속에는 병역 거부로 고통을 당한 초창기 기독교 순교자들의 사례가 많다.

군 복무 관련하여 출두한 막시밀리안은 이름을 묻는 총독의 첫 질문에 다음과 같이 답한다. "제 이름은 크리스천이고, 그러므로 저는 전투에 나설 수 없습니다." 이러한 선언에도 불구하고 병사로 등록되었지만, 그는 복무를 거부했다. 병역 의무를 다하든지 죽음을 택하라는 포고가 내려졌다. 이에 그는 이렇게 말한다. "차라리 죽으면 죽었지, 전투에 나갈 수는 없습니다." 그는 사형집행인의 손에 넘겨진다.

또한 [로마 황제 트라야누스를 모태로 한 슬라브인들의 전설 속 인물] 트로얀 군단의 백인대장 마르셀리는 그리스도의 가르침을 믿게 된 후, 전쟁이 비기독교적인 행위라는 확신에 차서 전 군단이 보는 앞에서 전투용 갑옷을 벗어 땅에 내던졌다. 기독교인이 된 이상 군 복무를 더는 할 수 없노라고 선언했다. 그는 감옥에 끌려갔지만, 거기서도 이렇게 말했다고 전해진다. "기독교인은 무기를 지닐 수 없다." 그는 처형당했다.

마르셀리의 뒤를 이어 같은 군단에서 복무하던 카시아누스도 군 복무를 거부했다. 그 역시 처형당하고 말았다.

[로마 황제] 배교자 율리아누스의 통치 시절 마르틴은 군사적 환경에서 양육되어 자라났음에도 군역을 이어가기를 거부했다. 황제가 직접 행한 심문에 그는 이렇게 말할 뿐이었다. "저는 기독교인이어서 전투에 나설 수가 없습니다."

제1차 니케아 공의회(325년)는 복무를 그만둔 기독교인이 군대로 돌아가는 행위에 대한 엄격한 징벌을 명문화했다. 정교회가 공인한 번역본 속의 이 결의문의 원래 문구는 다음과 같다. "은총으로 신앙 고백의 부름을 받아 처음 돌발한 열성을 드러내며 군용 벨트를 벗어버렸다가, 그 후 개들이 저희 토사물로 향하듯 돌아간 자들…… 그러한 자들은 10년간 교회에 납작 엎드려 교회의 배랑拜廊에서 3년씩 성경 강해를 들으며 용서를 구한다."

군대에 남게 된 기독교인들 역시 전쟁 중에 적들을 죽이지 말아야 할 의무를 지고 있었다. 4세기에 카이사리아의 바실레이오스는 저 결의문을 위반한 병사에게는 3년간 성찬 성사를 허용하지 말라고 권고했다.

이렇듯 기독교가 박해받던 기원후 3세기 동안만이 아니라, 기독교가 이교도보다 세력을 얻어 국가종교로 공인된 초창기에도 기독교인들 사이에는 전쟁이 기독교와 양립할 수 없다는 신념이 아직 온존했다. 마인츠의 성 페루시오는 이런 신념을 명확하고 단호하게 표현했고 이로 인해 처형당했다. "심지어 정당한 전쟁이나 기독교도 군주의 명령이 있더라도 기독교인에게는 피를 쏟게 하는 행위가 허용되지 않습니다." 4세기 칼리아리의 주교 루시퍼는 기독교인에게 가장 귀중한 은덕은 자신의 신앙이기 때문에, 그들은 '다른 사람들을 죽이는 것이 아니라 자기의 죽음'으로 자기 신앙을 옹호해야 한다고 설교한다. 431년 영면한 놀라의 주교 파울리누스는 손에 무기를 들고 카이사르에게 복무한 대가는 영원한 고통으로 돌아온다고 위협했다.

이것이 기원후 4세기 동안 기독교가 군 복무를 대하는 자세였다. 그러다가 콘스탄티누스 1세 치하 로마군단의 깃발에 십자가가 등장했다. 그리고 416년 이교도들은 군대에 입대시키지 말라는 칙령이 발포된다. 병사 모두가 기독교인이 됨으로써 극소수의 예외를 제외하고 모든 기독교인이 그리스도를 부인하기에 이른 것이다.

그로부터 근 15세기 동안, 기독교 신앙을 고백한다는 것이 타인들의 뜻에 따라 온갖 폭력을 저지르고 살인마저 저지를 자세를 갖추는 것과는 양립하지 않는다는 단순하고 의심의 여지 없는 명백한 진리가 사람들에게 철저히 감춰져 있었다. 게다가 참으로 기독교적인 종교적 감각 또한 대단히 약화하여 사람들은 세대를 거듭해 기독교 신앙을 명목상 고백하면서도 살인을 허용하며 살다가 죽어간다. 심지어는 살인에 가담하거나 저지르고 그로부터 이익을 얻기도 한다.

그렇게 수 세기가 흘러간다. 기독교를 조롱하듯 십자군 전쟁이 벌어지고 기독교의 이름으로 끔찍하기 짝이 없는 잔학 행위가 자행된다. 또한 드물기는 해도 폭력을 허용하지 않는 기독교의 기본 원리를 고수한 이들도 있다. 그러나 이들 마니교도, 몬타누스파, 카타리파 등은 사람들 대다수의 경멸을 부르거나 박해받는다.

그러나 진리는 불꽃처럼 그것을 감춘 껍데기를 조금씩 태워 없애다가 지난 세기 초부터 사람들 앞에 점점 더 선명하게 모습을 드러내기 시작하여 싫든 좋든 간에 관심을 끌고 있다.

이러한 진리는 여러 곳에서, 특히 지난 세기 초 러시아에서 선명하게 드러났다. 아무 흔적도 남기지 않았지만, 이러한 징후는 아마도 아주 많았을 것이다.

우리에게 알려진 것은 일부에 불과하다.

# XI

악한 삶을 사는 사람들 사이에서 선을 향한 어떤 움직임은 사랑이 아니라 핍박을 초래한다.

투쟁에서 진정한 용기는 자신의 동맹이 하느님임을 아는 사람의 특징이다.

세상에서는 너희가 환난을 당하나 담대하라. 내가 세상을 이기었노라.

요한복음 16:33

네가 섬기는 하느님의 사업이 완수되기를 기다리지 말라. 너의 모든 노력이 헛되지 않고 하느님의 사업을 진전시킬 것임을 알지니.

사람이 자신과 다른 사람들을 위해 하는 가장 중요하고 필요한 일은 자신으로선 그 결과를 직접 보지 못하는 일들이다.

1818년 캅카스의 총독 무라비요프가 일기에다 썼듯, 어느 지주네 농노 다섯이 징집되었음에도 병역을 거부했다는 이유로 탐보프현에서 캅카스로 파송되었다. 몇 차례 채찍질과 심지어 군인들의 대열에서 조리돌림까지 당했지만, 그들은 이런 말만 할 뿐이었다. "사람들은 모두가 평등하오. 임금님도 우리와 똑같은 사람이올시다. 우리는 순종하지 않을 테고, 조세도 납부하지 않을 거요. 무엇보다 전쟁터에서 우리 형제인 사람들을 죽이는 짓은 하지 못합니다. 우리는 사지를 찢어놓는다고 해도 항복하지 않을 것이오. 군인 외투는 입지 않겠소. 배급을 받아먹는 병사가 되는 일도 없을 것이오. 설령 동냥할지언정 관청의 것은 아무것도 원치 않소이다."

그런 사람들은 맞아 죽거나 감옥에서 갖은 고초를 겪고 이들과 관련된 모든 게 세심하게 감춰졌지만, 그런 사람들의 수는 지난 세기에 꾸준히 증가했다.

"1827년 근위병 니콜라예프와 보그다노프가 군역을 피하여, 소상공인 소콜로프가 숲속에 세운 분리파들의 거처로 달아났다. 체포되어서도 그들은 자신들의 신념과 합치하지 않는 군역을 거부했고 선서조차 하려고 하지 않았다. 군 지휘부는 그런 행위에 대한 책임을 물어 대열 속 조리돌림에 처하고 징벌 중대에 넘기라는 결정을 내렸다."

"1830년 야로슬라블현 포셰혼예군에서 현지 경찰서장에게 낯선 남녀가 붙잡혔다. 심문 과정에서 남성의 증언에 따르면, 그의 이름은 예고르 이바노프이고 출신지가 어디인지는 모르며 아버지는 구세주 예수님 말고는 없고 나이는 65살이라는 것이었다. 여성 역시 같은 말을 했다.

지방자치 재판 과정에서 사제의 설득으로, 이자들은 천상의 왕 한 분 말고 지상에는 어떤 왕도 없다며 이렇게 덧붙였다. 어떤 군주 황제, 기존의 어떤 시민적 정부도 종교적 정부도 인정하지 않는다는 것이다. 재판소의 심문에서 예고르 이바노프는 나이가 70살이며 영적 권력이든 시민 권력이든 인정하지 않는다며, 그것들은 기독교 규약에서 벗어난 배교자에 불과하다고 되풀이했다. 예고르 이바노프는 솔로베츠키 수도원으로 노역형을 떠나게 되었는데 어찌 된 셈인지 감옥에 갇혀서 1839년 죽음을 맞이했다. 그는 죽을 때도 굳건하게 망상 속에 있었다."

"1835년 야로슬라블현에서 자신을 이바노프라고 칭하는 낯선 자가 체포되었다. 그 자신은 성자고 황제고 하등의 지배자를 인정하지 않는 자라는 것이다. 군주의 명령으로 그 자는 여름마다의 노역형을 선고받아 솔로베츠키 제도로 보내졌다. 바로 그해 폐하의 명령에 따라 군대로 끌려갔다."

"1849년 모스크바현의 농민 가운데 19세의 이반 슈루포프라는 신병 징집자가 온갖 압박에도 불구하고 입대 선서를 거부했다. 그가 댄 선서 거부의 동기는 이러했다. 하느님 말씀에 따르면 오직 하느님만을 섬겨야 하기에 그는 군주를 섬기기를 원치 않으며 혹시나 선서위반자가 될까 두렵기에 입대 서약도 하지 않겠노라는 것이다. 지휘부는 슈루포프를 재판에 넘겨 이 사건을 공개하는 것은 일종의 유혹으로 작용할지 모른다는 판단하에 그를 수도원에 감금하라는 결정을 내렸다. 니콜라이 파블로비치 황제께서는 슈루포프에 대한 보고서에 '상기 신병은 호송대를 붙여서 솔로베츠키 수도원으로 보낼 것'에 결재하셨다."

이는 기독교 신앙고백과 국가권력에 대한 복종이 일치할 가능성을 인정치 않는 개인들에 관해 언론에 보도된 몇몇 경우로, 이들은 러시아 전체 인구 1000분의 1도 되지 않을 것이다. 전체 마을 공동체, 수천의 사람들이 그리스도의 가르침과 현존 질서가 양립할 수 없음을 받아들이며 지난 세기에 존재했고, 지금도 몰로칸파, 여호와의 증인, 홀리스트파, 거세파, 구교파 등의 다수가 계속하여 존재한다. 대개 이들은 국가권력을 인정하지 않는다는 사실을 숨기는데, 국가권력을 악의 원리, 즉 악마의 창작품으로 간주한다. 특히 두드러지고 강력했던 것은 지난 세기에 수만의 두호보르파 교인들의 국가권력에 대한 직접적 부정이었다. 최근 그들 가운데 수천은 갖은 박해에도 불구하고 굴하지 않은 채 진리의 편에 서서 아메리카로 이주했다. 기독교가 국가에 대한 복종과 양립할 수 없음을 알아차리는 사람들의 수는 계속하여 증가해왔다. 오늘날, 특히 정부에 의해 그리스도의 가르침에 확연히 반대되는 국민개병제가 도입되고부터는 기독교적 해석과 국가체제의 불일치가 사람들 사이에서 더욱 빈번하게 모습을 드러내기 시작했다.

그리하여 최근에는 점점 더 많은 젊은이가 군 복무를 거부하고, 스스로 이해한 대로의 하느님의 율법을 부인하는 대신 온갖 혹독한 박해를 받아들이는 편을 택하고 있다.

나는 어쩌다가 러시아에서 일부는 신앙 때문에 잔혹한 학대를 겪었고 일부는 지금도 감옥에 갇혀 있는 사람들을 알게 되었다. 다음은 그 피해자들 가운데 몇 사람의 이름이다. 잘류봅스키, 류비치, 모케예프, 드로쿤, 이쥽첸코, 올호빅, 세레다, 파라포노프, 예고로프, 간좌, 아쿨로프, 차가, 셰브추크, 부로프, 곤차렌코, 자하로프, 트리구보프, 볼코프, 코셰보이. 지금 감옥에 갇혀 있는 사람들 가운데는 이콘니코프, 쿠르트이쉬, 바르납스키, 오를로프, 모크르이, 몰로사이, 쿠드린, 판치코프, 시크스네, 데랴빈, 칼라체프, 반노프, 마르킨이 내게 알려져 있다.

오스트리아, 헝가리, 세르비아, 불가리아에도 그런 사람들이 있다. 불가리아에는 그런 이들이 특히나 많다. 그 밖에도 이러한 병역 거부는 최근 들어 같은 토대에서만이 아니라 이슬람 세계에서도 생기기 시작했다. 페르시아의 바브교도들 가운데서, 러시아에서는 바이소프가 카잔에서 요사이 세운 하느님의 연대 분파에서의 병역 거부가 그것이다.

이러한 병역 거부의 근거는 매한가지로 자연스럽고 필연적이며 논박의 여지가 없는 것이다. 그 근거는 국가적 법률과 종교적 율법이 상반될 때 국가법에 우선하여 종교법을 따라야 한다는 인식과 그 필연성이다. 군 복무, 즉 다른 사람들의 뜻에 따라 살인할 자세를 갖추라는 규정이 담긴 국가법은 기독교만이 아니라 이슬람교, 불교, 브라만교, 유교 등의 종교적 가르침처럼 이웃에 내한 사랑에 기초한 온갖 종교·도덕법과 상반되지 않을 수 없다.

1900년 전 그리스도께서 말씀하신 사랑의 법칙, 어떠한 예외도 허용치 않는 사랑의 법칙에 대한 정의와 정확히 똑같다. 그것은 오늘날 더 이상 그리스도를 따르는 결과가 아니라, 모든 종교를 막론하고 가장 도덕적으로 민감한 사람들이 직접적으로 의식하고 있다.

그리고 구원 수단은 오로지 여기에 있다.

처음에는 병역 거부가 군 복무와만 관련된 개인적인 사건인 것으로 보일 수 있지만, 그렇게 보이는 것뿐이다. 병역 거부는 일정한 상황에 의해 벌어진 사람들의 무작위적인 행위가 아니라, 종교적 가르침을 진실하고 참되게 고백한 결과다. 또한 그러한 고백은 거기에 상반되며 조화롭지 않은 원칙에 기초한 삶의 구조 전체를 자연스레 해체한다. 그것은 기존 질서를 해체한다. 폭력에 가담하는 것이 기독교와 양립할 수 없음을 깨우치고, 사람들이 군인, 징세원, 판사, 배심원, 경찰관, 각종 책임자로 나가지 않는다면, 지금 사람들이 당하는 폭력 역시 사라질 것이 분명하기 때문이다.

## XII

네가 진실로 그리고 온 마음을 다해 '주여, 나의 하느님이시여! 당신이 원하는 곳으로 저를 인도하소서'라고 말할 때, 비로소 너는 노예 상태에서 벗어나 참으로 자유롭게 될 것이다.

자유인은 아무런 걸림 없이 감당이 가능한 것만을 감당한다. 아무런 걸림 없이 감당할 수 있는 것은 자기 자신뿐이다. 그러므로 누군가 자기 자신이 아닌 다른 사람들을 감당하고자 하는 모습을 보게 된다면, 그는 자유로운 사람이 아님을 알라. 그는 뭇사람에게 권세를 부리려는 욕망의 노예가 된 것이다.

에픽테토스

하지만 이러한 수백, 수천, 수십만의 보잘것없고 힘없이 흩어져 있는 사람들이, 각국 정부의 속박하에 강력한 폭력무기로 무장한 막대한 수의 사람들을 상대로 무엇을 할 수 있을까? 투쟁은 대등하지 않을 뿐만 아니라 불가능해 보이지만, 투쟁의 결과는 한밤중 어둠과 새벽노을 사이 투쟁의 결말만큼이나 거의 의심할 나위 없으리라.

다음은 군 복무 거부로 감옥살이하는 젊은이가 쓴 글이다.

"가끔 위병대대의 초병과 대화를 나눌 때가 있다. 어쩌다 이런 말을 들을 때면 매번 빙그레 미소를 짓게 된다.

'거참, 동향 친구, 청춘을 모두 감옥에서 보낸다니 안됐소이다.'

'다 마찬가지 아닙니까. 끝이야 누구한테나 매한가지니까.' 그렇게 말해본다.

'그야 그렇지만, 중대에 있어도 별 나쁠 것도 없을 텐데.

군 복무만 한다면.'

'아무래도 난 여기가 더 평화롭소. 당신네처럼 중대에 있는 것보다는.'

'거참, 뭔 소리를.' 그러며 그들이 조롱하듯 아이러니하게 덧붙인다. '뭐 우리한테도 좋은 거야 별반 없지만. 4년째 옥살이 중이잖소. 군대에서 복무했으면, 벌써 예전에 제대했을 거 아뇨. 그러다 언제 석방되는 거요?'

'그야 뭐 나야 여기서도 좋소이다.' 그런 대꾸를 할 때도 있다.

그러면 그 사람들은 고개를 내저으며 생각에 잠긴다.

'참 별난 일도 다 있어.'

감방 동료인 병사들과도 비슷한 대화가 벌어지곤 한다. 한번은 어떤 유대인 병사가 내게 말을 걸었다.

'놀랍습니다. 그리 숱한 고통을 겪으면서도, 언제나 거의 쾌활하시고 활기 있으시니.'

또 다른 감방 동료들은, 누군가 갑갑해하며 수심에 잠기면 이렇게 말하곤 한다.

'거참, 네 녀석은 여기 갇히자마자 벌써 갑갑증이 인 거야! 여기 저 아버지(듬성듬성 턱수염이 있다고 나를 아버지라 불렀다) 좀 봐라, 저분은 몇 해를 옥살이해도 쾌활하시잖냐.' 그렇게 한두 마디 오가는 사이 우리의 대화가 시작된다. 때로는 그저 부질없는 소리를 늘어놓기도 하고, 때로는 그럴싸한 잡담이 벌어지기도 한다. 하느님과 인생 그리고 우리의 관심을 끄는 온갖 것들에 대해서 말이다. 어떤 때는 그들 가운데 누가 자기 마을에서 살던 이야기를 들려주기도 한다. 그런 이야기를 듣노라면 그저 기분이 좋아진다. 이처럼 대체로 나는 잘 지내고 있다."

또 다른 이가 쓴 글을 보자.

"나의 내면세계가 항상 똑같다고 말할 순 없다. 기진맥진한 순간도 있고, 기쁨의 순간도 있다.

현재 나는 기분이 좋다. 여전히 감옥생활에서 자주 부딪히는 온갖 일들을 당당하게 바라보려면 많은 힘이 필요하다. 그리고 사건의 세부를 파고들려 애쓰며 이런 일들이 벌어지는 것은 한순간이며, 내 안에는 이런 때 필요한 것보다 힘이 더 많이 들어 있다고 자신을 설득한다. 그러면 다시금 심장이 기쁨으로 환해지고 벌어진 일들을 다 잊게 된다. 이처럼 내적인 싸움 속에서 인생이 흘러간다."

또 이런 글을 쓴 이도 있다.

"3월 28일 재판이 있었는데, 5년 5개월 6일의 징벌대 형을 선고받았다. 재판이 끝나서 내가 얼마나 홀가분하고 기쁜지 모르리라. 흡사 무거운 짐을 지고 있다가 그 짐을 부렸을 때처럼 재판이 끝나니 홀가분하고 활기가 차서, 항상 이렇게 좋은 기분이기를 바란다."

하지만 폭력을 행사하고 폭력에 복종하며 폭력에 가담하는 사람들의 정신 상태는 그렇지 못하다. 이러한 수천, 수백만은 인간 특유의 자연스러운 형제애 대신 같은 생각을 지닌 소집단을 제외한 모든 이들에게 증오심, 책망, 공포감만 느끼며 자기 내부의 인간적인 감정을 모조리 억누른다. 형제 살해가 그들에게는 생활의 혜택을 얻는 필수 조건으로 여겨질 정도다.

"사형집행이 잔인하다는 말이오? 하지만 저 불한당들을 어떡하겠소?" 현재 러시아의 보수적 경향의 사람들이 하는 말이다. "프랑스에서는 몇천인지는 몰라도 그들이 처형된 후에야 평온을 얻었소. 놈들이 폭탄을 만들어 내던지는 짓만 하지 않는다면, 우리도 더 이상 놈들을 처형하지 않을 거요."

저와 똑같은 비인간적 잔인함으로 혁명 지도자들은 통치자들의 처형을 요구하고, 혁명적인 노동자들과 농민들은 자본가와 지주의 처형을 요구한다.

이들은 자신들이 사리에 어긋나는 엉뚱한 일을 하고 있음을 알아서 두려움을 느끼고 거짓말을 일삼으며 자기 내부의 적의를 불러일으키고자 애를 쓴다. 진실에 눈을 감으려는 것이고, 그들의 마음속에 살면서 그들을 부르는 진리를 억누르려는 것이다. 그렇듯 그들은 쉴 새 없이 가장 잔인한 고통, 즉 영적인 고통을 당한다.

어떤 사람들은 알아서 인간 특유의 일을 하고, 인류가 지향하는바, 개인과 모든 이에게 변함없이 혜택을 주는 일을 한다. 다른 이들 역시 아무리 자신에게 숨기려 해봐도 알고 있다. 자신들이 비인간적이고 사람들에게 역겨운 일, 즉 인류가 점점 더 멀리하는 일을 한다는 사실을 말이다. 그 일로 인해 개인은 물론 모든 사람, 무엇보다 자신들까지 고통받는다. 한쪽에는 구속감, 공포, 은폐가 온존하고, 다른 쪽에는 자유와 고요, 개방성이 숨 쉬며, 한쪽에는 불신, 다른 쪽에는 믿음, 한쪽에는 거짓, 다른 쪽에는 진리, 한쪽에는 증오, 다른 쪽에는 사랑, 한쪽에는 낡고 고통스러운 과거, 다른 쪽에는 도래하는 즐거운 미래가 있다. 그렇다면 어느 쪽이 승리할 것인지 의심이 들겠는가?

지금은 작고한 어느 프랑스 작가는 영감이 충만한 놀라운 어떤 편지에서 거부할 수 없는 진리를 드러낸 바 있다.

"영적인 힘이 오늘날만큼 권위를 갖거나 인간에게 커다란 위력을 발휘한 적은 없었습니다. 그 힘은 말하자면 세상이 숨 쉬는 공기 중 어디에나 퍼져 있습니다. 따로따로 사회적 재탄생을 염원하던 소수의 영혼이 점차 서로를 찾아내 서로를 부르며 가까워져서 연결되고 자신을 알아가며 그 무게중심으로서의 집단을 이루었습니다. 그 무게중심을 향해 또 다른 영혼들이 종달새가 거울을 향해 날아들듯 세계 곳곳에서 모여들고 있습니다. 그리하여 그들은 공동의 집단적 영혼을 형성했습니다. 사람들이 장차 힘을 합쳐, 의식적으로, 걷잡을 수 없이 닥쳐올 통합과 얼마 전까지만 해도 서로 적대하던 민족들의 올바른 진보를 이뤄내게 하려는 것입니다. 나는 무엇보다 그것을 부정하는 것처럼 보이는 현상 속에서 이 새로운 영혼을 발견하고 인식합니다.

지금의 저 모든 민족의 무장, 그 대표들의 서로에 대한 위협, 특정 민족에 대한 박해 재개와 소르본 [대학] 측의 유치한 행동까지 나쁜 종류의 현상이지만, 나쁘지만은 않은 징조입니다. 이것은 사라져 마땅한 것이 일으키는 마지막 경련입니다. 이런 경우 질병은 죽음의 시발점에서 벗어나려는 유기체의 정력적인 노력입니다.

과거의 망상을 이용하고 또 오래 계속하여 이용하기를 바라온 자들은 온갖 변화에 훼방을 놓을 목적으로 뭉칩니다. 그 결과가 저 무장과 위협, 박해입니다. 하지만 더 자세히 들여다보면, 모든 게 그저 외적인 것임을 알게 됩니다. 모든 게 굉장해 보이지만, 텅 빈 것이죠.

이 모든 것에는 영혼이 없습니다. 영혼은 다른 곳으로 이동했으니까요. 총섬멸전을 염두에 두고 매일 훈련을 받는 저 수백만의 군인들은 스스로 맞서 싸워야 하는 자들을 이미 미워하지 않으며, 그들의 상급자 가운데 그 누구도 감히 전쟁을 선포할 엄두를 내지 못합니다. 책망, 심지어 아래서 들리는 발생 단계의 책망이더라도, 이제 위에서는 그 정당성을 인정하는 위대하고 솔직한 공감이 응답하기 시작합니다.

상호이해는 필연적으로 특정 시기에 도래할 것이고, 우리가 생각하는 것보다 가까운 시기가 될 겁니다. 나는 곧 이 세상을 떠날 테고 지평선 아래서 나와서 나를 비추는 빛이 이미 내 시야를 어둡게 했기 때문인지는 모르겠지만, 나는 우리 세계가 '서로를 사랑하라'라는 말이 실현되는 시대로 접어들고 있다고 생각합니다. 신이 되었든 인간이 되었

든 누가 이런 말을 했는지 판단할 필요는 없습니다."(알렉상드르 뒤마 피스)

그렇다. 이러한 사랑의 법칙을 삶에서 실현하는 것, 어떤 예외도 허용치 않는 최상의 법칙으로서 제약 없는 참 의미에서의 사랑의 법칙을 실현하는 게 관건이다. 지금 기독교권 민족들이 처한 상태, 점점 더 비참해져 궁지로 여겨지는 끔찍한 상태에서 구제되는 길은 오로지 거기에 있다.


# XIII


공공 생활은 오직 사람들의 자기부정[또는 극기]에 의해 나아질 수 있다.


제비 한 마리가 봄을 만들지는 않는다는 말이 있다. 하지만 과연 제비 한 마리가 봄을 만들지 않는다는 이유로, 이미 봄을 완연히 느끼는 제비도 날아들지 말고, 봄이 올 때까지 대기하고 있어야 할까? 온갖 봉오리와 풀들이 그렇게 대기하고만 있으면, 결코 봄은 오지 않을 것이다. 마찬가지로 내가 하느님의 나라를 세우는 첫 제비인지 천 번째 제비인지에 대해서는 생각할 필요가 없다.


하느님의 뜻을 이루며 필생의 업을 행하라. 그것만이 가장 결실 있게 공공 생활의 향상에 힘을 합치는 길임을 굳게 믿으라.

세상 사람들 머리 위로 엄청난 무게의 악이 드리워져 그들을 짓누른다. 그 무게를 견디고 선 사람들은 점점 더 그들을 짓누르는 중압에서 벗어날 방도를 찾고 있다.

힘을 합치면 그 무거운 짐을 들어 올려 떨쳐버릴 수 있다. 그들은 그것을 알지만, 다 함께 그 일을 시작하는 데 합심할 수가 없다. 하나둘씩 점점 더 등이 휘고 다른 사람들의 어깨에 무게가 덧실리기도 한다. 그 무게가 점점 더 짓눌러 사람들을 진작에 짓뭉갰을지도 모른다. 만약 외적 행동의 결과를 고려하지 않고 그 행동이 양심의 목소리와 내적으로 일치하는가를 기준으로 행동해온 사람들이 없었다면 말이다. 기독교인이 그런 사람들이다. 그 이유인즉 모두의 동의가 있어야 성취할 수 있는 목표 대신에 누구의 동의도 필요치 않은 내적인 목표를 세우는 것이 참된 의미에서 기독교의 본질이기 때문이다. 그러므로 사람들을 굴종 상태에서 구원하는 일은 사회 활동가들에게는 불가능한 것이다. 그러한 구원은 오직 기독교 정신으로 폭력의 법칙을 사랑의 법칙으로 대체함으로써 이뤄지고 있다.

공공 생활의 목적이 그대에게 죄다 알려질 수는 없으리라. 기독교의 가르침은 각자에게 말한다. 그것은 온 세상의 이로움과 하느님 나라의 실현에 점점 더 가까이 가는 것으로 나타날 뿐이다. 삶의 개인적 목적은 그대도 잘 알다시피, 하나님 나라의 실현에 필요한 가장 큰 사랑의 완성을 스스로 실현하는 것이다. 이러한 목표는 그대가 항상 잘 알고 있으며, 언제든 달성될 만한 것이다.

그대는 개인적이고 외적인 최상의 목표들은 잘 알지 못할 수도 있다. 게다가 그런 목표를 실현하는 데는 장애물이 있을 수도 있다. 하지만 내적 완성으로의 접근과 자신 및 타인들에게서 사랑의 확장은 그 무엇으로도 그 누구에 의해서도 중단될 수가 없다.

무릇 외적이고 사회적인 거짓된 목표 대신에 삶의 참되고 확실하며 달성이 가능한 내적인 목표를 세우는 것이면 충분하다. 떼려야 뗄 수 없이 묶였던 사슬이 한순간 무너지고 자신이 완전한 자유인이라고 느끼려면 말이다.

기독교인이 국가법률에서 해방되려면, 그것이 자신과 타인 그 누구를 위해서도 필요치 않아야 한다. 기독교인은 그가 신봉하는 사랑의 법칙이 폭력으로 뒷받침되는 법률보다 인간다운 삶을 더 확실히 보장하는 것으로 간주하기 때문이다.

사랑의 법칙의 요구 조건을 인식한 기독교인에게 폭력의 법칙의 온갖 요구 조건은 의무적일 수 없을 뿐만 아니라 언제든 책망을 받고 폐지되어야 할 망상처럼 보인다.

악에 폭력으로 저항하지 않는 원칙을 포함하는 참된 의미의 기독교 신봉은 외부의 모든 권위로부터 사람들을 자유롭게 한다. 그것은 외부의 권위로부터 사람들을 자유롭게 할 뿐만 아니라, 동시에 헛되이 외적인 삶의 형태 변화를 통해 추구했던 더 나은 삶을 성취할 수 있게 해준다.

사람들은 곧잘 외적인 삶의 형태가 변화하여야 그들의 처지가 개선된다고 여긴다. 그러나 외형 변화는 언제나 의식의 변화 결과이기 때문에 삶은 이러한 변화가 의식의 변화에 기초해 있는 정도로만 향상된다.

의식 변화에 근거하지 않은 온갖 외형적인 삶의 변화는 사람들의 의식을 개선하지 못할뿐더러 대개는 악화시킨다. 아이들에 대한 매질, 고문, 노예제도를 없앤 것은 국가 차원의 칙령이 아니다. 사람들의 의식 변화가 그러한 칙령 공포의 필요성을 유발한 것이다. 삶의 질 개선은 그것이 의식의 변화에 기초했던 정도로만 이뤄졌다. 다시 말해, 사람들의 의식 속에서 폭력의 법칙이 사랑의 법칙으로 교체된 정도로 개선이 이뤄진 것이다. 사람들은 의식의 변화가 삶의 형태 변화에 영향을 미친다면, 그 반대의 경우 역시 사실일 것이라 여긴다. 외적 변화를 위한 활동이 더 만족스럽고(활동의 결과가 더 가시적이다) 손쉽기에 사람들은 항상 의식의 변화가 아닌 형태의 변화에 힘을 쏟는 걸 선호한다. 따라서 대개는 문제의 본질이 아니라 단지 겉모습에만 관심을 보인다. 삶의 외형 확립과 적용에 맞춰진 부산하고 쓸모없는 활동은 오롯이 사람들의 삶을 개선할 수 있는 의식 변화의 본질적이고 내적인 활동을 감춰버린다. 이러한 미신이 무엇보다 사람들의 삶의 전반적 개선을 방해한다.

더 나은 삶은 사람들의 의식이 더 나은 쪽으로 변화할 때만 가능하다. 그런즉 삶을 개선하려는 사람들의 모든 노력은 자신과 타인의 의식을 바꾸는 방향으로 나아가야 한다.

참된 의미의 기독교, 오직 그러한 기독교만이 오늘날 사람들이 처해 있는 예속 상태에서 그들을 벗어나게 하고, 오직 그러한 기독교가 개인적 삶과 공동의 삶을 실질적으로 향상할 기회를 사람들에게 제공한다.

폭력을 배제하는 참된 기독교만이 각자에게 개별적으로 구원을 제시하며 그것만이 인류 전체의 삶을 향상할 기회를 제공하는 게 분명해 보일 것이다. 하지만 사람들은 폭력의 법칙에 따른 삶을 충분히 체험하고, 국가적 삶의 미망, 잔인함과 고통의 현장이 두루 답파되기 전까지는 진정한 기독교를 받아들일 수 없었다.

1900년 동안 사람들에게 알려져온 기독교의 가르침이 그 전체 의미로 받아들여지지 못하고 외형상으로만 받아들여졌다는 사실이 기독교 가르침의 허위성, 주로는 그 가르침의 실행 불가능성을 가리키는 유력한 증거로 인용되곤 한다. "그토록 오랜 세월 기독교 가르침이 알려져 왔어도 여전히 사람들의 삶의 길잡이가 되진 않았다. 숱한 기독교 순교자들과 신앙 고백자들이 기존의 제도를 변화시키지 못한 채 허망하게 목숨을 잃었다면, 이는 기독교 가르침이 진리가 아니며 실행 불가능한 것임을 명확히 보여준다." 이런 식의 말들이 있다.

이러한 말과 생각은 파종한 알곡이 금방 꽃도 열매도 맺지 못한 채 땅속에서 썩어간다고 해서, 그게 이 알곡이 가짜여서 발아하지 않는다는 증거라며 그런 건 짓밟아버려야 한다는 식의 말이나 생각과 마찬가지다.

기독교 가르침이 초기에 그 전체의 의미대로 받아들여지지 못하고 비뚤어진 외적인 형태로 받아들여진 것은 불가피한 동시에 필연적이었다.

세상에 존재해온 모든 구조를 붕괴시키는 이 가르침은 그것이 발현되던 당시 그 온전한 의미로 받아들여질 수가 없어서 오직 비뚤어진 외적인 모습으로만 받아들여진 것이다.

당시는 대다수가 그리스도의 가르침을 하나의 영적인 방식으로 이해하지 못하는 형편이었다. 그리하여 이 가르침에서의 갖가지 이탈은 파멸임을 깨닫고서 사람들이 인생에 대한 그리스도의 가르침을 몸소 알아가도록 이끌어야만 했다.

그리스도의 가르침은, 달리 어쩔 수 없어 이교를 대체하는 외적인 예배로 받아들여졌지만, 삶은 이교의 길을 따라 계속 나아갔다. 그러나 비뚤어진 상태의 이 가르침은 복음서와 긴밀하게 연관되었고, 거짓 기독교의 사제들은 온갖 노력에도 불구하고 그 가르침의 본질을 사람들에게 숨길 수가 없었다. 그들의 뜻과는 반대로, 참된 가르침이 점차 사람들에게 모습을 드러내 사람들 의식의 일부가 된 것이다.

18세기 동안 긍정적이며 부정적인 이중의 작업이 진행되었다. 한편으로는 사람들이 착하고 합리적인 삶의 가능성에서 점점 더 멀어지고, 다른 한편으로는 참된 의미의 그리스도의 가르침에 대한 이해도가 점점 더 높아진 것이다.

오늘날에는 앞서 생생한 종교적 감각을 타고난 소수만 인식하던 기독교 진리가 현재 일부의 발현에서는 사회주의적 가르침의 형태로 보통 사람 누구나 접근할 수 있는 진리가 되었다. 사회의 생활은 아주 조잡하고 명백한 방식으로 모든 단계에서 이러한 진리에 모순된다.

토지 소유제, 조세, 성직자, 감옥, 단두대, 요새, 대포, 다이너마이트, 억만장자와 거지가 존재하는 우리 유럽 인류의 상황은 정말 끔찍해 보인다. 하지만 이것은 모두 그렇게 보일 뿐이다. 결국 이 모든 일들, 저질러지는 끔찍한 일들, 우리가 예상하는 일들 모두 우리 스스로에 의해 행해지는 것이거나 행해질 태세에 있는 것이다. 이 같은 일은 있을 수밖에 없을 뿐만 아니라, 인류의 의식 상태와 일치하기 마련이다. 실상 힘은 삶의 형식들 속에 있는 게 아니라, 사람들의 의식 속에 있는 것이다. 사람들의 의식은 사뭇 긴장되고 양극단으로 뻗은 엄청난 모순 속에 있다. 그리스도는 그가 세상을 이기었노라고 말씀하셨고, 정말로 세상을 이기셨다.[1] 세상의 악은 그게 아무리 끔찍해도 이미 존재하지 않는다. 왜냐하면 그것은 이미 사람들의 의식 속에 존재하지 않기

---

1  "이것을 너희에게 이르는 것은 너희로 내 안에서 평안을 누리게 하려 함이라. 세상에서는 너희가 환난을 당하나 담대하라. 내가 세상을 이기었노라."(요한복음 16:33) ―옮긴이

때문이다.

의식의 성장은 고르게 일어나며 비약적이지 않다. 인류사의 어느 한 시기와 다른 시기를 구분 짓는 특성은 결코 찾아낼 수 없다. 물론 소아 시절과 유년 시절, 겨울과 봄 사이에 특성이 있듯이 이러한 특성도 있기는 하다. 일정한 특질이 없다면, 과도기인 셈이다. 지금 유럽 인류는 그런 과도기를 겪고 있다. 어떤 상태에서 다른 상태로 전화하기 위한 것은 모두 갖춰져 있고, 변화를 일으킬 자극만 있으면 된다. 자극은 매초 주어질 수 있다. 대중의 의식은 이미 이전의 삶의 형태를 부정하고 새로운 삶을 수용할 태세를 갖춘 지 오래다. 누구나 똑같이 그것을 알며 느끼고 있다. 그러나 과거의 타성, 미래에 대한 우유부단으로 인해 의식 속에 오래전 준비된 것이 이따금 오랫동안 현실화하지 못하는 경우가 있다. 이런 순간 때로 한마디 말로도 충분히 의식은 표현을 얻을 수 있고, 인류의 복합적 삶의 주력으로서의 여론은 투쟁이나 폭력 없이도 순식간에 모든 기존 체제를 전복시킬 수 있다.

굴욕, 노예화, 무지에서 사람들을 구원하는 일은 혁명을 통해서도, 노동자연맹, 평화 회담을 통해서도 이뤄지지 않는다. 그것은 아주 평범한 방법을 통해서 이뤄진다. 형제들과 자기 자신에 대한 폭력 가담에 끌려드는 사람들 모두가 자신의 진정한 영적인 '자아'를 의식하며 당혹스러움에 이렇게 묻는 것이다. "내가 왜 이런 짓을 하려는 거지?"

혁명이나 어떤 교활하고 현명한, 사회주의적이고 공산주의적인 동맹이나 중재 구조로도 인류를 구하지는 못한다. 인류를 구원하는 것은 보편화했을 때의 그러한 영적인 의식이다.

결국 인간은 참된 인간다운 소명을 은폐하는 최면에서 깨어나야 한다. 국가가 그에게 들이대는 요구사항을 거부하는 게 아니라, 그에게 그런 요구를 할 수 있다는 사실에 화들짝 놀라 분노해야 한다.

"그리고 이러한 각성은 매 순간 일어날 수 있다." 15년 전에 나는 그렇게 쓴 적이 있다. 이러한 각성이 일어나는 중이라고 지금 담대하게 쓴다. 내 나이 팔십이 되어도 그것을 보지는 못하리라는 것을 안다. 하지만 겨울이 지나면 봄이, 밤이 지나면 낮이 오는 것처럼, 나는 각성의 시간이 우리 기독교 인류의 삶에 도래했다는 건 확실히 안다.

## XIV

인간 영혼은 그 본성상 기독교를 믿는 여신도이다.

기독교는 사람들에 의해 항상 잊혔다가 갑자기 기억나는 무언가로 받아들여진다. …… 기독교는 사람을 합리적인 법칙에 따르는 즐거운 세상이 눈앞에 펼쳐지는 높은 곳으로 끌어올린다. 기독교의 진리를 깨달은 사람이 맛보는 감정은 어둡고 답답한 탑에 갇혔던 사람이 탑 꼭대기의 열린 공간으로 올라가서 이전에 본 적이 없는 아름다운 세계를 목격했을 때 느낄 법한 것과 유사하다.

인간의 법률에 복종하는 의식은 노예가 되고, 하느님의 율법에 복종하는 의식은 자유로워진다. 인간 노동의 한 가지 확실한 조건은 우리가 열망하는 목표가 더 멀리 있을수록, 노동의 결실을 직접 보기를 거의 바라지 않을수록 성공의 척도는 더욱 크고 광범위해진다는 것이다.

존 러스킨

사람이 자신과 다른 사람들을 위해 하는 가장 중요하고 필요한 일은 자신으로선 그 결과를 직접 보지 못하는 일들이다.

"이 모든 게 가능하지만, 사람들이 걸려들어 붙들린 폭력에 기초한 삶에서 벗어나기 위해서는 사람들 모두가 종교적으로 되어, 하느님의 율법 이행을 위해 자신의 육체적·개인적 이익을 희생하고 미래가 아닌 현재를 살아갈 자세가 되어 있어야 한다. 그리고 사랑으로 계시하신 하느님의 뜻을 이루기 위해 오직 이 순간에 힘쓰는 것이다. 하지만 세상 사람들은 종교적이지 못하기에 그렇게 살 수가 없다."

오늘날 사람들은 이렇게 말한다. 마치 종교의식과 믿음이 사람들 본연의 상태가 아니며, 내면의 종교의식은 교육되어

주입된 특별한 것이라도 되는 듯이 가정하는 셈이다. 그러나 사람들이 그렇게 생각하고 말할 수 있는 것은, 인생의 가장 필수적이고 자연스러운 조건인 믿음을 일시적으로 박탈당한 기독교 세계의 특수한 상태에 기인한다.

그러한 이의제기는 사람들의 이익을 위한 노동의 필요성을 반대하는 생각과도 유사하다. 노동을 위해서는 그만한 체력이 있어야만 하는데, 노동에 아예 익숙지 않은 사람이나 일하는 법을 모르는 사람, 육체적인 노동을 할 체력이 없는 사람들은 어쩌냐는 식으로 말이다.

하지만 노동은 사람들이 인위적으로 고안하여 규정한 어떤 것이 아니라, 사람들이 살아가는 데 없어서는 안 될 불가피하고 필수적인 어떤 것이다. 무한한 것에 대한 자신의 관계 및 그러한 관계에서 비롯하는 행동 지침에 관한 의식으로서의 믿음 또한 그와 마찬가지다. 그러한 믿음은 인위적으로 양육된 어떤 특별한 것이 아니라, 오히려 새의 날개처럼 사람들이 삶을 영위하는 데 없어서는 안 될 인간 본성의 자연스러운 특질이다.

지금 우리 기독교 세계에서 종교의식을 상실했거나, 정확해 말해 상실하지는 않았더라도 어렴풋한 종교의식을 가진 사람들을 볼 수 있을지 모른다. 만약 그렇더라도 기형적이고 부자연스러운 그 상태는 일시적이고 우연한 깃에 불과하다. 다시 말해, 그것은 기독교 세계 사람들이 삶을 영위해온 특수한 조건에서 벌어진 소수의 상태이며, 일하지 않고 살아가거나 살 수 있는 사람들의 위치만큼이나 예외적이다.

그런즉 이러한 인간 본연의 필수 감각을 잃어버린 사람들이 새로이 종교적 감각을 느끼기 위해서는, 뭔가를 고안하거나 확립할 게 아니라 이 감각을 일시적으로 그들로부터 감추고 가로막은 속임수를 제거만 하면 된다.

오직 우리네 세상 사람들이 교회식 신앙이 기독교 가르침을 왜곡한 속임수에서 벗어나고, 교회식 신앙 위에서 확립되어 기독교와는 양립 불가능하며 폭력에 기반한 국가체제를 정당화하고 찬양하는 속임수에서 해방되면 된다. 그러면 예외와 폭력의 가능성이 없는 최고위 사랑의 법칙을 깨닫는 종교적 의식을 방해하는 주요 장애물이 기독교권뿐만 아닌 온 세계 사람들의 마음속에서 저절로 제거될 것이다. 사랑의 법칙은 1900년 전 인류에게 모습을 드러냈고, 이제는 이것만이 인간 양심의 요구를 만족시킨다.

그리고 이 법칙이 삶의 **최고** 법칙으로서 의식 속에 안착하면, 사람들의 도덕성에 해를 끼치는 상태, 즉 사람들이 서로 저지르는 거대한 불의와 잔혹함을 인간 고유의 자연스러운 행동으로 간주하는 상태는 자연스레 종말을 고할 것이다. 그렇게 된다면 또한 사회주의적이거나 공산주의적인 미래 사회의 조직가들이 지금 꿈꾸며 염원하고 약속하는 것들이 그것을 훨씬 상회하여 이루어질 것이다. 그리고 이는 완전히 정반대 수단으로 달성될 것이다. 그것은 오직 자기 모순적인 수단인 폭력이 쓰이지 않을 것이기에 달성될 것이다. 정부나 그 반대자들 모두 폭력의 수단을 써서 이를 달성하려 하지만 말이다.

　사람들을 도탄에 빠트려 타락시키는 악으로부터의 해방은 사람들이 군주제든 공화국이든 무엇이든 기존 체제를 강화하거나 고수함으로써 이뤄지는 게 아니다. 또한 기존 체제를 무너트리고 더 나은 사회주의적이거나 공산주의적 체제를 건설함으로써도 아니다. 몇몇 사람들이 그들이 최선으로 여기는 어떤 사회 체제를 상상하고, 다른 사람들에게 폭력을 써서 그것을 강요하는 방법으로도 아니다. 그러한 해방은 오로지 각자(대다수)가 자신의 활동이 자신이나 다른 사람들에게 미칠 결과를 생각하거나 염려치 않고, 이러저러한 사회 체제를 위해서가 아닌 오직 자신과 자신의 인생을 위해 그가 최고로 인정하는 삶의 법칙, 즉 어떠한 조건에서도 폭력을 허용치 않는 사랑의 법칙을 실행하기 위해 이런저런 행동을 취함으로써만 가능하다.


## XV


　지금 사람들이 오직 폭력에 복종하며 살고 있는 여러 사회보다는 합리적이고 유익하며 모두가 인정하는 규칙으로 운영되는 사회를 상상하는 편이 훨씬 자연스럽다.

깨어 있지 못한 사람에게 국가권력은 살아 있는 신체 기관을 구성하는 신성한 제도이며 사람들의 삶에 필수 불가결한 조건이다. 깨어 있는 사람에게 국가권력은 길을 잃은 자들이며 어떤 합리적 정당성도 없는 모종의 환상적 의미를 자신에게 부여하며 폭력을 통해 자신의 욕망을 충족시키는 자들이다. 깨어 있는 사람에게 저러한 것은 도리에서 벗어난 사람이거나 대개는 매수되어 다른 사람들에게 폭력을 쓰는 사람이 하는 짓이다. 이들은 노상에서 사람을 붙잡아 폭력을 휘두르는 강도들과 한 치도 다를 게 없다. 이러한 폭력의 유구함, 폭력의 규모와 그 조직화가 문제의 본질을 바꿀 수는 없다. 깨어 있는 자에게는 국가라 불리는 것이 없고, 그런즉 국가의 이름으로 자행되는 온갖 폭력에 정당성을 부여하지 않는다. 그런 까닭에 그가 폭력에 가담하는 것은 불가능하다. 국가 폭력은 외적인 수단에 의해서가 아니라 오직 진리에 깨어 있는 사람들의 의식이 작용함으로써 제거될 것이다.

과거 사람들의 처지에서는 국가 폭력이 필요했을 수도 있고, 어쩌면 지금도 여전히 필요할지도 모른다. 하지만 사람들은 폭력이 평화로운 삶에 오직 방해만 될 수 있는 상황을 보고 예견하지 않을 수 없다. 그러한 상황을 보고 예견하다 보면, 사람들은 평화로운 삶의 질서를 위해 노력하지 않을 수 없다. 그러한 질서의 실현 수단은 내적인 완성과 폭력에 가담하지 않는 것이다.

"하지만 정부 없이, 권력 없이 어떻게 산단 말인가? 사람들은 한 번도 그렇게 살아본 적이 없다." 이렇게들 말할 것이다.

사람들은 자신들이 그 속에서 사는 저 국가 형태에 너무나 익숙해져서 그것이 인류의 생활에 불가피하고 항시적인 형식으로 여긴다. 하지만 그저 그렇게 여겨질 뿐이다. 사람들은 국가 형태 밖에서 역시 삶을 영위해왔다. 문명이라고 불리는 것에 도달하지 못한 온갖 야생 종족들은 지금도 그렇게 살고 있다. 또 그렇게 사는 사람들 가운데는 인생의 의미 이해에서 문명을 넘어선 이들도 있다. 그런 삶을 영위하는 유럽과 아메리카 그리고 특히 러시아의 기독교 공동체들은 정부를 거부하고 정부가 필요치 않지만 어쩔 수 없어서 정부의 간섭을 견디고 있다.

국가 형태는 일시적이지 결코 인류의 영구적인 삶의 형태는 아니다. 어떤 사람의 삶이 정지해 있는 게 아니라 끊임없이 변화하고 움직이며 개선되고 있는 것처럼, 모든 인류의 삶 또한 그침 없이 변화하고 움직이며 개선되어 간다. 누구나 한번은 젖을 빨고 장난감을 갖고 놀고 공부하고 일하고 결혼하고 아이들을 키우고 열정에서 해방되어 용케 늙어간다. 똑같은 방식으로 여러 민족의 삶도 뭔가를 감당해내며 완성되어 간다. 물론 그것은 한 인간에게서처럼 수년이 아니라, 수 세기, 수천 년에 걸쳐서 이뤄진다. 그리고 한 사람의 중요한 변화가 눈에 보이지 않는 정신적인 영역에서 이뤄지듯, 인류의 중요한 변화는 무엇보다 보이지 않는 영역, 즉 인류의 종교의식 속에서 이뤄진다.

그리고 이러한 변화는 개인에게 너무나 점진적이어서 아이가 더 이상 아이가 아닌 청년이 되고, 청년이 남편이 되는 시간, 날짜, 달을 명시하기는 아예 불가능하다. 그런데도 우리는 이러한 전환이 벌써 이뤄졌음을 언제나 실수 없이 알아본다. 그처럼 우리는 인류 또는 인류의 일부가 하나의 종교적인 연령대를 지나 다음 단계로 진입한 시기를 명시할 수는 없다. 하지만 과거의 아이에 대해 그 아이가 청년이 되었음을 아는 것처럼, 우리는 인류 또는 그 일부 역시 한 시기를 거쳐서 더 높은 다른 종교적 연령대로 접어들었음은 이러한 전환이 이뤄져야 알게 마련이다.

한 연령대에서 다른 연령대로 인류의 그러한 전환이 오늘날 기독교계 민족들의 삶에서 이뤄졌다.

우리는 아이가 언제 청년이 되었는지는 몰라도, 과거의 그 아이가 더 이상 장난감을 갖고 놀 수 없음은 안다. 마찬가지로 기독교 세계 사람들이 이전의 생활 형태에서 벗어나 그들의 종교의식에 의해 규정되는 다른 연령대로 언제 넘어갔는지 연도는커녕 심지어 10년 단위도 말할 수가 없다. 하지만 기독교 세계 사람들이 더 이상 정복 놀음, 군주들의 접견 놀음, 외교적 권모술수 놀음, 헌법 놀음을 의회니 두마니 하는 곳과 함께 진지하게 벌일 수 없음은 명백하다. 사회·혁명적, 민주주의적, 무정부주의적 정당 놀음과 혁명 놀음 역시 마찬가지다. 여기서 핵심은 폭력에 기반해서는 이와 같은 일들을 할 수가 없다는 것이다.

이는 국가구조의 외적인 변화와 함께 현재 우리 러시아에서 특히 두드러진다. 진지하게 사유하는 러시아인들은, 온갖 새로운 통치 형태의 도입과 관련하여 어른이 과거 어린 시절 자신에게 없던 새 장난감을 선물 받았을 때와 비슷한 느낌을 받을 수밖에 없을 것이다. 제아무리 새롭고 재미있는 장난감이라도 그에게 필요가 없으므로 그는 그저 웃는 얼굴로 그 장난감을 바라볼 수는 있을 것이다. 우리 러시아의 사유하는 온갖 사람들과 대다수 인민대중이 우리의 헌법, 두마 그리고 다양한 혁명 연합과 정당들을 대하는 태도 또한 그와 마찬가지다. 오늘날의 러시아 사람들, 비록 불분명한 형태로나마 그리스도의 진정한 가르침의 본질을 감촉하는 그들로서는(내 말이 틀리지는 않으리라) 인간의 현세적 소명이 그에게 주어진 탄생과 죽음 사이 짧은 기간을 어영부영 쓰는 데 있다고 믿지는 못할 것이기 때문이다. 하원에서나 사회주의자 동지들의 모임에서 또는 재판정에서 연설하고, 제 이웃을 심판하여 붙잡아 가두고 죽이는 일들 말이다. 이웃을 향해 폭탄을 던지고, 이웃에게서 토지를 빼앗기도 한다. 그도 아니면 핀란드, 인도, 폴란드, 조선이 러시아, 영국, 프로이센, 일본이라 불리는 곳에 병합되게 할 것인지, 아니면 폭력을 써서 저 나라들을 해방하기 위해 서로 간의 대량 학살에 대비할 것인지를 걱정한다. 오늘날에는 누구라도 마음속 깊이 저 같은 활동의 온갖 광기를 의식하지 않을 수 없을 것이다.

우리가 인간적 천성에 역행하는 생활상의 온갖 참상을 보지 못하는 것은, 조용한 환경 속의 온갖 끔찍한 일들이 그걸 미처 알아차리지 못할 정도로 서서히 도래했기 때문이다. 나는 우연히 아주 끔찍한 상태로 팽개쳐진 노인을 본 적이 있다. 온몸에 벌레가 우글거리고 고통 없이는 사지 하나 움직일 수 없었음에도 그 노인은 자신의 끔찍한 상태를 살살이는 알아차리지 못하고 있었다. 아주 조금씩 조금씩 그런 상태에 이르렀기 때문이다. 그는 그저 차와 설탕 조각을 청했다. 우리 인생 역시 마찬가지다. 우리가 인생의 온갖 참상을 보지 못하는 것은 오로지 눈에 띄지 않는 작은 발걸음으로 그 상태에 들어섰기 때문이다. 그 노인처럼 우리는 참상을 다 알아차리지 못하고, 그가 차와 설탕에 기뻐했던 것처럼 새로운 영화관과 자동차에 기뻐한다. 이성적이고 사랑스러운 인간적 천성에 맞지 않게 인간이 인간에게 저지르는 폭력의 근절이 사람들의 처지를 개선하지 못하고 도리어 악화시킬 가능성이 전혀 없다는 것은 두말할 필요도 없다. 현재 사회의 상황은 끔찍하게 볼썽사나워 더 못한 건 상상하기조차 어려울 정도다.

그렇기에 사람들이 정부 없이 살 수 있느냐는 질문은 기존 체제의 옹호자들이 제시하고자 하는 것만큼 무섭기는커녕, 괴롭힘을 당하는 사람에게 더 이상 괴롭히지 않으면 어떻게 살 거냐고 묻는 것처럼 우스꽝스러울 뿐이다.

국가체제가 존재함으로써 특별히 유리한 위치에 있는 사람들은, 국가권력 없이 사는 사람들의 삶을 엄청난 혼란상으로, 만인의 만인에 대한 투쟁으로 상상한다. 그것도 마치 그냥 동물(동물은 국가 폭력 없이 평화롭게 산다)을 넘어서 오직 증오와 광기에 이끌려 활동하는 어떤 끔찍한 생명체의 공동서식에 관한 것이라도 되는 듯 말이다. 그들이 인민의 삶을 그런 식으로 상상하는 것은, 자신들이 성장해온 국가체제에 의해 길러진 특성, 그것도 인민의 본성에 어긋나는 특성을 인민에게 부여하기 때문이다. 게다가 그들은 그 국가체제가 명백히 불필요하고 해로울 뿐임에도 불구하고 그것을 계속하여 지원하고 있다.

그러면 권력 없고, 정부 없는 삶이란 어떤 것이겠는가? 답변은 아마 오직 하나, 정부가 양산하는 온갖 악이 더 이상 존재하지 않으리라는 것이다. 토지 소유제는 물론, 인민에게 불필요한 일에 사용되는 조세 역시 존재하지 않을 것이다. 민족 간의 분열, 어떤 이들이 다른 이들을 노예화하는 일도 없을 것이다. 민족 최고의 역량을 전쟁 태세를 갖추기 위해 삼켜버리는 일도 더 이상 없을 것이다. 한쪽에서는 폭탄, 다른 한쪽에서는 교수대에 대한 두려움이 사라질 것이다. 어느 한쪽의 광적인 사치가 사라질 것이며, 다른 한쪽의 더욱 광적인 가난도 사라질 것이다.

# XVI

우리는 규율, 문화, 문명의 시대를 살고 있지만, 도덕의 시대와는 아직 거리가 멀다. 현 인민의 상태에서는 국가의 행복이 인민의 불행과 함께 성장한다고 할 수 있을 것이다. 그리고 우리는 저 문화가 없었을 원시 상태에 있을 때가 현재 우리의 상태에서보다 더 행복했던 거 아닌가 하는 질문이 있다.

인민을 도덕적이고 현명하게 만들지 않는 마당에 어떻게 그들을 행복하게 만들 수 있는가!

칸트


그대에게 폭력이 필요치 않게 살고자 애쓰라.

우리는 다른 사람들, 즉 전체 인민의 삶을 어떻게 조직할 것인지 추론하는 데 매우 익숙하다. 그러한 추론을 이상하다고 보는 건 아니다. 하지만 그러한 추론은 종교적 심성을 갖췄기에 자유로운 사람들 사이에는 결코 존재할 수 없는 것이다. 그러한 추론은 전제주의의 좋지 못한 결과, 즉 한 사람 또는 몇 사람이 다른 사람들을 통치한 결과다.

압제자들과 이들로 인하여 타락한 사람들이 추론하는 방식이 그렇다.

저 망상이 해로운 이유는 그것이 압제자들의 폭력에 시달리는 사람들을 괴롭히고 망가트리기 때문만이 아니다. 망상이 모든 사람에게서 자기 자신을 바로잡아야 한다는 의식을 약화하기 때문이다. 그 의식만이 다른 사람들에게 실질적으로 영향을 미칠 유일한 수단인데도 말이다.

한 사람이 많은 사람을 쥐고 흔들 권리가 없을 뿐만 아니라, 많은 사람이 한 사람을 쥐고 흔들 권리 역시 없다.

블라디미르 체르트코프

"하지만 아무튼 정부 없이 살기로 작정한 사람들의 삶은 어떤 모습을 띠게 될 것인가?" 사람들은 자신들의 삶이 어떤 형태를 띠고 어떤 형태로 지속될지를 항상 안다고, 따라서 정부 없이 살기로 작정한 사람들은 자신들의 삶이 어떤 모습을 갖출지 역시 미리 알아야 한다고 확연히 가정하고 질문한다. 사람들은 자신들의 삶이 미래에 어떤 형태를 지닐지 알고 있던 적도 없고 알 수도 없다. 사람들이 이를 알 수 있고 심지어는 미래의 형태를 준비할 수 있다는 믿음은 아주 오래되고 널리 퍼져 있기는 해도 매우 조잡한 미신에 불과하다. 정부에 복종하든 복종하지 않든 사람들은 하나같이 자신들의 삶이 어떤 모습을 갖추게 될지 결코 알지 못했고 알 수도 없다. 더욱이 소수가 제 뜻대로 전부의 삶을 조직할 수는 없다. 사람들의 삶의 형태는 항상 몇 사람의 뜻대로가 아니라 몇 사람의 뜻과는 무관한 아주 많은 복잡한 원인이 작용하여 조성되기 때문이다. 그 원인 가운데 주된 것이 어떤 사회 사람들 대부분의 도덕적·종교적 상태이다.

몇몇 사람이 다른 사람들 대부분의 삶이 어떤 형태를 갖추게 될지 미리 알 수 있을 뿐만 아니라, 이들이 미래의 삶을 조직할 수 있다는 식의 미신이 있다. 그러한 미신은 폭력을 저지르는 사람들이 그 활동을 정당화하려는 욕구, 그리고 폭력을 견디는 사람들이 자신들이 겪는 폭력의 심각성을 설명하고 완화하려는 욕구에 근거해 생겨나서 유지된다. 폭력을 저지르는 사람들은 인민의 삶이 자신들이 최선이라고 생각하는 형태를 띠기 위해서는 무엇을 해야 하는지 안다고 자신과 다른 사람들을 안심시킨다. 폭력을 인내하는 사람들은 폭력을 뒤집어엎을 힘을 갖출 때까지 그것을 믿는다. 그러한 믿음만이 그들의 처지에 의미를 부여하기 때문이다.

민족들의 역사는 이러한 미신을 아주 결단력 있게 파괴했어야 했을지도 모른다.

19세기 말 프랑스의 몇몇 사람들은 폭력을 동원해 전제 왕정을 지원하지만, 이들의 온갖 노력에도 불구하고 왕정은 무너지고 공화정 체제가 들어선다. 이와 마찬가지로 공화국을 이끌던 사람들이 이 체제를 떠받치려 한 온갖 노력에도 불구하고, 어마어마한 폭력에도 불구하고, 공화국 대신에 나폴레옹 제국이 등장한다. 그와 마찬가지로 통치자들의 뜻과는 달리 세습 제국 대신 동맹, 샤를 10세, 헌법, 다시 혁명, 다시 새로운 공화국, 다시금 공화국 대신 루이 필리프 등이 등장하여 현 공화국에 이른다. 그것은 다른 모든 폭력적인 인간의 활동에서도 마찬가지다. 교황청의 온갖 노력은 개신교의 가능성을 없애기는커녕 개신교를 각성시킬 뿐이다. 자본주의의 온갖 노력은 사회주의적 열망을 강화할 뿐이다. 강제로 확립된 형태가 한동안 지속되거나 강제로 변경되는 경우, 그것은 다만 특정 시기 일부 형태가 인민의 전반적, 주로는 영적인 상태에 더 이상 걸맞지 않아서지 누군가 그것을 지원하거나 조직했기 때문이 아니다.

따라서 소수인 일부 사람들이 다수의 삶을 조직할 수 있다는 믿음, 즉 한 치 의심의 여지 없는 진리거나 엄청난 만행의 빌미가 되는 진리로 여겨지는 것은 그저 미신일 뿐이다. 이러한 미신에 기반한 활동, 즉 보통 가장 명예롭고 중요하게 여겨지는 혁명가와 통치자 및 그 조력자들의 정치적 활동은 본질상 아주 허황하고 해로운 인간 활동이다. 그 활동이야말로 다른 무엇보다 인류의 참된 이로움을 방해해온 것이다. 이러한 미신의 이름으로 피의 강이 흐르고 흐르며, 이러한 미신에 기초해 생긴 어리석고 해로운 활동으로 말미암아 사람들은 헤아릴 수 없는 고통을 참고 견딘다. 무엇보다 최악은 저 미신의 이름으로 피의 강이 면면히 흐른다는 것이다. 그사이 이러한 미신은 그 무엇보다 더, 사회 시스템 내부에서 그 시대는 물론 인간 의식의 일정한 발전 단계에 걸맞은 삶의 개선이 성공리에 이뤄지는 것을 방해해왔다. 저러한 미신은 참된 진보를 저해한다 주로는 사회 시스템을 유지하거나 강화하며 또는 변화시키거나 개선한다는 명목으로 사람들이 다른 사람들에게 영향을 미치는 데 역량을

다 쏟음으로써 내적 수양[자기완성] 활동의 기회를 상실하고 만다. 실상은 내면의 수양만이 전체 사회구조 변화에 이바지할 수 있는데도 말이다.

인간의 삶 전체는 조금씩 움직여 완성이라는 영원한 이상을 향해 가까이 갈 수밖에 없을 것이다. 물론 그것은 각 개인이 자기 개인적이면서도 예의 저 끝없는 완성에 접근함으로써만 가능하다.

그런데 미신이라는 것은 얼마나 지독하고 파괴적인가?! 저 미신의 영향으로 사람들은 자신과 공공의 이익에 정말로 필요하며 사람으로서 충분히 해낼 능력이 있는 하나의 일, 즉 내적 수양을 소홀히 한다. 그 대신 이들은 자기 능력 밖의 일, 즉 타인들의 삶을 조직하는 데 온갖 노력을 기울인다. 게다가 이러한 불가능한 목표의 달성을 위해 자타 모두에게 불쾌하고 해로울지 모를 폭력이라는 수단까지 동원한다. 개인의 완성은 물론 모두의 전반적 완성에서 무엇보다 확실하게 멀어지게 하는 게 폭력인데도 말이다.


XVII


모름지기 외부 문제 해결을 지양하고 하나의 진정하고 인간적인 내적 질문을 스스로 제기해야 한다. 온갖 외적 문제들이 최상의 해결책을 찾을 수 있도록 어떻게 더 나은 삶을 살아갈 것인가.

우리는 공동선이 무엇인지 모르고 알 도리도 없다. 하지만 저 공동선의 달성이 각자에게 열려 있는 선의 법칙이 이행되어야만 가능하다는 것은 확실히 안다.

세상을 구하는 대신 자신을 구하고, 인류를 해방하는 대신 자신을 해방하려 한다면, 사람들은 세상을 구하고 인류를 해방하기 위해 얼마나 많은 일을 해내겠는가!

게르첸

사적인 삶과 공동의 삶에는 하나의 법칙이 있다. 더 나은 삶을 원한다면, 인생을 바칠 각오를 하자. 하느님의 뜻을 이루며 필생의 업을 행하라. 그래야만 공동의 삶 개선에 가장 효과적으로 기여할 수 있음을 분명히 알라.

"이런 것들이 공정할 수도 있지만, 폭력의 자제는 모두가 또는 대부분이 폭력의 무익함과 무용성, 불합리성을 이해할 때 합리적일 것입니다. 이러한 이해가 부재한 상황에서 개개인은 어떻게 해야 할까요? 자기 울타리를 치지 말고, 우리 자신과 가까운 사람들의 인생과 운명을 사악하고 잔인한 사람들의 자의에 내맡기자는 겁니까?"

눈앞에서 자행되는 폭력에 대처하려면 나는 무엇을 해야 하는가? 이 질문은 인간이 미래를 알 수 있을 뿐만 아니라 미래를 제 뜻대로 조직할 수 있다는 예의 저 조잡한 미신에

전적으로 근거한다. 저런 미신에서 자유로운 사람에게는 이런 질문이 존재하지 않고 성립될 수도 없다.

악당이 피해자에게 칼을 들이댔고, 내 손에 총이 있어서 그를 죽일 터였다. 그러나 칼을 휘두른 자가 제 의도를 실행할지 못할지는 나로서는 모르고 알 수도 없는 노릇이다. 그가 악한 의도를 실행할 수 없었더라도, 나는 아마 악행을 저질렀을 것이다. 그러므로 이런 경우나 온갖 유사한 경우에 사람이 할 수 있고 해야 하는 한 가지는 가능한 모든 경우에 언제나 해야 하는 것이다. 다시 말해, 하느님과 자기 양심에 타당하다고 여기는 일을 하는 것이다. 인간의 양심은 자기 희생을 요구할 수 있지만, 그것이 타인의 생명일 수는 없다. 사회악에 대처하는 방법 역시 마찬가지다.

그렇다면 한 사람 또는 많은 사람이 저지르는 악행을 보았을 때 어떻게 해야 하는가. 사람들의 미래 상황에 대한 지식이 가능하고 그 상황을 강제로 조직할 수 있다는 미신에서 자유로운 사람의 답변은 오직 하나다. 다른 사람이 그대를 대하기를 바라는 대로 다른 사람을 대하라는 것이다.

"하지만 어떤 놈이 훔치고 약탈하고 죽이는데, 나는 훔치지도 약탈하지도 죽이지도 않는다. 그자에게 상호성의 법칙을 실행하게 하라. 그러면 나에게도 그 법칙의 이행을 요구할 수 있을 것이다." 보통 우리 세상 사람들은 그렇게들 말한다. 더 높은 사회적 위치에 있는 사람일수록 더욱 커다란 확신으로 이렇게 말한다. "나는 훔치지 않고, 약탈하지 않고,

죽이지 않는다."통치자, 장관, 장군, 판사, 토지 소유자, 상
인, 군인, 경찰관이 그들이다. 온갖 폭력을 정당화하는 사회
시스템에 대한 미신이 세상 사람들의 의식을 심각한 수준으
로 흐려놓고 만 것이다. 그리하여 사람들은 미래의 세계질
서에 대한 미신의 이름으로 자행되는 전면적이고 끊임없는
약탈과 살인 행위는 분간하지 못한 채, 선의 이름으로 정당
화할 수 없는 소위 살인자, 강도, 도둑들의 드문 폭력 행사만
을 알아보는 지경에 이르렀다.

"저자는 도둑놈이고, 저자는 강도, 저자는 살인자요. 저자
는 타인이 네게 행하길 원치 않는 것은 타인에게 행하지 말
라는 원칙을 지키지 않아요."이런 말을 하는 자들이 있다.
과연 누구인가? 이런 자들은 끊임없이 전쟁에서 사람을 죽
이고 아랫사람들에게 살인을 준비하게 하고 타민족은 물론
제 민족마저도 약탈하고 털어낸다.

네게 타인이 행하길 원하는 걸 타인에게 행하라는 규칙이
우리 사회에서 살인자, 강도, 도둑이라 불리는 사람들에 대
한 대책으로 충분치 않다면, 그 까닭은 이런 사람들이 대다
수 인민의 일부이기 때문이다. 다시 말해, 자신의 미신 때문
에 제 행위의 범죄성을 분간하지 못하는 자들의 손에 대대
로 죽임을 당하고 약탈당하고 털려온 사람들의 일부인 것
이다.

그런즉 우리에게 온갖 폭력을 행사하려는 자들을 어떻게
대해야 하는가. 이 질문에 대한 답변은 한결같다. 사람들이

네게 하기를 바라지 않는 일을 타인에게 하지 말라는 것이다.

그러나 일부 폭력 사례에 구시대적인 보복법을 적용하는 것이 얼마나 부당한지는 말할 나위도 없다. 미래의 조직화라는 미신에 사로잡혀 국가가 자행하는 끔찍하고 잔인한 폭력은 처벌하지 않고, 소위 강도, 도둑들이 저지르는 폭력을 유독 거칠게 응징하는 것은 명백히 불합리하다. 게다가 이는 그 목적과는 정반대의 결과를 직접 초래한다. 이는 서로에 대한 온갖 종류의 폭력에서 감옥이나 교수대보다 백 배는 더 강하게 사람들을 보호하는 여론의 어마어마한 힘을 무너뜨리는 정반대의 결과로 이어진다.

그리고 국제관계에도 이 같은 논리는 특히 두드러지게 적용됨 직하다. "야만인들이 들어와서 우리 노동의 결과물과 아내며 딸들을 빼앗는다면 어떻게 해야 할까요?" 이렇게들 말하는 사람이 있다. 그들은 저희가 다른 여러 민족을 대상으로 끊임없이 저지르는 만행과 범죄는 망각하고서, 그저 자기 자신을 상대로 하는 만행과 범죄를 예방할 가능성에 대해서만 생각한다. 백인들은 황인의 위험성[2]을 언급한다. 인도인, 중국인, 일본인들은 백인의 위험성에 더욱 많은 근거를 댄다. 일단 폭력을 정당화하는 미신에서 벗어나는 게 급선무다. 그래야만 어떤 민족들이 다른 민족을 대상으로

---

2  톨스토이는 소위 황화론黃禍論 즉 '황인종의 위험성'을 줄곧 비판했다. 빌헬름 2세(1859~1941)의 황화론으로 유명한 그림(1895) 관련해서는 《죽이지 마라》 19쪽 참조.—옮긴이

끊임없이 저지르는 온갖 범죄행위에 사람들이 경악할 것이고, 미신에서 비롯된 여러 민족의 도덕적 맹목성에 더욱 경악할 것이다. 그러한 맹목성이 있기에 영국인, 러시아인, 독일인, 프랑스인, 남미인들은 인도, 인도차이나, 폴란드, 만주, 알제리에서 자신들이 저질러온 끔찍한 범죄를 염두에 둔 채 자신들을 위협하는 폭력의 위험성뿐만 아니라, 폭력에서 자신들을 보호할 필요성을 말할 수 있는 것이다.

따라서 머릿속으로 잠시나마 사회의 미래 구조에 대한 앎의 가능성과 그 구조의 건설을 위해 온갖 폭력을 정당화하는 끔찍한 미신에서 해방되어 사람들의 삶을 진심으로 신중하게 바라봐야 한다. 그렇게만 한다면, **폭력으로 악에 저항할 필요성을 인정하는 것은 복수, 사욕, 시기, 야망, 권세욕, 교만, 비겁, 악의 같은 습관적이고 일상화된 악덕의 정당화에 불과하다는** 게 분명해질 것이다.


# XVIII

창조주께서 모든 인간적 행동의 척도는 이익이 아니라 정의이며, 그런 이유로 이익의 정도를 따지는 노력은 항상 결실이 없다고 정하셨다. 그 누구도 일정한 행동이니 일련의 행동들이 궁극적으로 자신과 타인들에게 어떤 결과를 가져올지 알지 못했고 여전히 알지 못하며 알 수도 없다. 하지만 어떤 행동이 정의롭고 어떤 행동이 그렇지 않은가는 누구나 알 수 있다. 그리고 그처럼 정확히 정의의 결과가 궁극적으로 우리뿐만 아니라 타인들에게도 최선이 되리라는 것은 우리 모두 알 수 있다. 비록 우리로서는 어떤 것이 그 최선인지, 그 핵심이 무엇인지 미리 말할 수가 없더라도 말이다.

존 러스킨

진리를 알지니, 진리가 너희를 자유롭게 하리라.

요한복음 8:32

인간은 사유한다. 인간은 그렇게 창조되었다. 인간이 이성적으로 사유해야 한다는 것은 분명하다. 이성적으로 사유하는 사람은 우선 자신이 살아가는 목적을 생각한다. 그는 자신의 영혼과 하느님에 대해 생각한다. 속세의 사람들이 무엇을 생각하는지 살펴보라. 뭐가 되든 이것에 대해서만은 아니다. 그들은 춤, 음악, 노래 등과 같은 즐거움에 대해 생각한다. 또한 그들은 건물, 부, 권력을 생각하고, 부자며 왕들의 지위를 부러워한다. 하지만 그들은 인간으로 존재하는 게 무엇을 의미하는지는 전혀 생각하지 않는다.

파스칼

기독교 세계의 고통받는 사람들, 지배자와 부자, 억압받는 자와 가난한 자를 막론하고 그대들 모두 거짓 기독교와 국가조직의 속임수에서 벗어나라. 그리스도께서 그대들에게 펼쳐 보이신 것, 즉 그대들의 이성과 심장이 요구하는 것을 은폐하는 저 속임수에서 벗어나라. 그러면 온갖 육체적 고통, 결핍과 영적인 고통, 즉 억압받고 가난한 그대들을 괴롭히는 부당함, 시기, 격분의 원인이 오로지 그대들 안에 있음이 분명해질 것이다. 지배자와 부자인 그대들이여, 크든 작든 자신의 도덕적 감수성의 정도에 따라 그대들 역시 불안케 하는 공포며 양심의 가책, 자기 인생에 대한 죄의식의 원인은 그대들 안에 있다.

그대들 양쪽 다 타인의 노예로나 통치자로 태어나지 않았으며, 그대들 모두 자유로운 사람이지만 그대들이 자기 인생의 최고 율법을 이행할 때 오로지 자유롭고 이성적임을 이해하라. 저 율법이 그대들에게 모습을 드러냈고, 오로지 그대들에게 그 율법을 감추는 거짓을 물리치기만 하라. 저 율법이 무엇인지 그대들의 복리가 어디에 있는지 명백해지리라. 이 율법은 사랑 안에 있으며 복리는 이 율법의 실행 여부에 있다. 이 사실을 이해하라. 그러면 그대들은 진실로 자유로워지고, 혼동되어 아무것도 믿지 않는 타락한 자들이 그대들을 이끄는 복잡한 방법으로 그대들이 지금 헛되이 이루려고 애쓰는 것을 모두 얻게 되니.

"수고하고 무거운 짐을 진 자들아 다 내게로 오라. 내가 너희를 쉬게 하리라. 나는 마음이 온유하고 겸손하니 나의 멍에를 메고 내게 배우라. 그러면 너희 마음이 쉼을 얻으리니. 나의 멍에는 선하고 내 짐은 가벼우니라."(마태복음 11:28~30) 그대들을 구원하고 그대들이 겪고 있는 악에서 벗어나게 하며 그대들이 그토록 서투르게 추구하는 진정한 복리를 주는 것은 자신의 이익에 대한 욕망, 시기, 당의 강령 준수, 증오, 분노, 명예욕, 심지어는 정의감도, 주되게는 타인들의 삶을 조직하는 과업도 아니다. 그것은 오로지 자기 영혼을 위한 활동뿐이다. 그 활동은, 이상하게 보일지는 몰라도, 아무런 외적인 목적도 없으며, 어떤 결과가 나올지 전혀 판단하지 않는다.

어떤 사람이 타인들의 삶을 조직할 수 있다는 가정은 그것이 오래된 것이라는 이유로 사람들에 의해 인정받는 조잡한 미신이다. 군주, 대통령, 장관부터 첩자, 사형집행인, 게다가 정당 구성원, 정당 지도자, 독재자에 이르기까지 타인들의 삶을 조직하느라 바쁜 사람들은, 지금 많은 이들이 생각하는 것처럼 어떤 고상한 존재가 아니라, 거꾸로 한심하고 깊은 착각에 빠진 사람들이다. 이들은 불가능하고 어리석은 일만이 아니라 사람이 선택할 수 있는 가장 역겨운 일 가운데 하나로 바쁜 사람이다.

사람들은 첩자, 사형집행인의 애처로운 비열함을 이해하고, 헌병, 경찰, 부분적으로 군인에 대해서도 같은 태도를 보이기 시작한다. 하지만 판사, 상원의원, 장관, 군주, 혁명 지도자 및 그 참여자에 대해서는 아직 그런 특성을 이해하지 못한다. 그런데 상원의원, 장관, 군주, 정당 지도자의 경우는 사형집행인이나 첩자의 경우와 마찬가지로 저열하고 인간 본성에 맞지 않으며 사악하고, 위선으로 덮여 있다는 점에서 사형집행인이나 첩자의 경우보다 훨씬 더 나쁘다.

모든 이들이여, 특히 젊은이여, 자기 생각대로 폭력을 써서 타인들의 삶을 조직하는 데 인생을 바친다든가 그런 일에 종사하는 행위는, 조잡한 미신일 뿐 아니라 역겹고 범죄적이며 영혼을 파괴하는 행위임을 깨우치라. 개화된 인간의 영혼에 내재한 타인의 복리에 대한 열망에 부합하는 것은, 결코 폭력을 동원하여 타인들의 삶을 조직하는 북새통이 아니라, 인간이 혼자서도 완전히 자유롭고 당당해지는 자기 내면에 대한 작업임을 이해하라. 자기 안의 사랑을 키우는 이 작업만이 그러한 바람을 충족시키는 역할을 할 수 있다. 폭력을 동원하여 타인의 삶을 조직하려는 갖은 활동은 인민의 복리에 보탬이 될 수 없으며, 언제나 크고 작게 감지되는 위선적 속임수에 불과하다. 다시 말해, 그것은 인민에게 봉사한다는 탈을 쓰고 비열한 욕망 즉 허영과 자만, 사욕을 숨기는 행위다.

이러한 사실을 깨닫고, 특히 청년, 미래 세대여, 지금 그대들 대부분이 그러듯 저 상상의 행복 찾기를 멈추라. 행정부, 법원, 타인들의 교육에 참여하는 방식, 또는 이를 위해 나태와 오만, 자만을 길러주고 그대들을 타락하게 하는 시설인 김나지움이며 대학에 입학하는 방식으로 인민의 복지를 조성하고자 하는 노력 말이다. 흡사 인민대중의 복리가 목표인 듯 만들어진 다양한 조직에도 참여를 중단하라. 모든 사람에게 항상 필요한 것, 각자가 항상 접근할 수 있는 것, 자신에게 최대의 복리를 주고 무엇보다 확실하게 이웃의 복리에 봉사하는 하나를 찾으라. 내 안에서 구하라. 사랑의 발현을 방해하는 갖은 잘못과 죄악, 격정 같은 모든 걸 청산함으로써 내 안의 사랑이 커지게 하는 그 하나를. 그러면 그대는 가장 실질적인 방법으로 사람들의 복리에 기여할 것이다. 오늘날 우리가 알아낸, 폭력을 배제하는 최고의 법칙, 즉 사랑의 법칙의 실행은 새들에게 비행의 법칙과 둥지 틀기의 법칙, 초식동물에게 식물 섭취법, 육식동물에게 고기 섭취법만큼이나 우리에게 불가피한 것이다. 따라서 이러한 사랑의 법칙에서 물러서는 것은 우리에게 치명적일 수 있음을 이해하라.

이 점을 명심하고, 저 즐거운 일에 인생을 걸 생각으로 그 일을 시작하라. 그러면 그대는 즉시 여기에, 오직 여기에 필생의 업이 있으며, 오직 이것이 그대들이 그토록 헛되이 아주 잘못된 방식으로 추구하던 모든 사람의 삶의 향상을 가져온다는 것을 알게 될 것이다. 사람들의 복리는 그들의 연대에 있으며, 연대가 폭력을 통해서는 달성될 수 없음을 이해하라. 연대는 사람들이 이에 대해 생각하지 않더라도 각자가 인생의 법칙 실행만을 생각할 때 비로소 이뤄진다. 모든 사람을 위한 단 하나, **최고인** 인생의 법칙이 사람들을 하나로 연결하리니.

그리스도께서 펼치신 최고의 법칙, 인생의 법칙은 이제 사람들에게 분명해졌으며, 새롭고 더욱더 명확하고 인간의 영혼에 가까운 법칙이 펼쳐질 때까지 그 법칙을 견지하는 것만으로도 사람들을 하나로 연결할 수 있다.


## XIX


어떤 사람은 복리나 행복을 권력에서 찾고, 다른 사람은 과학에서, 또 어떤 사람은 관능에서 찾는다. 참으로 자신의 복리에 가까워진 사람들은, 그것이 모두가 아닌 일부 사람들만 소유하는 것이 될 수 없음을 이해한다. 그들은 인간의 참된 복리는 구분이나 시샘 없이 모든 사람이 한꺼번에 누릴 수 있는 것임을 이해한다. 그것은 본인이 원치 않는 한 누구도 잃어버릴 수 없는 것이다.

파스칼


우리에게는 흠잡을 데 없는 오직 하나의 지도자, 보편 정신이 있다. 그것은 우리 모두를 다 함께 그리고 하나의 단위로서 각자를 관통하며, 각자에게 마땅히 해야 할 일에 대한 갈망을 불어넣는다. 나무에서는 태양을 향해 자라게 하고, 꽃에서는 가을이면 씨앗을 떨구게 하고, 우리에게는 하느님을 향해 나아가라 명하는 정신 말이다. 그리고 이러한 지향 속에서 점점 더 서로가 하나로 연결된다.

참된 신앙은 신자에게 복리를 약속하기 때문이 아니라, 온 갖 재난과 죽음으로부터 유일한 구원의 피난처를 제시함으로써 사람들을 끌어들인다.

구원은 의례나 신앙고백에 있는 것이 아니라, 자기 인생의 의미를 명확히 이해하는 데 있다.

이게 내가 말하고자 했던 전부다.

나는 오늘날 우리가 더 이상 머물러 있을 수 없는 상황에 이르렀음을 말하고자 했다. 우리가 원하든 아니든 우리는 새로운 삶의 길로 나가야 한다. 새로운 길로 나아가고자 인 생의 의미를 해명하고 인생의 길잡이가 될 만한 새로운 신앙이나 새로운 과학적 이론을 고안할 필요는 없다. 핵심은 어떤 특별한 활동도 필요치 않고, 오로지 하나, 즉 거짓 기독 교 신앙과 국가체제의 미신에서 벗어나는 것이다.

그게 누구든 타인들의 삶을 조직할 어떠한 권리도 없을 뿐만 아니라 그럴 가능성도 없다는 사실을 부디 모두가 깨 달으시라. 또한 각자에게 계시된 최고의 종교 율법에 맞춰 자기 인생을 꾸리고 지켜나가는 것은 각자의 몫임을 이해하 시라. 그러면 우리 영혼의 요구 조건에 걸맞지 않은 고통스 러운 삶의 체계, 이른바 기독교 민족들의 점점 더 악화하는 야수적인 삶의 체계는 저절로 청산될 것이다.

그대가 누구든, 왕이든 재판관이든 지주든 직공이든 거지든 상관없다. 저걸 생각하고, 자신을 가엾이 여기고 제 영혼을 불쌍히 여기라……. 그대가 왕좌, 권세, 부에 빠져 얼마나 정신이 흐려지고 얼이 빠졌든, 그대가 얼마나 빈곤에 시달리고 원한에 사무쳐 있든, 그대는 우리 모두와 마찬가지로 우리 모두 안에 계신 하느님, 오늘날 그대에게 분명하고 알기 쉽게 말씀하시는 그 신의 정신의 소유자 또는 정확히 말해 그 발현자이니. 그런데 그대는 어째서, 무엇을 위해서 자신을 괴롭히고 그대가 현생에서 소통하는 모두를 괴롭히는가? 그저 이해하라. 그대가 누구인지, 그대가 제 몸에서 자신이라 인정하며 자신이라고 그릇되게 부르는 실체가 얼마나 보잘것없는가를. 그대가 진정으로 자신이라고 의식하는 것, 즉 그대의 영적 존재가 얼마나 한량없이 위대한가를. 그저 그것만 납득하라. 그리고 매 시각 자기 삶을 살아가기 시작하라. 외적인 목적을 위한 게 아니라, 그대 인생의 진정한 사명을 실행하기 위하여. 그 사명은 온 세상의 지혜와 그리스도의 가르침, 그대 자신의 의식에 의해 열린 것이다. 제 삶의 목적과 복리가 다음과 같은 데 있다고 여기고 살아가라. 날마다 정신을 육신의 속임수에서 더욱더 자유롭게 하고, 사랑 안에서 자신을 더욱 완성하는 일에 매진하라. 그것은 본질상 매한가지다. 오직 이 일을 시작하라. 그러면 첫 시각, 첫날부터 그대는 완전한 자유와 축복을 지각하는 어떤 새롭고 즐거운 감각이 점점 더 그대의 영혼으로 흘러드는 것을 느끼게 되리니. 그것이 무엇보다 그대를 놀라게 한다는 걸 느끼리라. 그대가 그토록 염려했으면서도 그대의 바람과는 그토록 거리가 멀던 그 외적인 조건들, 저 조건들이 (그대를 그대의 외적인 상태에 그대로 두거나, 거기서 벗어나게 하며) 어떻게 저절로 장애가 되지 않는지를 느끼게 되리라. 그리하여 그대의 인생이 더욱더 큰 기쁨으로 차오름을 감지하게 되리라.

만약 그대가 불행하다면(나는 그대가 불행하다는 걸 안다), 여기서 그대에게 제안되는 것이, 내가 고안한 게 아니라 인류 최고의 지성들과 심장의 영적인 노력의 열매임을 생각해 보라. 그대가 불행에서 벗어나 현생에서 사람이 다가갈 수 있는 최상의 축복을 얻을 유일한 수단이 여기에 오롯이 있음이니.

이것이 죽기 전에 나의 형제들에게 전하고자 했던 말이다.

1908년 7월 2일
야스나야 폴랴나

아주 해로운 사람들은 교수형을 당하거나 유형지나 요새, 감옥에 갇혀 있다. 그보다 덜 해로운 수만의 사람들은 수도와 대도시에서 내쫓겨 굶주리고 헐벗은 채 러시아를 배회한다. 정복 경찰은 그들을 체포하고, 비밀경찰은 정찰하며 뒤쫓는다. 정부에 해가 되는 모든 책과 신문들은 유통에서 제외당한다. 국회 두마에서는 어떻게 인민의 복리를 수호할 것인지, 함대를 건설할 것인지 말 것인지, 어떻게 농민의 토지 소유권을 보장할 것인지, 대회를 소집하거나 하지 않는 방법과 이유를 놓고 다양한 정당의 연사들이 논쟁을 벌인다. 의회 대기실을 오가는 지도자들이 있고, 징족수, 농맹, 내각 총리들이 있어서 문명국가에 있는 것은 죄다 있다. 아마도 뭐가 더 있으리라. 그런데 기존 삶의 체계의 붕괴가 지금 우리 러시아에서는 점점 더 가까워지고 있다.

그러시오. 당신들, 정부 구성원이여, 5천, 1만, 3만 명을 더 교수형에 처하고 총살형에 처해보시오. 과거 유럽식의 혁명 진압을 흉내 내서 그런 짓을 행할 태세가 분명하니 말이오. 좋소, 어디 그렇게 해보시오. 올가미, 교수대, 첩자들, 소총, 개머리판, 감옥 말고 강력한 영적인 세력이 여전히 있거늘. 별의별 교수대와 감옥보다 훨씬 더 강력한 세력이니. 생사람에게 파놓은 무덤 위에서 당신들이 밧줄로 교살한 이들과 당신들 손에 총살당한 모든 이들에게는 아버지와 형제, 아내와 누이, 벗들과 뜻이 같은 동지들이 있거늘. 저 처형이 무덤에 묻힌 사람들로부터 우리를 구한다고 해도, 저 처형은 죽은 자의 친인척 속에서뿐만 아니라 낯선 사람들 속에서 당신들 손에 죽어 땅에 묻힌 자들보다 배는 더 많고 배는 더 악랄한 적대자를 되살려낼 것이오. 당신들이 사람들을 더 많이 죽일수록 당신들은 주요 적대자에게서 벗어날 기회가 더 줄어들 터이니. 당신들에 대한 사람들의 증오에서 벗어날 기회도 마찬가지리. 범죄를 저지름으로써 당신들은 저 증오를 열 배는 더 심화하고, 그 증오를 자신들에게 더 위험한 것으로 만들 뿐이리니.

당신들의 행위는 처형당한 자들의 지인들 사이에서 적대자를 확대하고 그들의 증오를 키우는 데 그치는 게 아니다. 당신들은 저러한 처형을 통해 양측과 제삼자인 사람들에게도, 당신들이 저 처형으로 싸워서 극복한다고 여기는 잔인성과 비도덕성의 감정을 확산시키는 것이다. 저 처형은 법원이나 행정 부처에서 당신들이 작성한 서류로 저절로 행해지는 것은 아니니까. 처형은 사람들이 사람들을 상대로 행한다. 이를 어떻게 대해야 할지 몰라 굉장히 난감해하던 어떤 젊은 전직 병사가 나에게 이런 이야기를 들려줬다. 총살형을 선고받은 산 사람 열 명의 무덤을 그가 강제로 팔 수밖에 없었던 일과 또 다른 병사들이 장전된 소총을 들고 처형하는 병사들 뒤에 서 있어야 했던 일에 관해서였다. 만약 처형하는 병사들이 요구받은 그 무시무시한 비인간적인 일을 실행하며 혹여 주춤거리기라도 한다면, 그 병사들을 쏴 죽일 태세를 취하도록 한 것이었다. 그들이 존경하고 신성하게 여기도록 주입받은 갖은 권위자의 명령에 따른 그와 같은 끔찍한 일의 수행이 과연 인간 영혼에 대수롭지 않게 스쳐갈 수 있겠는가?

최근 신문에서 어떤 기사를 읽었다. 어떤 망조가 든 총독이 그 자신의 표현대로라면 용맹한 두 순경의 행위를 승인하고 치하하며 각자에게 25루블씩의 상금을 지급하도록 명령했다. 그것은 호송 마차에서 뛰어내려 도주하려 한 맨몸의 포로를 사살한 것에 대한 포상이었다. 나로서는 상부의 그런 끔찍한 행위를 믿을 수가 없어서, 신문 편집부에 사실 여부를 확인해달라는 편지를 썼다. 편집부 측에서 내게 명령서 원본을 보내왔고, 살해에 대한 그런 식의 칭찬은 아주 흔한 현상이며 고위직 관료들이 그와 같은 칭찬을 한다고 해명했다.

그런 행동과 그런 말이 아무 흔적을 남기지 않고 지나가겠는가? 참으로 대담무쌍하게 발설된 그 같은 기형적인 생각과 감각은 그러한 일에 참여한 사람들과 그러한 명령서를 읽은 사람들의 내심에 부패와 비도덕성, 잔인함의 흔적을 남길 수밖에 없다. 그러한 행위와 명령은 인간적 양심에 어긋난 저 끔찍한 행위를 지시하며 그 행위를 칭찬하고 포상하는 사람들에 대한 불신은 물론 경멸까지 인민들에게 불러일으킬 수밖에 없다. 그러니 수천이 처형당했다면, 그런 행위에 어떤 식으로든 가담한 수만, 수십만은 그 가담으로 인해 타락하고, 그 가담으로 인해 종교적·도덕적인 토대의 마지막 흔적마저 상실한다. 또한 그 수천, 수만의 사람들은 아직 증오까지는 아니더라도 그러한 행위를 저지른 사람들을 경멸할 태세로, 지금 자신들의 적대자에게 잔학 행위를 하도록 강요하는 사람들에 대해 여차하면 똑같은 악행을 저지를 태세를 갖추게 된다.

얼마나 많은 사람이 처형되고 사형선고 받았는가를 알리곤 하는 수백만이 읽는 신문 뉴스의 영향은 어떤가. 그 소식은 매일 계속하여 반복을 거듭할 수밖에 없는 날씨 변화에 대한 뉴스처럼 날마다 인쇄된다. 매일 그러한 뉴스를 접하는 사람들이 최고 권력의 명령에 따라 자행되는 그러한 행위를 복음서는 물론이고 모세의 제6계명[죽이지 마라]과 어떻게 조화시킬지를 스스로 묻지 않는다면, 그러한 모순은 사람들의 영혼에 계명과 종교 일반을 경시하며 종교법과 양심에 명백히 어긋나는 짓을 저지르는 권력을 경시하는 반향을 남길 수밖에 없다.

정권의 눈에 띄는 적들을 제거하기 위해 집권 세력이 저지르는 잔학 행위는 두 배, 열 배는 더 많은 악독한 눈에 보이지 않는 적들을 양산할 것이 분명하지 않은가?

정부의 그러한 행위가 형세를 호전시키지 못한다는 것은 사유하는 사람에게라면 자명할 수밖에 없어 보인다. 이는 제삼자들뿐만 아니라 통치자들 스스로에게도 자명할 것이다. 그들은 자기들 활동의 무익함을 분명히 볼 수밖에 없고, 그 활동의 범죄성 또한 마찬가지일 것이다. 그럴 수밖에 없는 이유가 있다. 폭력으로 살아가는 자들에 의해 그토록 조심스레 숨겨졌던 원수를 사랑하라는 그리스도의 가르침이 완전히는 아니어도 충분하고 참된 의미에서 몇 가지 개별적인 징후로 기독교 세계 사람들의 의식을 관통했기 때문이다. 나로서는 내가 틀렸다고 생각하지 않는다. 현재 정부에 의해 한껏 농락당한 러시아의 평범한 노동 인민에게 큰 호응을 얻었기 때문이다.

마르쿠스 아우렐리우스가 그 온화함과 지혜에도 불구하고 평온한 양심으로 전쟁을 벌이고 사람들의 처형을 명령할 수 있었던 반면, 이제 더 이상 기독교 세계의 시민들은 자기 행위의 범죄성에 대한 내적인 의식 없이 그럴 수가 없다. 그들이 제아무리 위선적이고 어리석은 헤이그 회담이나 집행유

예 같은 걸 고안해도, 저 온갖 위선적 어리석음으로는 그들의 범죄를 덮을 수 없을 뿐만 아니라, 오히려 그들이 얼마나 꼴사나운 짓을 하는지 스스로 알고 있음을 보여준다. 그들은 스스로 끊임없이 저지르는 하느님의 율법과 인간의 법률에 대한 끔찍한 위반행위가 어떤 고차원적 판단에 따른 것이라고 자신과 다른 이들을 확신시키고자 한다. 아무리 그런 노력을 해도 그들은 자신은 물론 모든 선량한 사람들에게 그 활동의 범죄성과 비도덕성, 저열성을 감출 수는 없다. 이제는 어떤 종류가 되든 살인은 더럽고 범죄적이며 꼴사나운 짓이라는 걸 모두가 알기 때문이다. 그것은 온갖 통치자들, 장관들, 장군들까지도 잘 알고 있다. 그들이 아무리 고상한 판단을 빙자해 감추려 애써도 소용이 없다.

어떤 정당의 혁명가라도 자기 목적 달성을 위해 살인을 허용한다면 마찬가지다. 권력이 저희 수중에 들어온다면, 지금과 같은 폭력 수단을 쓸 필요가 없을 것이라고 제아무리 말한다고 해도, 그들의 행동은 여러 정부의 행위만큼이나 비도덕적이고 잔인한 것이다. 따라서 여러 정부의 잔학 행위와 마찬가지로 사람들의 격분, 야수화, 타락과 같은 무서운 결과를 파생시킨다.

혁명가들의 활동은—그것이 덜 범죄적으로 보이게 만드는—권력을 가진 정부가 하는 활동의 무용성이 뚜렷한 것으로만 차이를 보인다. 반면 대개의 이론 속에서 나타나며 지금과 같은 혁명기의 실전에서만 사이사이 발현될 뿐인 혁명가들의 활동은 그 무용성이 그다지 명백하지는 않다.

양측 모두 투쟁 방식과 수단은 한결같이 인간 영혼의 속성이나 기독교 가르침의 토대와는 동떨어진 것이다. 그런 수단으로는 한결같이 사람들을 격분케 하고 극도의 무분별에 빠지게 하고 야수화하여 직접 내세운 목적을 달성하지 못할 뿐만 아니라, 오히려 사람들을 그 목적 달성에서 멀어지게 할 뿐이다.

러시아에서나 기독교권 전역에서 폭력으로 인민의 삶을 개선하려는 해결책을 놓고 적대하는 쌍방, 즉 각국 정부와 혁명가들의 상황과 활동은, 따뜻하게 지내려고 주거하는 집에서 벽을 허물어 연료로 사용하는 사람들과 유사하다.

참된 의미의 기독교 가르침은 사랑의 법칙을 인간 삶의 최상위 법칙으로 인정하고, 어떤 경우라고 하더라도 인간을 향해 휘두르는 인간의 폭력을 용인하지 않는다. 이러한 기독교 가르침은 그 누구든 알아차리기만 하면 곧장 자기 활동 지침으로 그것을 받아들일 것으로 여겨질 정도로 인간의 마음에 가까우며, 개인은 물론 사회나 인류 전체에 확실한 자유, 어떤 것에도 종속됨 없는 축복을 준다. 사람들은 사실상 이러한 법칙을 은폐하려는 교회의 온갖 노력에도 불구하고, 날로 사랑의 법칙에 대한 이해를 키우며 그 법칙을 실현하고자 애써왔다. 하지만 참된 의미의 기독교 교리가 사람들에게 명약관화해지기 시작했을 무렵 뼈아픈 일이 벌어진다. 그 무렵 대다수 기독교 세계에서는 기독교 가르침의 참 의미를 은폐할 뿐만 아니라 그 가르침과 상반되는 국가 기관을 승인하는 외적인 종교적 형식들을 참된 것으로 여기는 관행이 생긴 것이다. 따라서 기독교 교리를 그 참된 의미에서 수용하기 위해서는 기독교 세계 사람들, 기독교의 진리를 다소간 터득한 사람들이 왜곡된 기독교 가르침의 거짓된 형식들에 대한 믿음에서뿐만 아니라, 저 거짓된 교회 신앙에 기반한 국가체계의 필수성과 필연성에 대한 믿음에서 역시 해방되어야 한다.

그렇기에 잘못된 종교 형식들에서의 해방이 더욱 촉진되더라도, 우리 시대의 사람들은 도그마, 성례, 기적, 성경의 신성성 및 교회의 다른 제도들에 대한 신앙을 떨쳐내고서 왜곡된 기독교에 기반하여 참된 기독교를 감추는 거짓된 국가적 가르침에서 해방될 수가 없을 것이다.

노동 인민 대부분은 교회 및 부분적으로 교리 신앙이 요구하는 바를 전승대로 실행해 나가며, 교회 신앙에서 발생해 폭력에 기반을 둔 국가체계를 한 치 의심 없이 믿는다. 국가체계는 그 어떤 경우더라도 참된 의미의 기독교의 가르침과 병존할 수 없는 것인데도 말이다. 또 다른 일군의 사람들, 대개가 교회를 믿지 않기에 어떠한 기독교도 진작에 더는 믿지 않는, 이른바 교양인들 역시 인민들과 마찬가지로 국가체계를 무의식적으로 믿는데. 국가체계는 그늘이 진작부터 믿지 않는 교회 기독교에 의해 도입되어 확립된 폭력에 기반해 있는데도 말이다.

그러니까 하나같이 사회구조의 주요 도구로서 폭력의 필연성을 믿는 것이다. 노동 인민처럼 기존 사회구조의 합법성을 믿는 사람들은 물론, 기존 사회구조를 점차 바로잡거나 혁명적 변혁을 통해 기존 체제를 변화시키고자 하는 소위 교양인들 역시 마찬가지다. 양측 다 폭력에 기초한 것 말고는 어떤 사회구조도 인정하지 않을 뿐만 아니라 상상도 하지를 못한다.

이것이 바로 무의식적인 신앙, 정확히는 폭력에 의한 세계질서 유지의 정당성, 폭력 자체의 합법성과 필연성에 대한 기독교 세계 사람들의 미신이다. 왜곡된 기독교에 기반하여 참된 기독교와 정반대되는 바로 저 신앙(거짓 기독교 신앙에서 해방된 사람들은 이러한 사실도 인정하지 않는다)이 우리 시대에 점점 더 명확해지는 참된 의미의 기독교 가르침을 사람들이 수용하는 데 최근까지 주요 걸림돌이 되어 온 것이다.

　악에 폭력으로 저항하기를 금지하는 그리스도의 가르침을 떠올려 보자. 일용직 노동자들과 비교해 특권계층의 사람들은 신앙인이든 비신앙인이든, 저런 환기를 하면 마치 폭력으로 악에 맞서지 않는 가능성 명제가 진지한 사람들에게 언급할 거리조차 안 되는 명백한 부조리인 듯 야유의 미소를 짓곤 한다.

　그런 이들 대부분은 자신을 도덕적이고 교육받은 자라고 여기며 삼위일체로서의 신, 그리스도의 신성, 속죄, 성사 등에 대해 진지하게 언급하고 논쟁을 벌일 것이다. 두 정당 가운데 어떤 정당이 성공할 기회가 더 크고, 사회민주주의낭 또는 사회주의혁명당 가운데 어떤 정당의 구상이 더 견실한지를 논하기도 한다. 하지만 양측 다 폭력으로 악에 저항하지 않기를 진지하게 말하기란 불가능하다는 데 대해서는 너무나 의좋게 확신한다.

어째서 그런 것인가?

사람들로서는 악에 폭력으로 저항하지 않는다는 명제의 인정으로 그들의 기존 생활 전체가 근본적으로 무너지고, 뭔가 새롭고 낯선 것, 무섭게 여겨지는 어떤 것이 요구됨을 느낄 수밖에 없기 때문이다.

그런 이유로 삼위일체, 동정녀 수태, 영성체, 세례에 관한 문제가 종교인들의 관심사가 되고, 마찬가지로 정치적인 연합과 정당, 사회주의와 공산주의에 관한 문제가 비종교적인 사람들의 관심사가 되곤 한다. 하지만 악에 폭력으로 저항하지 않는 문제는 그들에게 놀라운 터무니없는 망발로, 현재 세계질서에서 더 큰 특권을 누릴수록 더 큰 망발로 비친다.

비저항의 가르침에 대한 가장 신랄한 부정과 몰이해가 사람들의 권력과 부, 문명의 수준에 비례하는 상황 또한 거기에서 비롯한다.

권력에서 중요한 위치에 있는 사람들, 매우 부유한 사람들, 자기 위치에 익숙해진 사람들 및 그러한 위치를 정당화하는 사람들은 대개의 학자가 그렇듯 비저항의 언급에 대한 답변으로 그저 어깨를 으쓱할 뿐이다. 덜 유력하고 덜 부유하고 덜 배운 사람들일수록 덜 경멸적이다. 그보다 덜 경멸적인 이는 직책이 더 낮고 부와 배움이 더 적은 사람이다. 하지만 폭력에 직접적으로 의존하는 삶을 사는 사람들은

[비저항주의를] 설령 경멸하진 않는다고 해도, 폭력으로 악에 저항하지 않는다는 가르침을 실생활에 적용하는 가능성에 대해서는 항상 부정적인 태도를 보인다.

그러면 왜곡된 기독교의 가르침과 거기서 유래하여 사랑을 무너트리는 폭력을 허용하는 삶의 방식에서 자신을 해방하고 진정한 의미의 기독교의 가르침을 인식하려면 어떻게 할 것인가. 이러한 문제의 해결이 오직 대부분의 노동 인민과 비교해 물질적인 면에서 더 나은 위치를 누리는 문명화된 사람들에게 달린 것이라면, 폭력에 기반한 삶에서 사랑에 기반한 삶으로 전환하는 것은 지금 그리고 특히 우리 러시아에서만큼 가깝고 절실하지는 않을 것이다. 현재 러시아에는 3분의 2를 넘는 인민 대부분이 아직 부나 권력 또는 문명에 의해 타락하지 않은 상태이기 때문이다.

저 상당수 인민에게는 일상에서 폭력의 가능성을 허용함으로써 정겨운 삶의 축복을 박탈당할 이유가 없고 거기서 얻을 이득도 없다. 그렇기에 권력에도 부에도 문명에도 물들어 타락하지 않은 저 인민들 가운데서 기독교 진리의 완전한 파악이 요구하는 체제 전환이 시작돼야 할 것이다.

하지만 폭력의 필연성과 불가피성을 믿는 사람들의 맹목이 아무리 내게 이상하게 보이더라도, 비저항의 불가피성이 아무리 내게 말할 나위 없이 명백하더라도, 어떤 합리적인 논증이 나를 설득하고 사람들에게 비저항의 진리를 확신시킬 수 있는 게 아니다. 그것은 오직 인간이 자신의 영성을 의식하는 것으로만 가능하며, 영성의 기본적인 표현은 사랑이다. 사랑, 인간 영혼의 본질인 진정한 사랑, 그리스도의 가르침으로 드러난 사랑은 어떤 종류의 폭력도 생각할 수 없게 한다.

폭력 사용이나 악행의 감내가 유용할지 유용치 않을지 해로울지 해가 없을지 나도 모르고 아무도 모른다. 그러나 사랑이 축복이고 나에 대한 사람들의 축복이자 사랑이며, 사람들에 대한 나의 더 큰 축복이자 사랑임은 나도 알고 모두가 안다. 최상의 축복 또는 최고선이라는 것은, 내가 나를 사랑하지 않는 자만이 아니라, 그리스도께서 말씀하셨듯 나를 미워하는 자, 나를 노엽게 하는 자, 내게 악행을 저지르는 자까지 사랑하는 데 있다. 경험해보지 못한 사람에게는 이상하게 들릴지 몰라도 실제가 그렇다. 하지만 깊이 생각해보고 경험해본다면, 어떻게 이걸 이해하지 못했는지 놀라울 것이다. 사랑, 참된 사랑, 자기를 부정하고 다른 사람에게로 자기를 옮기는 사랑은 가장 높은 보편적 생명의 원리를 스스로 깨치는 것이다. 하지만 모든 개인적인 것에서, 사랑의 대상에 대한 사소한 아집에서까지 해방된 사랑만이 참사랑이며, 그럴 때만 사랑은 축복을 한껏 가져온다. 원수와 미워하는 자, 노엽게 하는 자에 대한 사랑이 그러한 것일 수 있다. 그러므로 사랑하는 사람들이 아니라 미워하는 사람들을 사랑하라는 지침은 과장도 아니고 예외의 가능성을 가리키는 것도 아닌, 사랑이 주는 최고선을 얻을 가능성을 가리키는 것이다. 그래야 한다는 추론이 나오며, 확신을 갖기 위해서는 경험해봐야 한다. 그렇기에 원한과 공격의 사례는 소중하고 바람직한 게 되기도 한다. 따라서 인간 영혼의 속성의 본질에 들어가면, 악에 악으로 대응하는 방식은 영혼의 고통을 초래하고, 거꾸로 악에 사랑으로 대응하는 방식은 인간의 영혼이 접할 법한 최상의 축복을 준다는 사실을 알게 될 것이다.

그런 까닭에 악에 악으로 저항하는 온갖 방식은 축복의 상실이며, 악에 사랑으로 대응하는 온갖 방식은 축복의 획득이다. 다시 말해, 개체성을 없앰으로써 최고선이 주어지고, 더불어 온갖 고통, 주로 저항을 불러일으키는 흉물, 즉 죽음의 공포를 없애는 축복을 획득한다.

# 누구도 죽이지 마라

## I

1907년 7월 초 상트페테르부르크에 출판물 《개혁》에 관여했던 한 사람이 있었다. 그 사람은 내가 7년 전에 쓴 〈죽이지 마라〉라는 제목의 팸플릿을 유포한 죄로 상트페테르부르크 재판부 판결에 따라 수감되었다.

최근 계속되는 추방, 유형, 사형 선고에 비해 특별할 것이 없는 이 사건은 그것이 일어났던 이유로 인해 눈에 띄게 된다.

러시아 전체가 끊임없이 증가하고 대담해지는 살인의 공포로 신음하고 있는 이때, 그 팸플릿은 수천 넌 농안 모든 종교에서 인정해온 '죽이지 마라'라는 옛 법칙을 확인하고 있다. 이 팸플릿은 금기시되고, 그 유포자는 죄인처럼 감옥에 투옥된다.

아마 정부는 러시아인들을 점점 더 삼키고 있는 살인의 광기에 맞서 아주 오랫동안 아무런 성과도 없이 싸워왔을 것이다. 이 정부는 살인에 반대하는 생각을 널리 알리는 사람들을 격려해야만 한다. 그러나 놀랍게도, 정부는 이와는 반대로 그들을 처벌한다.

그런데 〈죽이지 마라〉라는 팸플릿은 제목만 그렇고 종교나 도덕에 반하는 어떤 다른 것을 이야기하는 것은 아닐까?

나는 오래전에 이 팸플릿을 썼고 그 내용을 잊어버렸을 수도 있다. 나는 주의 깊게 그것을 다시 읽어보았다. 아니다, 거기에는 제목이 말하는 바로 그것, 오로지 그것만 언급되어 있다. 팸플릿에는 사람이 저지르는 모든 살인은 죄악이며 우리가 따르는 종교적 교리에 위배된다고 언급되어 있다. 이외에도 혁명가들에 의한 왕과 황제들, 일반적으로 통치자들의 살해는 의미가 없다고 말한다. 국가가 만든 삶의 구조는 통치자들을 살해한 결과로 변화될 수 없기 때문이다. 이러한 살해 동기는 근거가 되지 못한다. 왜냐하면 통치자들이 저지른 폭력 때문에 통치자들을 죽이면서 사람들이 망각하는 것이 있기 때문이다. 그것은 그들 스스로 정부에 순종하고, 그들이 통치자들을 비난했던 그 일에 협조한 죄가 있다는 것이다.

그러니까 팸플릿의 의미는 대체로 다음과 같다. 즉 '죽이지 마라'라는 말은 기독교인들이 직접적으로든 혹은 살인을 도와 간접적으로든 **누구도 죽이지 말아야 한다**는 바로 그것을 의미한다.

아니면 혹시 출판물 《개혁》에 관여했던 사람이 이탈리아 왕의 피살 사건에 관해 쓴 〈죽이지 마라〉라는 팸플릿이 아니라 세 개의 항목이 더 첨부된, 같은 이름의 팸플릿 때문에 선고받은 것은 아닐까? 거기에는 〈펠드페벨리[3]에게 보내는 편지〉〈군인과 장교의 메모〉가 있다. 나는 이 항목들을 다시 읽어보았다. 그리고 거기에서도 첫 번째 항목과 똑같은 것을 발견했다. 거기에서도 '죽이지 마라'라는 계율을 확인하고, 특히 살인을 의도하고 살인에 협조하는 것은 살인 그 자체만큼 죄를 짓는 것이고 그리스도의 계율을 어기는 것으로 설명이 되어 있었다.

이렇듯, 대체로 이 항목들의 의미도 기독교인들은 살인에 협조해서는 안 되고, 살인을 의도해서도 안 되며, 어떤 사람일지라도 살해해서는 안 된다는 것이다.


## II


놀라운 보복의 법칙은 주님의 법칙을 왜곡하는 사람들을 반드시 단죄한다

---

3  1917년 이전 러시아 군대의 계급 명칭.—옮긴이

1900년 전 그리스도는 자신의 교리의 근본적인 계율을 선언하면서, '죽이지 마라'라는 오래된 계율이 아니라(그는 이 계율이 그가 이것에 대해 말하지 않아도 될 정도로 정착되었다고 생각했다), 모든 사람이 살인에 이를 수 있는 모든 것을 피해야만 한다는 계율을 가장 중시하였다. 즉 사람은 이웃에 원한을 품지 말고, 모든 사람을 용서하고, 모든 사람과 사이좋게 지내며 적을 만들지 말아야 한다.(마태복음 5:21~26)

그러나 이 계율은 사람들에게 받아들여지지 않았을 뿐만 아니라, 심지어 살인을 금하는 옛 계율도, 모세의 율법에 의해 배척된 것처럼, 그렇게 배척되었다. 그래서 자칭 기독교인이라고 하는 사람들은 자기 정당성에 대한 확신에 가득 차서 전쟁터에서 그리고 집에서 죽어 마땅하다고 여기는 사람들 모두를 계속 죽이고 있다.

기독교인들의 정부는 종교 종사자들의 도움을 받아, 오랫동안 그들이 통치한 국민에게 이렇게 가르쳤다. '죽이지 마라'라는 법칙은 사람들이 아무런 예외도 없이 동족을 죽이지 말아야만 한다는 의미가 아니다. 사람들을 죽일 수 있을 뿐만 아니라 죽여야만 할 때가 있다. 그래서 국민들은 정부를 믿고 정부가 죽이고자 하는 사람들을 제거하는 데 협력하였다. 시간이 흘러 정부가 틀릴 리 없다는 생각에 대한 믿음이 깨졌을 때, 국민은 정부 인사와 관련하여 행동을 취했다. 그들은 정부가 죽어 마땅하다고 여기는 사람들에게 가했던 것과 똑같이 행동했다. 차이점은 오로지 다음에 있다.

즉 정부는 전쟁 중에 그리고 재판이라 불리는 어떤 협의 후에 살인이 가능하다고 여긴다는 것이고, 국민은 혁명기에 그리고 자칭 혁명 위원이라고 불리는 어떤 사람들의 협의 후에 살인이 가능하다고 결정하였다.

지금 러시아에서 발생하는 일은 일어났던 일이다. 즉 그리스도의 설교가 있은 지 1900년 후에 사람들은 이미 2년 동안 끊임없이 서로를 죽이고 있다. 혁명가들과 정부는 자신들의 적을 죽인다. 그들은 남자, 여자, 아이들, 다시 말해서 모든 사람을 죽인다. 그리고 이들의 죽음이 자신들에게 유리하다고 생각한다. 더 놀라운 일은 그들이 그렇게 행동해 놓고서는 어떠한 도덕적 규칙도, 어떠한 종교적 규칙도 파괴하지 않았다고 확신한다는 점이다.

만일 지금 러시아에서 자신에게 해로운 사람을 죽일 기회가 모든 사람들에게 주어진다면, 거의 모든 러시아인들이 서로서로 죽일 것이다. 혁명가들은 모든 통치자와 자본가를, 모든 통치자와 자본가는 혁명가를, 농부들은 모든 지주들을, 지주들은 모든 농부들을 죽일 것이다.

이것은 우스갯소리가 아니다. 실제로 그렇다. 그리고 이렇게 끔찍한 국민의 상황은 수년간 계속되고 있고 매해, 매달, 매일 점점 더 악화되고 있다.

# III

상황은 점점 더 악화되고 있다. 특히 정부가 이러한 상황
에 반대해야 한다고 느끼면서, 유일하게 효과 있다고 여기
는 수단으로 이를 막으려고 노력하기 때문에 더 악화된다.
이 어리석고 잔인한 수단은 정부가 맞서 싸우고 있는 바로
그 범죄를 저지르는 데 있다. 그리고 어린아이도 수백 명의
힘센 사람을 죽일 수 있는 브라우닝 자동소총, 폭탄, 기관총
과 같은 개량된 살상 무기가 있는 지금이 특히 그러할 것이
다. 이 어리석고 잔인한 방법은 목적에 이를 수 없을 뿐만
아니라 상황을 점점 더 악화시킨다.

현재 러시아 정부의 비극적 상황은 정부가 사용하는 이
어리석고 잔인한 수단 때문에 상황이 악화되기만 한다는 사
실을 깨닫지 않을 수 없음에도 불구하고 멈출 수 없다는 데
있다. 정부는 멈출 수 없을 뿐만 아니라, 살인에 맞서 싸우는
유일하게 가능하고 효율적인 수단인 범죄와 살인죄에 대한
해명을 활용할 수도 없다. 이러한 수단을 활용할 수 없을 뿐
만 아니라, 지금 러시아인들이 처한 비참한 상태로부터 구
원받을 유일하게 가능한 수단을 적용하려는 사람들에 맞서
자신들의 어리석고 잔인한 방법을 사용해야만 한다.

정부는 나의 팸플릿 〈죽이지 마라〉를 억압하고 그 유포자
를 수감하고 있다. 이제 정부는 어쩔 수 없이 내가 집필하는
것을 억압해야 하고 나를 처벌해야 한다. 일관성을 유지하

려면, 정부는 이미 오래전부터 성경뿐만 아니라 구약성서의 십계명을 금지했어야 했고 그것을 유포하는 자를 처벌했어야 했다.


# IV


그렇다. 놀라운 보복의 법칙은 주님의 법칙을 왜곡하는 사람을 반드시 단죄한다.

러시아 전체가, 어떤 것으로도 제지되지 않고 겉으로 표출되어 나온 잔혹한 본능에 대한 공포로 신음하고 있다. 바로 이 본능은 가장 무섭고 무의미한 살인을 저지르도록 사람들을 자극하는 것이다.

그리고 여기 온갖 종류의 자유를 옹호하는 가장 자유로운 사람들이 있다. 이 자들은 생명의 자유가 존중되어야만 하는가라는 질문에, 다시 말해서 다른 사람을 죽이지 말아야만 하는가라는 질문에 다음과 같이 행동할 수밖에 없다. 즉 그들은 침묵하고, 침묵함으로써 살인의 필요성을 인정한다. 혹은 혁명가들과 정부가 살인의 필요성을 분명하게 인정하는 것처럼, 그들도 그렇게 명확하게 이 필요성을 인정한다. 정부, 혁명가, 어떤 정당에도 가입하지 않은 살인자들은 아주 다양한 구실로 계속해서 서로를 죽여댄다.

러시아의 상황은 끔찍하다. 그러나 가장 끔찍한 것은 물질적 상황이 아니며, 산업의 정체도, 토지의 무질서도, 프롤레타리아트도, 재정적 혼란도, 약탈도, 폭동도, 일반 혁명도 아니다. 이 모든 재앙의 근원이 된 정신적·지적 혼란이 가장 끔찍하다. 대다수의 러시아 사람들이 모두에게 구속력 있고 모두에게 공통된 어떤 도덕적 혹은 종교적 법칙도 없이 살아간다는 점이 끔찍하다. 어떤 사람들은 진부하여 이미 어떤 이성적인 의미도 가지지 않는, 특히 행동할 때 반드시 필요한 의미를 지니지 않는 오래된 신념을 종교라고 생각하면서 자기 판단과 취향에 따라 살아간다. 또 어떤 사람들은 어떤 신념(신앙)도 필요 없다고 생각하면서 아주 다양한 자기 판단과 욕망에 따라 살아간다. 그렇기 때문에 지금 러시아에서 활동하는 대다수의 사람들은 사회의 선이 무엇인지에 대한 가장 모순된 생각을 핑계 삼아, 실제로는 이기적이고 거의 동물적인 충동만 따르고 있다. 이때 가장 끔찍한 점은 이성적인 인간의 삶을 거부하고, 거의 짐승 수준으로 떨어진 이 사람들이 아주 만족하고 있다는 것이다. 그리고 이 사람들은(정부관계자와 혁명가 모두) 그들이 서유럽인들을 모방하여 말하고 행동하는 이 어리석고 추한 모든 것이 과거의 현자와 성자보다 그들의 우월함을 명확하게 입증한다고 확신한다. 또한 그들은 모두에게 공통된 어떤 종교적 인생관 즉 사람들을 통합시킬 수 있는 신앙을 정립하려고 노력할 필요가 없을 뿐만 아니라, 아무런 신앙도 없다는 점이 그들의 지적·도덕적 우월성을 입증한다고 확신한다.

# V

사람들은 결코 어떤 정치적 신념의 결과가 아니라 기본적인 삶의 의미에 대한 하나의 동일한 이해로 결합되어 있기 때문에 조화로운 인간의 삶을 살 수 있다.

정치적 신념은 무수히 많다. 따라서 정치적인 신념으로 사람들이 통합될 수는 없다. 어떤 사람은 이 의회주의 혹은 사회주의 혹은 무정부주의를 믿고, 어떤 사람들은 다른 의회주의 혹은 사회주의 혹은 무정부주의를 믿는다. 그러나 특정 역사 시대의 특정 민중에게 삶의 의미에 관한 최고의 이해는 오로지 하나일 것이다. 이것은 언제나 그러했다. 그리스, 로마, 아랍, 힌두교 신자들이 똑같은 최상의 삶의 법칙으로 통합하여 그렇게 살았다. 중국인들도 그렇게 살았고, 기독교도라고 불리는 유럽 민족도 그렇게 살았다. 기독교, 가톨릭이라고 불리는, 사도 바울로에 의해 이교도적 풍습에 순응한 그 신앙을 실제로 그들이 믿는 동안에는 말이다.

지금 우리에게 명확한 것은 종교적이고 혼란스럽고 모호하고 위선적인 이 교회가 보여주는 교리의 완전한 모순이다. 교리는 복음서 읽기를 금하였고, 지상의 은총과 사랑의 복음을 포기하는 대신에 신앙에 의한 구원과 성례의 실행을 내세웠다. 또 교리는 유일신의 권능에 대한 복음서의 인정 대신에 세속적인 힘에 대한 순종의 의무를 인정하고, 기적, 성상과 유골의 숭배, 교황 무류성을 인정하고 있다. 우리에게 복음서의 단순하고 명확한 교리와 이 교리의 불일치는 명확해 보인다. 하지만 사람들은 이러한 거짓된 신앙 속에서 태어났고, 이 신앙이 어린 시절부터 그들에게 주입되었다. 살인, 사형, 전쟁, 결투를 인정하는 이 신앙이 아무리 난폭할지라도(오늘날 우리의 시각에서 보자면), 사람들은 사랑의 주님을 인정하는 동시에 진심으로 이 신앙을 믿었다. 이 신앙은 그들을 통합시켰다. 이러한 통합은 수 세기 동안 지속되었지만 교리를 다르게, 나름대로 해석하기 시작하는 사람들이 나타났다. 매우 다양한 형식을 띤 프로테스탄트가 나타났고, 왜곡된 기독교의 여러 신앙 사이에서는 적대감과 논쟁이 시작되었다. 결국 논쟁들은 점점 더 믿음을 약화시켰고, 교회로 인해 훨씬 더 왜곡된 이교에 대한 사도 바울로식 기독교의 순응은 이 말의 진정한 의미, 즉 인간 삶의 지침이 되는 종교가 되기를 멈춤으로써 끝을 맺었다. 이때까지 통합되어 있었던 신앙의 통일은 깨졌다. 사람들은 동일한 종교를 믿기를 그만두었다. 처음에는 동일한 신앙을 믿지 않았고, 여러 가지 해석과 논쟁의 결과로 실제 기독교 그 자체를 믿지 않게 되었다.


# VI


가톨릭, 정교, 프로테스탄트 등 모든 형태의 기독교에서 사람들의 신앙을 파괴한 원인은 많다. 그 원인으로는 종교적 논쟁과 점점 더 널리 퍼진 교육이 있다. 그러나 주된 원인은 교회 가톨릭도, 프로테스탄트식 기독교도 처형과 전쟁을 허용했다는 점이다.

사회의 지배계층에 속하기 때문에 기독교를 이교도에게 소개하였던 자들이 사람들을 기독교로 받아들이고 전도하면서 그들이 유익하게 이용하였던, 이교적 삶의 전체 체계와 양립할 수 없는 모든 것을 숨기거나 보려 하지 않았다는 점은 자연스러운 일이었다. 기독교를 받아들이고 그것을 사람들에게 전도하려는 사람들은 두 가지 가운데 하나를 이행해야만 했다. 기독교 교리에 맞춰 이교도의 삶의 체계를 변화시키거나 기존 삶의 체계에 맞춰 기독교 교리를 바꾸거나. 그들은 후자를 선택했다. 즉 사도 바울로의 해석을 이용하여 교리를 왜곡하였다. 그렇게 폭력과 살인으로 유지하고 있는 현 체계와 반대되는 진정한 기독교의 모든 것은 감춰지고 재해석되었다. 이교도적인 삶의 모든 구조를 지탱하는 살인의 허용과 이교도적인 삶의 조직에 모순되지 않도록, 그렇게 기독교를 재해석했던 것이다. 이를 위해서 기독교의 가장 본질적인 것을 바꾸고 숨겨야만 했다. 유대인과 회교도에게는 법칙을 파괴하지 않고 '죽이지 마라'라는 계율을 회피할 수 있었다. 왜냐하면 두 종교에서는 인간을 신자와 신자가 아닌 자로 분리하는 것이 인정되었고, 따라서 신자와 관련해서만 '죽이지 마라'라는 계율을 인정할 수 있었다. 교리의 본질상 모든 사람을 형제로 인정하고, 모든 교리가 무례를 용서하고 원수를 사랑하는 것에 기초한 기독교, 이러한 기독교에서 해서는 안 되는 것이 있다. 어떠한 사람이라도 죽이는 것을 용인하는 것은 기독교 교리의 가장 근본적인 것을 파괴하는 것이다. 그래서 기독교와 살인이 양립하는 것은 기독교의 본질 그 자체를 파괴하는 것으로밖에 달리 해석할 수 없다. 하지만 이것은 그렇게 되었다. 이것이 그렇게 되었을 때, 기독교는 왜곡되어버려서, 종교가 되기를 멈추었다. 그리고 기독교 교회 신앙이 관습, 예의, 돈벌이의 문제가 되거나 시적인 분위기가 되는 일이 일어났다. 하지만 진정한 종교 즉 기독교 사회의 사람들 사이에서 실제로 사람들을 통합하고 그들의 행동을 지도하는 그런 신앙은 전혀 남아 있지 않았다.

## VII

사람들을 통합할 수 있는 유일한 원리인 종교를 잃어버린 후, 교회 기독교 세계의 사람들은 분열되고, 와해되고, 공동의 삶을 살기를 멈추어야만 했을 것이다. 하지만 그런 일은 일어나지 않았다. 왜곡된 기독교를 믿는 신앙으로부터의 해방은 갑자기 일어나는 것이 아니라 조금씩 이루어지기 때문에 그런 일은 일어나지 않았다. 신앙에 의한 통합에서 해방되는 것과 함께 사람들은 다른 통합에 점점 더 빠져들었다. 이것은 이미 종교가 아니라 권력에 입각한 통합이었다. 이때 권력은 종교에 기반을 두고 종교에 의해 지탱되었다. 사람들은 주님과 주님의 법칙을 믿지 아니하고, 마치 세뇌당한 것처럼 점점 더 통치자들의 권력과 그들의 법칙을 믿게 되었다. 사이비 기독교에 대한 신앙이 사라졌을 때, 지도자에 대한 믿음, 그들의 권력과 법칙에 대한 믿음이 사라져버린 사이비 종교를 대체하였고 인위적인 통합 속에 사람들을 계속 가둬두었다.

종교가 아니라 권력의 타성에 기반한 통합은 지속될 수 없었다. 교육의 확산과 함께 사람들은 다른 어떤 권력이 아니라 바로 이 권력에 복종해야만 하는 어떤 내적 이유가 그들에게 없다는 것을 깨닫게 된 시대가 도래했다. 그리고 이것을 깨달은 후, 사람들은 더 이상 정부 권력에 복종해야 한다는 믿음을 버리고 정부 권력과 투쟁하게 되었다. 이 투쟁은 이미 오래전에 시작되었지만, 18세기 말에 특히 강하게 나타났다. 이 투쟁은 지난 세기에 계속되었고, 지금도 다소 숨겨진 형식으로 기독교라고 불리는 모든 세계에서 계속되고 있다. 이 투쟁은 지금 러시아에서 특별히 활발하게 일어나고 있다.

현재 러시아에서 일어나는 일은 서로 간의 내적인 종교적 관계를 상실하고, 권력에 복종할 필요성에 대한 믿음도 상실한 사람들의 바로 그 투쟁이다. 권력은 사람들을 자신의 복종하에 두기 위해 가장 거칠고 잔인한 방식을 사용하였고 또 사용하고 있는데, 이 투쟁도 똑같은 방식으로 강압적인 권력으로부터 해방되고자 노력하고 있다.

만일 러시아에서 이 투쟁이 다른 국가들에서 나타났던 것보다 더 추하고 잔인하게 나타난다면, 이것은 오로지 더 늦게 발현되었기 때문이다.

## VIII

여러 면에서 러시아 민중의 입장은 100년 전 유럽 민중들이 처했던 것과 유사하지만, 많은 점에서 완전히 다르다. 유사한 측면은 지금 러시아 민중이 당시 유럽 민중들과 같이 대부분은 다음과 같은 사실을 깨달았다는 점이다. 즉 러시아 민중이 배웠던 삼위일체, 천국과 지옥, 성례, 성상, 유골, 정진, 기도에 대한 믿음, 차르의 신성함과 위대함에 대한 믿음, 권력에 복종해야 하는 의무에 대한 믿음, 살인 및 온갖 종류의 폭력들과 양립할 수 있다는 믿음, 이것들은 믿음이 아니라 믿음과 유사한 것일 뿐이라는 것이다. 그리고 최근에는 거짓된 종교 신앙과 훨씬 더 근거 없는 차르 권력 및 일반적인 정부 권력의 은혜와 필요성에 대한 믿음으로부터 특히 빠르고 쉽게 해방되고 있다.

왜곡된 기독교와 권력의 필요성 및 신성화에 대한 믿음

으로부터 벗어나려는 이러한 노력에서 러시아인들의 입장은 지난 세기 초 유럽인들의 입장과 매우 유사하다. 차이점은 지금 러시아에서 일어나는 혁명은 가장 늦었다는 것, 그렇기 때문에 러시아 사람들은 이제 유럽 민중들이 볼 수 없었던 것을 볼 수 있다는 것이다. 바로 자신의 정부와 민중의 싸움이 그들을 어디로 이끌었냐는 것을 볼 수 있다. 러시아인들은 이 모든 싸움이 그들이 맞서 투쟁하는 악을 소멸시키지 못했을 뿐만 아니라 감소시키지도 못했다는 점을 모를 리 없다. 러시아인들은 혁명기에 쏟은 노력, 흘린 모든 피가 가난을 없애지도 못했고, 부자와 권력가에 대한 노동자의 종속도 막지 못했으며, 전쟁에서 타국의 영토를 점령하는 데 민중의 힘이 소비되는 것을 멈추지 못했고, 소수의 권력에서 민중을 해방시키지 못했던 점을 모를 리 없다. 러시아인들은 유럽 사람들이 쓸데없이 그렇게 힘을 소진했던, 폭력에 맞선 폭력투쟁의 헛수고를 모를 리 없다. 이것이 100년 전 서구 세계의 사람들의 입장과 오늘날 러시아인들의 입장이 다른 이유 중 하나다.

가장 중요한 다른 이유는 서유럽의 모든 국가처럼 러시아 민중에게 똑같이 이식된 공식적인 가짜 기독교 외에, 러시아 민중 속에는 아주 오래전부터 이 공식적인 종교와 함께 다른 비공식적이고 중대한 기독교 신앙이 언제나 존재했다는 점이다. 이것은 수도사의 신성한 삶을 통해, 유로지비[4]와 편력자를 통해, 어떤 이상한 방식으로 민중의 삶에 스며들었으며, 속담·이야기·전설로 민중 속에 정착하여 민중을 지도했다. 이와 같은 신앙의 본질은 인간이 **신에 따라, 영혼을 위해** 살아야 한다는 점, 인간은 모두 형제이며, 인간 앞에서는 위대한 것이 신 앞에서는 하찮은 것이 된다는 점, 인간은 제사와 기도가 아니라 자비와 사랑을 실천함으로써 구원받을 수 있다는 점에 있다. 이 신앙은 언제나 민중 속에 살아 있었고, 외적으로 민중에게 보급된 사이비 교회 신앙과 나란히 민중의 삶을 지도했던 민중의 진정한 신앙이 되었다. 70년 전 이 신앙은 이미 민중에게서 강건했지만, 최근 50년 동안 승려, 특히 수도사의 도덕적 타락의 결과로 유달리 전체 민중들 사이에서 점점 더 약해지기 시작했다. 그래서 이 신앙은 이른바 몰로칸 교도, 슈툰디스트, 홀리스트, 안식교, 신의 사람, 말레반치, 예고비스트, 두호보르와 많은 다른 종파들로 분리되었다. 대다수 종파의 공통된 특징은, 모든 종파에 공통적으로 나타나는 정교회에 대한 단호한 부정 외에, 도덕적인 기독교 규칙을 행동으로 이끌 것과 정부 권력의 요구사항을 인정하지 않는 것, 특히 인간에 의한 인간 살육의 합법성과 필요성을 인정하지 않는 것이다. 최근 러시아인들의 일부를 사로잡고 있는 혁명의 분노에 대한 저항으로서 이 신앙은 점점 더 명료해지고 분명해진다. 아주 다

---

4 그리스도의 고행과 금욕, 무소유를 실천하기 위해 헐벗은 채 자기 비하의 모습을 보여주는 수도사들을 일컫는다. '성스러운 바보'라고 번역되기도 한다.—옮긴이

양한 사회적 위치와 교육을 받았으며 이 신앙을 따르는 러시아인들이 점점 더 많아지고 있다. 사람들은 서로 점점 더 가까워지고 있고, 그들에 의한 기독교 진리의 이해는 점점 더 단순해져서 삶에 뿌리내린다.

따라서 기독교 세계에서 이전에 일어난 모든 혁명과 러시아 혁명의 공통된 특징에도 불구하고, 러시아인들은 자신들의 혁명에서 지난 세기 서유럽 민중들이 이르렀던 것과는 다른 결과에 이르지 않을 수 없다. 이것은 이 혁명이 가장 늦은 혁명이기 때문이고, 러시아 민중이 언제나 특별히 종교적이었고, 그래서 외부의 공식적인 종교와 함께 진정한 의미의 기독교의 원리를 키우고 유지했기 때문이다.

러시아 민중에게는 지금 가장 상반된 인간의 두 가지 속성의 긴장된 투쟁이 벌어지고 있다. 바로 짐승 같은 인간과 기독교도로서의 인간이다.

러시아 민중은 지금 두 개의 길에 직면해 있다. 하나는 유럽 민중들이 걸어왔고 걸어가고 있는 길이다. 이것은 폭력으로 폭력에 맞서 싸워 폭력을 물리치고, 거부당했던 사물의 질서와 똑같이 폭력적이지만 새롭게 정립된 사물의 질서를 조직하고 유지하고자 노력하는 것이다. 다른 길도 있다. 이것은 먼저 폭력으로 사람들을 통합하는 것은 일시적일 뿐이고, 삶에 대한 똑같은 이해와 그 이해에서 나온 법칙만이 진정으로 사람들을 통합시킬 수 있다고 깨닫는 것이다. 그런 다음 이 길은 크든 작든 민중이 명확하게 인식하고 있는 삶의 이해와 그 이해에서 나온 법칙을 밝히려고 시도한다. 이때 삶의 이해에서 나온 법칙은 어떤 경우라도 사람이 사람을 죽이는 것을 허용하지 않는다. 또 이 길은 폭력에서가 아니라 이 법칙에서, 오로지 이 법칙에서 삶에 대한 이해를 밝히고, 나름의 삶과 통합을 구축하려고 시도한다.

폭력에 기반한 통합에서 우리 기독교 세계의 모든 사람에게 공통된 삶의 이해에 기반한 통합으로의 교체가 러시아 민중과 모든 기독교인에게 다가와 있다고 나는 생각한다.


# IX


이것이 이루어지는 동안, 어쩌면 더 많은 피의 물결이 흐를 것이다. 기독교 세계의 사람들이 사이비 신앙과 그 신앙에서 생겨난 폭력으로부터 해방된 후, 모든 사람에게 공통된 하나의 더 높은 종교적 삶의 이해로 통합되는 시대가 결국 그들에게 오지 않는다는 사실은 있을 수 없다. 이러한 삶의 이해에서는 사람이 사람을 죽이는 것은 불가능하고 불필요하다. 이러한 시대는 올 것이다. 왜냐하면 이미 사람들이 체험한 신앙에서 발생한 폭력으로 뭉친 인간의 삶은 일시적이고 과도기적인 상태는 될 수 있지만, 이성적인 존재의 삶은 될 수 없기 때문이다. 짐승은 폭력으로 뭉쳐질 수 있다. 하지만 인간은 하나의 공통된 삶에 대한 이해를 통해서만 통합될 수 있다. 우리 시대 모두에게 공통된 삶에 대한 이해는 오로지 하나다. 내가 생각하기에, 이 이해는 기독교에서 표현된 것이다. 우리가 그것을 어떻게 이해했건, 이 기독교에서는 살인의 유용성, 필요성, 합법성을 허용할 수 없다.

사실 기독교를 믿는다고 생각하는 사람들은 기독교에서 삼위일체와 성령, 신앙에 따른 보상, 천국, 지옥, 심지어 코린토 신도에게 보낸 서간 가운데 사랑받고 있는 13장에서 사랑에 관한 말도 안 되는 소리를 버릴 필요가 있다. 기독교를 믿지 않고 학문을 믿는 사람들은 학문에서 권리, 정부, 선거, 진보, 미래의 사회주의에 관한 매우 복잡하고 복합적인 평가를 버릴 필요가 있다. 이러한 것들을 대신하여 모든 도덕성의 첫 번째이자 필연적이고 부정적인 조건을 이루는, 단순하고 명백하며 수천 년 동안 표현되어온 하나의 진리만을 인정할 필요가 있다. 이것은 때 묻지 않은 모든 인간의 마음과 지식과 본질에서 인정된 진리, 즉 인간이 인간을 죽여서는 안 된다는 진리다. 그리고 이 진리를 인정했다면, 그 즉시 기존의 무섭고 잔혹한 우리 삶의 모든 조직이 바뀌었을 것이고, 우리 시대 사람들의 인식에 따라 삶이 형성되었을 것이며, 지금 우리 시대의 최고의 사람들이 이루고자 노력했던 그 일이 달성되었을 것이다.

인류는 멈추고, 후퇴하고, 복귀하기도 하면서, 완벽과 행복을 향해 나름대로 한 단계씩 이동하며 천천히 점점 더 높은 곳으로 올라간다. 오랫동안 인류는 살인할 필요 없이 조화로운 삶으로 올라설 수 있는 단계 앞에 서 있었다. 우리 시대에 인류는 이를 원하든 원치 않든 반드시 이 단계까지 나아가야만 한다. 만일 이성이 아니라면, 선을 향한 지향이 아니라면, 상황의 고통 그 자체는 점점 더 커져서 사람들에게 다음과 같이 지시한다. 즉 자신의 삶을 미움과 위협의 원리가 아니라 이성과 사랑의 원리로 만들기 시작하라고.

"이 땅에 주님의 나라, 이것이 인류 궁극의 목표이고 소원이다. [그렇다. 주님의 나라가 도래할 것이다.] 그리스도는 이 나라를 우리에게 더 가까이 가져오셨지만, 사람들은 그리스도를 이해하지 못했고 우리 안에 주님의 나라가 아니라 사제의 나라를 건설했"라고 칸트는 말했다.

칸트는 이렇게 말했다. "교회의 신앙을 보편적인 이성적 종교로 점진적으로 전환해야 할 필요성에 대한 인식이 인간에게 뿌리내릴 때, 바로 그때 이 주님의 나라가 우리에게 도래했다고 온전하게 말할 수 있을 것이다."

나는 이 시간이 왔다고 생각할 뿐만 아니라 확신한다.

사람들은 인간의 이성과 감정에 반대되는 활동인 살인 위에서 지탱되는 삶을 건설하였다. 그리고 사람들은 수 세기에 걸쳐 다듬어진 교활한 속임수와 함께, 그리스도의 법칙에 따르고 있거나 혹은 사람이 사람을 죽이는 것이 인간의 이성과 마음에 따르는 것임을 입증한 그 학문을 알고 있다고 전적으로 믿고 있다. 그들이 기독교인이고 계몽된 사람이 되고 싶다면, 그들의 삶은 잔인하고, 그들의 기독교와 학문은 종교와 학문에 대한 조롱과 모독이며, 그들은 살인을 멈추어야 한다는 말을 들었을 때 그저 웃고 어깨를 으쓱하기만 하면 된다. 고대 사람들이 가장 원시적인 종교법으로 금지했던 것―고대 사람들의 가장 원시적인 종교법에 의해 내재되어 있던 것, 때 묻지 않은 모든 사람의 인식과 감정에 내재되어 있던 것―그리고 가장 교묘한 어떤 추론으로도 그들이 따르고 있는 듯한 기독교와 그들이 그렇게 자랑스러워하는 계몽과 관련지을 수 없는 것이 있다. 그들이 이것을 그만둔다는 것은 불가능해 보인다.

그렇다. 우리 세상 사람들이 서로서로 처형하고, 고문하고, 죽이고, 목매는 것을 중단할 경우, 삶이 더 나빠진다고 믿게 되려면, 사람들은 얼마나 끔찍한 정신적 쇠퇴를 겪어야만 할까.

그렇다. 어쩌면 전혀 쓸모가 없겠지만, '죽이지 마라'가 의미하는 바가 우리가 아닌 다른 사람들, 그 죽음이 우리에게 유익하다고 여겨지는 사람들을 죽일 수 있다는 것이 아니라, 우리가 신에게 돌린 이 말이 **누구도 죽이지 말라**는 의미임을 증명해야만 한다면, 인간의 도덕적·종교적 감정과 심지어 단순한 이성까지도 얼마나 심하게 왜곡되어야 할까.

그렇다. 이때 그들이 여전히 자신들은 정신적 발전의 최고의 단계에 서 있다고 여긴다면, 이 사람들의 도덕적·정신적 타락은 끔찍하다. 서의 예외 없이, 우리의 타락한 문명 세계의 사람들이 모두 그러하다고 말하는 것이 끔찍하다.

여기서 위로가 되는 한 가지는 이러한 끔찍한 쇠퇴가 타락의 마지막 단계의 징후라는 점이다. 이 단계에서는 반드시 각성이 일어난다. 그리고 나는 오늘날 러시아 혁명이 우리를 여기로 인도할 것이라고 믿는다.

그렇다. 물론, 전함과 요새를 만드는 일, 살인 훈련을 받는 군인, 살인자를 양성하는 학교, 재판, 감옥, 교수대를 관리하고 통제하는 일로 살아가는 자들에게, 또 많은 재산을 소유하고 살인으로 보호받는 자들에게 그리스도의 교리는 실현 불가능하다. 이러한 자들에게 그리스도의 교리가 이행 불가능하다는 점은 이해된다. 하지만 요새와 전함을 만드는 사람, 살인 교육을 받는 사람, 학교에서 타락한 사람, 처형당하고 총살당하는 사람, 살인으로 지켜지는 부를 모은 사람들이 이렇게 이해할 때가 왔다. 살인과 폭력 없는 삶은 그들이 지금 이끌어가는 그 삶보다 훨씬 더 이행 가능하다고. 그래서 나는 러시아인, 대다수의 러시아 국민들이 이 점을 이해할 것이고 일부는 이미 이해하고 있다고 생각한다.


X


일어나고 있는 일의 부조리가 너무나 명확해서, 나는 이 점을 믿는다. 정부 인사와 혁명가들 가운데 어떤 사람은 가장 정확하고 교묘한 학문 및 정부의 법률을 수립하여 전파한다. 일부는 미래에 인류를 어떻게 조직해야 하는가에 관한 훨씬 더 교묘하고 복잡하고 거시적인 계획을 수립하여 전파한다. 그런데 이들 모두와 또 다른 사람들도 자신의 목적을 달성하기 위해 한동안은 살인의 필요성과 합법성을 허용한 것을 대수롭지 않은 일로 간주한다. 그렇기 때문에 이러한 사람들의 배려, 노력, 열의에도 불구하고 그들 모두의 정확하고 교묘한 판단은 삶을 개선하지 못하고, 반대로 삶을 점점 더 악화시킨다.

사람들이 텃밭을 가꾸고 가장 개선된 방식으로 가장 귀하고 부드러운 채소를 심는다. 그리고 사람들은 비료와 물을 주지만 한 가지 잊은 것이 있다. 그들은 울타리에 구멍을 남겨두었다. 가축이 텃밭으로 들어와서 텃밭에 있는 모든 것을 짓밟고 파헤친다. 그러자 사람들은 놀라고 속상해하지만, 왜 그들의 모든 노동이 헛되이 사라진 것인지 전혀 이해하지 못한다.

기독교 세계 사람들의 생활에도 똑같은 일이 일어난다. 우리 시대 사람들은 마치 자신들을 보호할 것 같은 온갖 종류의 종교 및 국가 법칙을 수립하여, 온갖 방법으로 자기 육신의 삶을 개선해왔다. 사람들은 대양을 넘어 사상으로 소통하고, 공중을 날아다니고, 온갖 기적을 행하였지만, 과거의 지혜, 그들의 이성, 그들의 마음이 그들에게 말하는 것으로부터 조금씩 벗어나, 사람이 사람을 서로서로 죽일 수 있는 인간의 권리를 인정하였다. 그리고 종교적이고 국가적인 모든 울타리는 더 이상 울타리가 되기를 멈추었고, 기술 개선으로 이룬 모든 기적은 그들의 이익을 촉진하는 것이 아니라 그 이익을 파괴하였다.

이러저러한 삶의 조직을 확립하기 전에, 자연의 힘을 이용하는 방식을 개선하기 전에, 무엇보다 먼저 사람들이 천 년 동안 그들이 발견한 종교적·도덕적 교리를 정립해야 하기 때문에 이런 일이 발생한다. 이때 이 종교적·도덕적 교리는 모든 인간 몸에는 똑같은 신의 단초가 살아 있다는 것이고, 그래서 어떤 한 사람도 어떤 인간 집단도 인간의 육신과 신의 단초의 정해진 결합을 파괴할 권리를 가질 수 없다는 것, 즉 인간의 생명을 빼앗을 수 없다는 것이다.

종교적·도덕적 교리는 우리 모두에게 친근하고 잘 알려진 참된 의미의 그리스도의 교리와 다름없다. 이러한 종교적·도덕적 교리를 인정하고 확립하는 것은 가능할 뿐만 아니라, 삶은 이러한 종교적·도덕적 교리를 인정하지 않고 확립하지 않고는 불가능하다.

나는 우리의 어리석고 끔찍한 혁명으로 인해 대다수 러시아 민중이 이 기독교 교리의 종교적·도덕적 원리를 인정하고 확립하며 실현할 것이라고 믿는다.

# XI

그렇다. 주님의 나라가 도래했을 때, 이 모든 것은 이루어 질 것이다. 그러나 주님의 나라가 없는 동안에는 무엇을 해야 할까?

주님의 나라가 임하는 데 필요한 일을 해야 한다.

배고픈 사람에게 양식이 없을 때, 그는 무엇을 해야 할까? 양식을 얻기 위해서 일을 해야 한다. 양식이 저절로 오지 않 듯이 주님의 나라 즉 사람들의 좋은 삶도 저절로 오지 않을 것이다. 좋은 삶을 만들어야만 한다. 좋은 삶을 만들기 위해 서는 무엇보다 사람들의 추한 삶을 확인하게 되는 가장 끔 찍한 악행 즉 살인을 저지르는 짓을 멈추어야만 한다.

이러한 일을 멈추기 위해서 필요한 것은 거의 없다. 동족 을 죽이는 것이 인간의 본성에 맞지 않다는 인식은 이미 대 부분의 기독교 세계에 충분히 뿌리내렸다. 오로지 하나만 필요하다. 우리는 불가피하게 살인을 초래하는 폭력으로 다 른 사람의 삶을 좌우할 수 있는 소명을 받지 않았음을 이해 하고 인정하고 실천해야만 한다. 우리가 이행하고, 관여하 고, 우리 삶의 혜택을 구축하고 있는 온갖 살인은 타인에게 도 우리에게도 이롭지 않고, 반대로 우리가 바로잡고자 했 던 악을 증가시킬 뿐이다. 사람들이 이것을 깨닫고 다른 사 람들의 삶에 간섭하는 것을 자제하기만 했다면, 사람들이 살인 없이 불가능한 외부의 폭력 조직에서 그들 상황의 개선점을 추구하는 것이 아니라, 기독교 교리에 의해 모든 사람 앞에 분명하게 정립되어 있고 결코 살인과 양립할 수 없는 완벽의 이상에 접근하여 각자 그 개선점을 찾고자 했다면, 사람들이 인간 삶을 점점 악화시키는 외적 수단으로 실현하고자 헛되이 노력했던 그 삶은 저절로 성숙해졌을 것이다.

사람들이 초래한 점점 더 커지는 불행에서 벗어나는 방법은 하나다. 그 방법은 인류의 새로운 시대를 연 진정한 기독교 교리를 인정하고 실현하는 것이다. 악으로 악을 갚지 않는다는 기본적인 명제를 인정하지 않는 교리는 누구에게도 어떤 의무도 지울 수 없는 위선적인 교리가 될 뿐이고, 현재 사람들이 살아가는 가혹하고 짐승 같은 삶을 변화시키지 않을 뿐만 아니라, 오히려 그것을 지탱하는 교리가 될 뿐이다.

"아, 다시 오래된 무저항주의의 노래구나!"라고 나에게 쏟아지는 자신만만한 경멸의 목소리가 들린다.

그렇지만 서로를 쓰러뜨리고 해치는 군중이 문이 밖으로 열리는 것이라 생각하여 부서지지 않는 문을 두드리고 세차게 밀치는 것을 본 사람이 문은 안으로만 열린다는 것을 알았을 때 무엇을 해야만 하겠는가.

1907년 8월 5일

# 나는 침묵할 수 없다

## I

"7건의 사형 선고. 상트페테르부르크에서 2건, 모스크바에서 1건, 펜자에서 2건, 리가에서 2건. 4번의 처형. 헤르손에서 2번, 빌뉴스에서 1번, 오데사에서 1번"

그리고 이 일은 모든 신문에 보도된다. 그리고 이 일은 일주일도, 한 달도, 일 년도 아니고 수년 동안 계속된다. 그리고 이 일은 러시아에서 발생한 것이다. 사람들이 모든 범죄자를 불행하다고 여기고, 최근까지 법률에 따라 사형이 없었던 바로 그 러시아 말이다.

내가 언젠가 유럽인들 앞에서 이것을 얼마나 자랑스러워했는지를 기억한다. 그러나 여기 2~3년째 끊임없는 처형,

처형, 처형이 벌어졌다.

최근 신문을 인용해보겠다.

5월 9일 오늘, 끔찍한 사건이 있었다. 신문에 짧은 기사가 있다. "오늘 헤르손, 스트렐비츠키 벌판에서 엘리자베트그라드군 여지주 저택의 강도 사건으로 농민 20명을 교수형에 처한다."[5]

우리는 사람들의 노동으로 살고 있다. 보드카의 독에서 시작하여 가장 끔찍한 신앙의 거짓에 이르기까지, 우리는 온 힘을 다해 이 사람들을 타락시켰고 타락시키고 있다. 이때 우리는 그 신앙을 믿지 않지만, 전력을 다해 그들에게 그 신앙을 주입시킨다. 이 사람들 가운데 12명이 있다. 이 12명은 자신들이 먹이고 입히고 집을 세워준 그 사람들에 의해, 그리고 자신들을 타락시켰고 타락시키고 있는 그 사람들에 의해 교수대에서 죽임을 당한다. 러시아의 삶은 사람들의 친절, 근면, 순박함 위에서 지탱된다. 이 12명은 그런 사람들의 남편이고, 아버지이고, 아들이다. 그런데 이 12명이 체포되고, 투옥되고, 발에 족쇄가 채워졌다. 그런 다음, 그들을

---

5 후에 신문에 농민 20명의 처형에 대한 정정보도가 나왔다. 나는 이 실수가 기쁘기만 하다. 처음 소식보다 8명 더 적게 교수형에 처해졌다는 것도, 이 끔찍한 숫자가 이미 오랫동안 나를 괴롭히고 있는 그 감정을 나로 하여금 이 지면에 표현할 수 있게 했다는 것도 기쁘다. 그래서 20명이라는 단어를 12명이라는 단어로 교체하였을 뿐, 여기에서 말한 모든 것을 바꾸지 않고 남겨둔다. 왜냐하면 여기에서 말한 것은 12명이라는 한 무리의 사형수가 아니라, 최근에 살해되거나 교수형에 처해진 수천 명의 사람들 전부와 관련되기 때문이다.

매달 올가미를 붙잡지 못하도록 그들의 손을 뒤로 묶고, 교수대로 끌고 갔다. 교수형에 처할 사람들과 같은 농민 몇몇은 무장을 하고, 좋은 신발과 깨끗한 관복을 입고, 손에는 총을 쥔 채, 기결수들을 호송한다. 화려한 비단 승복에 영대를 하고 손에는 십자가를 쥔 채 긴 머리를 한 사람이 기결수들과 나란히 걸어온다. 행렬이 멈춘다. 총괄 책임자는 무엇인가를 말하고, 비서는 서류를 낭독한다. 서류를 다 읽고 나면, 긴 머리를 한 사람은 다른 사람에 의해 교수대에서 죽게 될 사람들을 향해 신과 그리스도에 관해 무엇인가를 이야기한다. 이러한 말 직후 즉시 사형집행인들은―그들은 몇 명이나 된다. 혼자서는 이러한 복잡한 일을 처리할 수 없다―비누를 풀어, 더 잘 죄어질 수 있도록 교수대 올가미에 비누칠을 한 다음, 족쇄를 한 자들을 붙잡고, 그들에게 수의를 입히고, 교수대가 있는 단 위로 끌어올린다. 그리고 교수대 올가미를 목에 채운다.

그리고 바로 살아 있는 사람들은 줄줄이 그들의 발아래에서 잡아뺀 걸상으로 인해 버둥거리고, 자신들의 무게로 자신들의 목에 있는 올가미를 단단히 조이게 된다. 이 사람들은 고통스럽게 숨을 헐떡인다. 이러한 일이 있기 1분 전에 살아 있던 사람들은 교수대에 매달려 죽은 몸이 된다. 그 몸은 처음에는 천천히 흔들리다가 그다음에는 움직임 없이 멈추게 된다.

고위층 인사들, 많이 배운 교양 있는 사람들은 자기 형제들을 위하여 이 모든 것을 부지런히 구축하고 생각해낸다. 이 일은 비밀스럽게, 아무도 이 일을 보지 못하게 새벽에 진행되도록 고안되었다. 그리고 이 일은 이 잔악 행위에 대한 책임이 그것을 수행하는 사람들에게 할당되어 각자가 이 일에 죄가 없다고 생각하고 말할 수 있게 만들어진다. 이것은 가장 방탕하고 불행한 사람들을 찾아내어, 우리가 만들고 승인한 일을 그들로 하여금 실행하도록 강요하고, 우리가 이 일을 하는 사람들을 싫어하는 척하게 만들어진다. 심지어 한 집단(군사법원)이 선고하지만, 처형할 때는 군사법원이 아니라 시민 법원이 반드시 참석해야만 하는 교묘함도 만들어낸다. 불행한 자, 기만당한 자, 방탕한 자, 멸시받는 자들이 이 일을 수행하고 있는데, 이들에게 남겨진 일은 하나다. 그것은 그들이 더 확실하게 목을 옥죌 수 있도록 교수대에 비누칠을 더 잘하는 것이고, 그들이 더 빨리 더 완전하게 자신의 영혼과 자신의 인간적 소명을 잊을 수 있도록 교양 있는 고위층 인사가 판매하는 독에 더 잘 취하는 것이다.

의사는 시신 주위를 휙 돌고 건드려보고는, 당국에 일이 완료되었다고 보고한다. 12명 모두 틀림없이 사망했다. 당국은 비록 힘들었지만 필요한 일이고, 양심적으로 처리된 일이라고 생각하면서 자신의 일상적인 일로 돌아간다. 굳어진 육신은 떼어내어져서 매장된다.

정말 끔찍한 일이 아닌가!

그리고 이 일은 한 번 벌어지는 일도 아니고, 러시아 최고

위층 인사에게 기만당한 12명의 불행한 사람들에게만 일어나는 일도 아니다. 이 일은 수년 동안 끊임없이 수백 수천 명의 기만당한 사람들에게 일어나는 일이다. 이 사람들은 자신들에게 이 무서운 일을 가한 바로 그 사람들에 의해 기만당한 것이다.

그리고 이 끔찍한 일이 자행되고 있을 뿐만 아니라, 이를 구실삼아 감옥, 성채, 징역장에서 똑같이 냉혹하고 무자비한 여러 가지 고문과 폭력이 가해지고 있다.

이것은 끔찍하다. 하지만 가장 끔찍한 점은 이것이 싸움, 전쟁, 심지어 약탈이 일어날 때처럼 이성을 억누르는 감정, 열정에 따라서 행해지는 것이 아니라, 반대로 감정을 억누르는 이성과 계산에 따라 행해진다는 것이다. 이 때문에 이 일은 특히 끔찍한 것이 된다. 또한 이것이 끔찍한 이유는 재판관에서부터 사형집행인에 이르기까지 원하지 않는 사람들이 행하는 이 일만큼 인간의 영혼에 대한 전횡과 다른 사람에 대한 어떤 사람의 권력의 파괴력을 명확하고 분명하게 보여주는 것이 없기 때문이다.

어떤 사람이 다른 사람의 노동, 재물, 암소, 말을 뺏을 수 있을 때, 심지어 다른 사람의 아들딸까지 뺏을 수 있을 때 분개하게 된다. 이것은 분개할 일이다. 그러나 훨씬 더 분개할 일은 어떤 사람이 다른 사람의 영혼을 빼앗을 수 있고, 다른 사람의 정신적인 '자아'를 해칠 수 있고, 다른 사람에게서 그의 정신적 행복을 앗아갈 수 있다는 것이다. **인간의 행**

복을 위해서 이 모든 것을 안정적으로 조직하고, 매수·협박·기만을 동원해 재판관에서부터 사형집행인에 이르기까지 그들의 진정한 행복을 앗아갈 수도 있는 이 일을 하게끔 강요하는 그 사람들이 바로 이 일을 한다.

러시아 전역에서 수년 동안 이 모든 일이 일어나는 이때, 이 일의 주범은 이 일을 하도록 명령을 내릴 수 있고 이 일을 멈출 수도 있는 자다. 이 일의 주범은 이 일이 유익하고 심지어 필요한 일이라고 완전히 확신에 차 있다. 이 주범은 핀란드인들이 원하는 방식대로 살아가는 것을 어떻게 막아야 하고, 몇몇 러시아인들이 원하는 대로 핀란드인이 계속 살아갈 수 있도록 어떻게 만들지에 관해 궁리하고 연설한다. 아니면 이들은 "육군 경기병 연대에서 돌먼의 소맷부리와 옷깃의 뒤집힌 부분은 옷깃의 색을 따라야 하고, 지급되는 펠리스는 모피 위쪽 소맷부리 주변에 장식이 없어야 한다"[6]라는 명령을 내린다.

그렇다. 이것은 끔찍하다.

---

6 돌먼dolman은 허리까지 오는 경기병의 짧은 재킷이고, 펠리스pelisse는 돌먼 위에 입는 재킷으로 목과 소매 끝자락이 모피로 처리된다.—옮긴이

# II

무엇보다 끔찍한 것은 이 모든 비인간적인 폭력과 살해가 폭력의 희생자와 그 가족에게 가하는 직접적인 피해 외에, 잘 마른 짚에 붙은 불처럼 빠르게 퍼져 러시아 국민의 모든 계층을 폭넓게 타락시키면서, 전 국민에게 훨씬 더 크고 방대한 피해를 입힌다는 사실이다. 이러한 타락은 평범한 노동자 사이에서 매우 빠르게 확산되고 있다. 왜냐하면 단순 도둑, 강도, 모든 혁명가가 저질러 왔던 일을 합친 것보다 수백 배를 능가하는 이 모든 범죄는 필요하고 훌륭하고 필연적인 어떤 일이라는 형태를 띠고 실행되기 때문이다. 이 모든 범죄는 민중의 개념에서 정의 및 신성과 뗄 수 없는 원로원, 종무원, 의회, 교회, 차르와 같은 여러 기관이 인정하고 지지하는 일이다.

그리고 이러한 타락은 비정상적인 속도로 확산되고 있다.

얼마 전까지만 해도 러시아 전 민중에게서 두 명의 사형집행인을 찾을 수 없었다. 최근인 80년대에 러시아 전역에 오직 한 명의 사형집행인만 있었다. 그때 솔로비요프 블라디미르가 기뻐하며 나에게 이렇게 말했던 것을 기억한다. 러시아 전역에서 다른 사형집행인을 찾을 수 없어서, 한 사람을 여기저기로 데리고 다녔다고. 지금은 그렇지 않다.

모스크바의 한 소상인은 자기 일에서 손해를 입자, 교수형을 당하는 사람당 100루블씩 받으면서 정부가 저지르는 살인을 수행하는 것에 자신의 노동을 지속적으로 제공하였다. 짧은 시간 만에 곧 이 부업이 필요 없어질 정도로 그의 사정이 회복되었다. 그래서 그는 지금 종전대로 상업에 종사한다.

여느 곳처럼 오룔에서도 지난 몇 달에 걸쳐 사형집행인이 필요했고, 즉시 사람을 찾게 되었다. 그는 정부 살인의 수반과 합의하며, 사람당 50루블에 이 일을 수행하는 것에 동의했다. 그는 그 가격에 합의한 후에 다른 곳에서는 더 많이 받는다는 사실을 알게 되었다. 이 사형집행 지원자는 사형이 집행되는 동안 죽임을 당하는 자에게 수의를 입힌 다음, 그를 교수대로 인도하는 대신 멈춰 섰다. 그리고 그는 관리에게 다가가서 이렇게 말했다. "나으리, 25루블 올려주십시오. 아니면 이 일을 하지 않겠습니다." 그는 올려 받고, 이 일을 수행했다.

다음 처형은 5명이었다. 처형 전날 정부 살인의 관리자에게로 낯선 사람이 찾아왔다. 그는 비밀스러운 일에 관해 말을 나누고 싶어 했다. 관리자가 나왔다. 낯선 사람이 이렇게 말했다. "최근에 누군가가 당신에게서 사람당 75루블을 받았다지요. 오늘 5명이 정해져 있다 들었습니다. 그들 전부 저에게 맡겨주십시오. 저는 15루블씩만 가져가겠습니다. 안심하십시오. 제대로 처리하겠습니다."

이 제안이 받아들여졌는지 아닌지는 모르겠다. 하지만 제안이 있었던 것은 안다.

정부가 저지른 이러한 범죄는 가장 나쁘고 부도덕한 민중에게 이렇게 영향을 미친다. 그러나 이 끔찍한 일은 도덕적으로 평균적인 대다수 사람에게 영향을 미치지 않을 수 없다. 권력가들에 의해, 즉 민중들이 익히 가장 훌륭하다고 존경하는 그 사람들에 의해 자행되는 끔찍하고 비인간적이며 야만적 행위를 끊임없이 듣고 읽게 되면서, 도덕적으로 평균적인 대다수의 사람들, 특히 젊고 사생활로 바쁜 사람들은 이 몹쓸 짓을 한 사람들이 존경받을 만한 인물이 아니라고 깨닫는 대신 반대로 판단한다. 즉 만일 우리가 보기엔 몹쓸 짓이지만 모든 이에게 존경받는 사람들이 그 짓을 검토하고 실행했다면, 어쩌면 그 일은 우리에게 보이는 것만큼 나쁜 짓이 아니라고 말이다.

예전에 날씨에 관해 이야기했듯이, 지금은 처형, 교수형을 당한 사람, 살인, 폭탄테러에 관해 기사를 쓰고 말한다. 아이들은 교수형 놀이를 한다. 대부분의 아이들과 김나지움 학생들은 예전에 사냥터에 가듯이, 징발되어 살인할 준비를 한다. 대지주의 땅을 손에 넣기 위해서 대지주를 죽이는 것이 지금 많은 사람들에게 토지 문제의 가장 믿을 만한 해결책으로 제시된다.

대체로 자신의 목적을 달성하기 위해 살인의 가능성을 허용하는 정부의 활동 때문에 온갖 범죄가 일어난다. 정부의 부패를 겪은 불행한 사람들은 약탈, 절도, 거짓, 고문, 살인을 인간이 타고난 가장 자연스러운 일이라고 여긴다.

그렇다. 바로 이 일이 아무리 끔찍할지라도, 그들이 일으

킨 도덕적이고, 정신적이며, 눈에 보이지 않는 악은 비교할
수 없을 만큼 훨씬 더 끔찍하다.


## III


당신들은 안정과 질서를 가져오기 위해 이 모든 끔찍한
짓을 저지르고 있다고 말한다.

당신들은 안정과 질서를 가져오고 있다!

당신들은 도대체 어떻게 그것을 가져오는가? 그리스도 권
력의 대표자이자 지도자이며, 교단의 승인과 격려를 받는
스승인 당신들이 가장 큰 죄를 저지르면서, 사람들 안에 있
는 신앙과 도덕성의 마지막 흔적마저도 파괴함으로써 가져
온다. 이때 가장 큰 죄는 거짓말, 배신, 온갖 종류의 고문 그
리고 아주 타락하지 않은 인간의 영혼에 정반대되는 가장
끔찍한 최후의 범죄인 살인, 그것도 하나의 살인이 아니라
살인들, 끝없는 살인들이다. 당신들이 자신의 어리석고 거짓
된 저서에 썼으며, 교법이라고 신성모독적으로 일컫는 항목
들에서 인용한 여러 가지 어리석은 문구들로, 당신들은 이
살인을 정당화할 수 있다고 생각한다.

당신들은 이것이 민중을 진정시키고 혁명을 진압하는 유
일한 수단이라고 말한다. 그러나 사실 이것은 명백한 거짓
이다. 당신들은 분명 사람들을 진정시킬 수 없다. 당신들은

러시아 전 농민의 가장 원초적인 형평성의 요구, 즉 토지 소유권의 폐지 요구를 충족시키지 못하면서, 반대로 토지 소유권을 강화하고, 당신들과 폭력적 투쟁에 나선 경솔하고 악의에 찬 사람들과 민중을 온갖 방법으로 자극한다. 당신들은 사람들을 고문하고, 괴롭히고, 추방하고, 감금하고, 아이와 여자들까지 교수형에 처한다. 당신들은 인간에게 내재한 이성과 사랑에 귀를 닫으려 애쓰고 있지만, 이성과 사랑은 당신들 안에 있다. 그래서 당신들이 하는 것처럼 그렇게 행동한다면, 즉 이러한 무서운 범죄에 관여한다면, 당신들은 병에서 회복하지 못할 뿐만 아니라, 오히려 병을 삼켜서 키우고 있다. 당신들이 이러한 사실을 깨닫기 위해, 정신을 차리고 생각을 할 필요가 있다.

정말 이것은 너무나 명확하지 않은가.

이런 일이 일어나는 이유는 결코 물질적인 사건에 있지 않다. 모든 문제는 민중의 정신적 상황에 있다. 이 상황은 바뀌었고, 어떤 조건으로도 이 상황을 결코 이전의 상태로 되돌릴 수 없다. 성인을 다시 아이로 만들 수 없는 것처럼 그렇게 되돌릴 수 없다. 사회적 혼란 혹은 안정은 결코 페트로프가 살아 있을지 교수형에 처해질지, 이바노프가 탐보프가 아니라 네르친스크에서 징역을 살 것인지에 달린 것이 아니다. 사회적 혼란 혹은 안정은 페드로프나 이바노프뿐만 아니라 대다수 사람들이 자신의 입장을 어떻게 볼 것인가에 달린 것이고, 이 다수가 권력, 토지 소유권, 포교된 신앙에 어떤 태도를 취할 것인가에 달린 것이다. 즉 이 다수가 선과 악을 어디에 둘 것인가에 따른다. 사건의 힘은 결코 삶의 물질적인 조건에 있는 것이 아니다. 이것은 민중의 정신적 상황에 있다. 만일 당신들이 러시아 전체 민중의 10분의 1일지라도 죽이고 괴롭혔다면, 나머지 사람들의 정신적 상태는 당신이 원하는 대로 되지 않을 것이다.

지금 수색, 간첩행위, 추방, 감옥, 징역, 교수대에서 당신들이 자행하고 있는 모든 것, 이 모든 것은 당신들이 민중을 이끌고자 하는 그 상태로 민중을 인도하지 못할 뿐만 아니라, 반대로 혼란을 가중시키고, 안정의 모든 가능성을 파괴해버린다.

"무엇을 해야 할까? 당신이 말하고 있다시피, 지금 민중을 안정시키기 위해 무엇을 해야 할까? 자행되고 있는 이런 잔악 행위를 어떻게 멈출 수 있을까?"

답변은 아주 단순하다. **당신들이 하고 있는 것을 멈추면 된다.**

만일 '민중' 즉 민중 전체를(많은 사람들은 러시아 민중의 안정을 위해서 무엇이 가장 필요한지 알고 있다. 50년 전 농노제에서 해방이 필요했던 것처럼, 토지 소유권으로부터의 해방이 필요하다) 안정시키기 위해서 무엇을 해야만 하는지 아무도 모른다면, 만일 민중의 안정을 위해서 지금 무엇이 필요한지 아무도 모른다면, 어쨌든 민중의 안정을 위해 민중의 혼란을 가중시키는 것을 **하지 않으면 된다**는 점은 명백하다. 그런데 당신들은 바로 그것만 하고 있다.

당신들이 하는 일은 민중을 위해서가 아니라 자신을 위한 것이다. 그것은 당신들의 착각에 의해 유익한 것으로 여겨지지만, 실상 당신이 차지하고 있는 가장 비참하고 혐오스러운 지위를 지탱하기 위한 것이다. 당신들이 하는 일이 민중을 위해 한 것이라고 말하지 말라. 그것은 사실이 아니다. 당신들이 하는 혐오스러운 모든 일은 자신을 위해서, 이기적이고 야심만만하고 허세 가득하고 복수심에 불타는 사적 목표를 위해서, 당신들이 살고 있고 당신들에게 좋아 보이는 그 부패 속에서 조금 더 살기 위해서다.

그리고 당신들이 하는 모든 것은 민중의 이익을 위한 것이라고 몇 번을 말할지라도, 사람들은 당신들에 대해 점점 더 깨닫게 되고, 당신들을 점점 더 경멸하게 된다. 그리고 그들은 당신들이 원했던 것과는 점점 다르게 당신들의 탄압과 진압 방식을 보게 될 것이다. 당신들은 탄압과 진압 방식을 어떤 최고 집단인 정부의 행위로 보이고 싶어 하지만, 그들은 개별적이고 사악한 이기주의자들의 개인적이고 불쾌한 문제로 보고 있다.

IV

당신들은 이렇게 말한다. "우리가 아니라 혁명가들이 시작하였고, 혁명가들의 끔찍한 만행은 오로지 정부의 단호한 조치(당신들은 당신들의 만행을 그렇게 부른다)로 진압될 수 있다."

당신들은 혁명가들이 저지른 만행이 끔찍하다고 말한다.

나는 논쟁하고 싶지 않기에, 여기에 하나만 덧붙이고자 한다. 그것은 그들의 행위가 끔찍하다는 점 외에도, 당신들의 행위처럼 그렇게 어리석고 핵심을 찌르지도 못한다는 점이다. 그러나 그들의 행위 즉 이 모든 폭탄과 땅굴, 역겨운 살인과 돈의 강탈이 끔찍하고 어리석을지라도, 이 모든 행위는 당신들이 자행한 일의 위법성과 어리석음에 결코 미치지 못한다.

그들은 완전히 당신들이 한 똑같은 일을, 똑같은 자극적인 이유로 이행한다. 그들은 당신들처럼 똑같은(만일 그 결과가 그렇게 끔찍하지 않았다면, 나는 우스꽝스럽게 이야기했을 것이다) 착각에 빠져 있다. 이 착각은 바로 어떤 사람들이 그들의 생각에 따라서 사회 조직이 어떻게 해야만 바람직한지에 관한 안을 수립한 후, 이 안에 따라 다른 사람들의 인생을 정리할 권리와 가능성을 가진다는 것이다. 착각도 똑같고, 가상의 목적을 달성하는 수단도 똑같다. 그 수단은 살인에 이르는 온갖 종류의 폭력이다. 저지른 만행에 대한 변명도 똑같다. 변명은 많은 사람의 이익을 위한 나쁜 일은 더 이상 부도덕하지 않다는 것이다. 그렇기 때문에 이 일이 모든 사람을 위해 예상할 수 있는 좋은 상황, 즉 우리가 알고 있다고 생각하고 추측할 수 있고 그래서 이루고 싶은 상황을 실현할 때, 우리는 도덕률을 위반하지 않으면서 속이고 훔치고 죽일 수 있다.

정부 인사인 당신들은 혁명가들의 행위를 만행이고 중대 범죄라고 부른다. 그러나 당신들이 하지 않은 일을 그들도 하지 않았고 하지 않고 있다. 그들은 비교할 수 없을 정도로 많이 하지 않았다. 자기 목적을 달성하기 위해 당신들이 사용하는 부도덕한 수단을 활용하였기에, 당신들은 혁명가들을 결코 비난해서는 안 된다. 그들은 당신들이 했던 바로 그 일만 하고 있다. 당신들은 스파이를 두고, 속이고, 언론에 거짓을 유포한다. 그리고 그들도 똑같은 일을 한다. 당신들은 온갖 종류의 폭력을 동원하여 사람들의 재산을 빼앗아서 마음대로 처분한다. 그리고 그들도 똑같은 일을 한다. 당신들은 해롭다고 생각하는 사람들을 처형한다. 그들도 똑같은 일을 한다. 그들은 하지 않지만 당신들이 하는 많은 나쁜 짓, 즉 국민 재산의 낭비, 전쟁의 준비와 바로 그 전쟁, 타민족의 정복과 억압 그리고 다른 많은 것들은 제쳐두고, 당신들이 정당화할 수 있는 모든 것을 그들 역시 정확하게 그렇게 정당화한다.

당신들은 당신들이 고수하는 옛 전통을 가지고 있고, 과거 위인들의 활동 모델을 가지고 있다고 말한다. 그늘에게도 프랑스 대혁명 훨씬 전부터 오랫동안 전해진 전통이 있고, 위인, 따라 하고 싶은 모델, 진리와 자유를 위해 죽은 수난자가 있다. 이러한 사람들도 당신들보다 적지 않다.

당신들과 그들 사이의 차이점이 있다면 오로지 당신들은 모든 것이 있는 그대로 남아 있기를 원하지만, 그들은 변화를 원한다는 것이다. 모든 것이 언제나 예전처럼 머물러 있어서는 안 된다고 생각하고, 그들이 당신들에게서 얻게 된 이상하고 치명적인 착각을 하지 않았다면, 그들은 당신들보다 더 옳았을 것이다. 이 착각은 어떤 사람들이 앞으로 모든 인간에게 내재한 삶의 형식을 알 수 있고, 그 형식을 폭력으로 만들 수 있다는 것이다. 나머지 모든 면에서도 그들은 당신들이 했던 바로 그것만, 그리고 바로 그 방법으로 하고 있다. 그들은 온전히 당신들의 학생이다. 말했다시피, 그들은 당신들의 아주 작은 것까지도 주워 모은다. 그들은 당신들의 학생일 뿐만 아니라, 당신들의 작품이고 당신들의 아이들이다. 당신들이 없었다면, 그들도 없었을 것이다. 그러므로 당신들이 힘으로 그들을 진압하고자 할 때, 자기 쪽으로 열리는 문을 온 힘을 다해 밀고 있는 사람이 하는 일을 당신들이 하는 것이다.

당신들과 그들 사이에 차이점이 있다면 그것은 당신들이 아니라 그들이 유리하다는 것이다. 참작할 수 있는 그들의 상황은 첫째, 그들의 잔악 행위가 당신들이 직면했던 것보다 더 큰 개인적 위험 부담 속에서 자행된다는 점과 모험, 위험은 열정적인 젊은이들의 눈에 많은 것을 정당화한다는 점이다. 둘째, 그들 대부분은 원래 실수할 수 있는 매우 젊은 사람들이고, 당신들은 대부분 실수한 자에 대해 이성적인 안정과 관용을 베푸는 나이가 든 성숙한 사람들이다. 그들에게 유리한 세 번째 참작 상황은 살인이 아무리 혐오스럽더라도, 그들은 어쨌든 당신들의 실리셸부르크 감옥, 징역, 교수대, 총살처럼 그렇게 차갑고 체계적으로 잔인하지 않다는 사실이다. 혁명가들을 위해 죄에 참작할 수 있는 네 번째 상황은 이렇다. 그들 모두는 확실히 모든 종교적 교리를 거부하고, 목적이 수단을 정당화한다고 여기고, 결국 그들은 많은 이들의 상상의 선을 위해 한 사람 혹은 몇몇 사람들을 죽이면서, 상당히 일관되게 행동한다. 하급의 사형집행인에서부터 고위 관리에 이르기까지 정부 인사인 당신들 모두는 어떤 경우에도 당신들이 저지른 일과 양립할 수 없는 종교와 기독교를 옹호한다.

그리고 다른 사람들의 지도자이자 기독교를 믿는 늙은 당신 같은 사람들은, 마치 싸워서 혼날 때 벌 받는 아이들처럼, 이렇게 말한다. "우리가 시작한 것이 아니라, 개들이 시작했어." 민중의 통치자 역할을 맡은 당신들은 이보다 더 나은 어떤 것도 할 능력이 없고, 어떤 말도 할 수 없다. 당신들은 도대체 어떤 사람들인가? 당신들은 모든 살인뿐만 아니라 형제에 대한 모든 분노도 확실히 금하신 분을 신이라고 인정하는 사람들이다. 신은 재판과 형벌뿐만 아니라 형제의 비난도 금하였고, 아주 분명한 말로 모든 종류의 형벌을 폐지하였고, 죄를 몇 번이나 반복할지라도 변함없는 용서의 불가피성을 용인하였고, 한쪽 뺨을 때리면 다른 쪽 뺨을 내주고 악을 악으로 갚지 말 것을 지시하였고, 돌로 죽이라는 선고를 받은 여인에 관한 이야기를 통해 어떤 사람이 다른 사람의 죄를 비난해서는 안 된다는 것을 간명하게 보여주었다. 이러한 스승을 신으로 인정한 당신들이 "그들이 시작했고, 그들이 죽이고 있으니 우리도 그들을 죽이도록 하자"라는 것 외에는 어떤 다른 핑곗거리도 대지 못하고 있다.

## V

내가 알고 있는 한 화가는 '사형'이라는 그림을 구상했고, 그에게는 자연스러움을 위해 사형집행인의 얼굴이 필요했다. 화가는 당시 모스크바에서 사형집행인의 일을 어느 주택청소부가 담당했다는 것을 알게 되었다. 화가는 청소부의 집에 갔다. 그때가 부활절 주간이었다. 치장을 한 가족들은 다과상 앞에 앉아 있었고, 집주인은 없었다. 후에 밝혀졌지만, 그는 모르는 사람을 보고 숨어버렸다. 아내 역시 허둥대며 남편은 집에 없다고 말했다. 하지만 여자아이가 아버지의 비밀을 누설했다.

아이는 말했다. "아빠는 다락방에 있어요." 아이는 자기 아버지가 알고 있는 사실, 즉 아버지는 나쁜 일을 하고 있고, 그래서 모든 사람들을 두려워해야만 한다는 사실을 아직 알지 못했다. 화가는 여주인에게 남편의 얼굴이 자신이 구상하고 있는 그림과 잘 어울리기 때문에 그를 모델로 초상을 그리기 위해, '자연스러움을' 위해, 그녀의 남편이 필요하다고 설명하였다(물론 화가는 어떤 그림을 위해 청소부의 얼굴이 필요한지 말하지 않았다). 여주인과 말을 나눈 후, 화가는 그녀를 꾀기 위해 아들을 가르치겠다고 제안했다. 분명 이 제안은 여주인을 사로잡았다. 그녀는 나갔고, 잠시 후에 눈을 치켜뜨고 우울하고 안절부절못하며 겁에 질린 주인이 들어왔다. 그는 오랫동안 무슨 이유로 화가에게 자신이 필요한지 꼬치꼬치 캐물었다. 화가가 청소부에게 자신은 그를 거리에서 만났고 그의 얼굴이 자신의 그림에 어울리는 것 같다고 말했을 때, 청소부는 어디에서 자신을 보았느냐, 몇 시에 보았느냐, 어떤 옷을 입고 있었느냐고 물었다. 분명 두려워하고 의심하면서, 모든 것을 거부했다.

그렇다. 본능적으로 이 사형집행인은 자신이 사형집행인이고, 그가 하는 일이 나쁘다는 것, 그리고 그가 하는 일을 사람들이 싫어한다는 것도 알고 있다. 그는 사람들을 무서워한다. 내가 생각하기에, 사람들에 대한 이러한 의식과 공포는 일부일지라도 그의 죗값을 치르는 것이다. 재판의 서기에서부터 장관과 차르에 이르기까지, 매일 자행되는 잔악 행위의 간접적인 가담자인 당신들 전부는 자기 죄를 느끼지 못하는 듯하고, 저지른 공포에 가담했기에 당신들이 느껴야 하는 수치심도 경험하지 못한 듯하다. 사실 사형집행인처럼 당신들도 사람들을 두려워하고, 저지른 범죄에 대한 책임이 더 클수록 더 두려워한다. 검사는 서기보다 더 두려워하고, 법원장은 검사보다 더 두려워하고, 총독은 법원장보다 더 두려워하고, 각료회의 의장은 그보다 훨씬 더 두려워하고, 차르는 가장 두려워한다. 당신들 전부 무서워한다. 하지만 이것은 사형집행인처럼 당신들이 나쁜 짓을 하는 것을 알기 때문이 아니다. 당신들은 사람들이 나쁜 짓을 하는 것 같아서 두려워한다.

때문에 나는 이렇게 생각한다. 이 불행한 청소부가 아무리 타락했을지라도, 그는 어쨌든 도덕적으로 비교할 수 없을 만큼 당신들보다 더 높은 곳에 서 있다고. 당신들은 자신이 아닌 다른 사람들을 판단하고 고개를 높이 들고 있는, 이 끔찍한 범죄의 가담자이자 부분적으로는 주범이다.


## VI


나는 이 모든 사람들은 인간일 뿐이고, 우리 모두 약하고, 우리 모두 실수하고, 어떤 사람이 다른 사람을 판단해서는 안 된다는 것을 알고 있다. 나는 오랫동안 이 모든 끔찍한 범죄의 주범이 나에게 불러일으켰고 불러일으키고 있는 감정과 싸웠다. 범죄가 더 클수록, 그들은 사회적 사다리에서 더 높은 곳에 서 있다. 그러나 나는 더 이상 이 감정들과 싸울 수 없고 싸우고 싶지 않다.

나는 싸울 수 없고 싸우고 싶지도 않다. 왜냐하면 첫째, 자신의 모든 죄를 깨닫지 못하는 이 사람들은 비난받아야 하기 때문이다. 이것은 그들 자신을 위해서도, 그리고 이 사람들의 외적인 명성과 찬양에 영향을 받아 이들의 끔찍한 일에 찬동하고 심지어 이들을 모방하고자 하는 무리를 위해서도 필요하다. 둘째, 나는 더 이상 싸울 수 없고 싸우고 싶지 않다. 왜냐하면 이 사람들에 대한 나의 비난이 내가 바라는 나의 파문을 초래하길 원하기 때문이다(솔직히 이 점은 인정한다). 나의 파문은 내가 살고 있는 주변 사회에서 나온 이런저런 방법에 의한 것인데, 나는 그 사회에서 나를 둘러싸고 자행되는 범죄의 가담자라는 것을 느끼지 않을 수 없다.

사실 지금 러시아에서 행해지는 모든 것은 공익이라는 명목으로, 러시아에 사는 사람들의 삶을 보장하고 진정시킨다는 명목으로 이루어진다. 만일 그렇다면, 이 모든 것은 러시아에 사는 나를 위한 것이다. 그러므로 인간이 태어났던 그 땅을 이용하는 가장 기본적인 첫 번째 인권을 상실한 민중의 빈곤이 나를 위한 것이다. 선량한 농민의 삶에서 찢겨 나와 제복을 입고, 살인을 배우는 50만 명이 나를 위한 것이고, 진정한 기독교를 왜곡하고 은폐하는 것이 주된 임무가 된 소위 거짓된 성직자가 나를 위한 것이다. 이곳에서 저곳으로 사람들이 추방되는 것도 나를 위한 것이고, 러시아를 배회하는 수십만 명의 굶주린 노동자도 나를 위한 것이다. 모든 것이 부족한 요새와 감옥에서 티푸스와 괴혈병으로 죽은 수십만 명의 불행한 사람도 나를 위한 것이다. 추방되거나 감금되거나 교수형을 당한 자들의 어머니, 아내, 아버지의 고통도 나를 위한 것이다. 스파이, 뇌물도 나를 위한 것이고, 살인으로 포상을 받은 살인 경찰도 나를 위한 것이다. 수십 수백 명의 총살당한 사람들의 매장도 나를 위한 것이다. 힘들게 모집했지만, 지금은 이미 그렇게 기피하지 않는 사형 집행인의 끔찍한 작업도 나를 위한 것이다. 여성, 아이, 남성이 매달린 교수대가 나를 위한 것이다. 서로서로 대립한 사람들의 이 끔찍한 만행이 나를 위한 것이다.

이 모든 일이 나를 위한 것이고 나도 이 끔찍한 일의 가담자라는 주장이 이상할지도 모르겠다. 하지만 나는 어쨌든 나의 넓은 방, 나의 식사, 나의 옷, 나의 여유와 내가 향유하는 것을 빼앗으려는 사람들을 없애기 위해 저지른 이 끔찍한 범죄 사이에 의심의 여지가 없는 연관성을 느끼지 않을 수 없다. 만일 정부의 위협이 없었다면 내가 향유하는 것을 앗아갔을, 원한을 품은 타락한 노숙자들은 바로 그 정부에 의해 생겨났다. 내가 이것을 알고 있을지라도, 어쨌든 나는 지금 나의 안정이 실제로 정부가 조성한 공포 때문이라는 점을 느끼지 않을 수 없다.

이를 알고 있기에, 나는 더 이상 이를 견딜 수가 없다. 나는 견딜 수가 없기에 이 괴로운 상태를 벗어나야만 한다.

그렇게 살아서는 안 된다. 나는 적어도 그렇게 살 수 없다.

나는 그렇게 살 수 없기에 그렇게 살지 않을 것이다.

그래서 나는 이것에 관해 쓰고, 사력을 다해 내가 쓴 것을 러시아 안팎에 유포시키고자 한다. 이것은 둘 중 하나를 위해서다. 즉 이 비인간적인 처사를 끝내거나, 이 일과 나의 관련성을 없애는 것이다. 이 일과 나의 관련성을 없애기 위해서는 이 끔찍한 일이 이미 나를 위한 것이 아님을 내가 명확하게 인식할 수 있는 감옥으로 나를 가두거나, 가장 좋은 방법으로(너무 좋아서 나는 이러한 행복을 꿈꿀 수도 없다) 20명 혹은 12명의 농민들처럼, 나에게 수의를 입히고, 두건을 씌운 후, 내가 나의 무게로 내 늙은 목에 걸린 비누칠한 올가미를 꽉 옭아맬 수 있도록 걸상을 걷어차면 된다.

## VII

그리고 여기 이 두 가지 목적 가운데 하나에 도달하기 위해서, 나는 이 끔찍한 일의 모든 가담자에게 호소한다. 나는 형제들, 여성, 아이에게 두건과 올가미를 씌우는 사람들과 교도관에서부터 이 끔찍한 범죄를 관리하고 허가하는 주요 인물인 당신들까지 모두에게 호소한다.

형제 여러분! 정신을 차리고 당신들이 하는 일을 다시 생각하고 이해하라. 당신들이 누구인지 기억하라.

사실 당신들은 사형집행인, 장군, 검사, 재판장, 수상, 차르이기 이전에 무엇보다 인간이다. 오늘 당신은 주님의 빛을 보았지만, 내일 당신은 사라질 것이다(특별한 증오를 불러일으켰고, 불러일으키고 있는, 모든 범주의 사형집행인인 당신들은 특히 이것을 기억해야만 한다). 이러한 일에 가담하면서, 당신들은 수백만의 이익을 위해 중요하고 위대한 일을 한다고 자신과 사람들을 설득하지만, 인생에서 당신들의 사명은 사람을 고문하고 죽이는 것에 있을 수 없고, 죽임을 당할까 봐 두려움에 떨며 자신 앞에, 사람들 앞에 그리고 신 앞에 거짓을 말하는 것에 있을 수 없다. 정말 이 짧은 한순간 주님의 빛을 보았던 당신들에게—사실 당신이 죽임을 당하지 않는다고 해도, 우리 모두의 어깨 너머에는 언제나 죽음이 있다—정말 그런 당신들에게 당신의 빛나는 순간, 이것이 보이지 않는단 말인가? 이 모든 것은 가장 멍청한 일을 하면서 스스로 훌륭한 사람이라고 여기도록 만들기 위해 꾸며낸 말이다. 분위기, 아부, 습관적인 궤변에 취하지 않았다면, 정말 당신들은 이것을 깨닫지 못한단 말인가? 우리 모두와 마찬가지로 당신들에게는 나머지 모든 일을 망라하는 하나의 진짜 일이 있다는 것을 당신들이 모를 리 없다. 그것은 이 세상에 우리를 보냈던 그 의지에 따라 우리에게 주어진 짧은 기간을 살아가고, 또 그 의지에 따라 이 세상을 떠난다는 사실이다. 이 의지는 오로지 하나만을 원한다. 바로 인간을 향한 인간의 사랑이다.

도대체 당신들은 정말 무엇을 하고 있는가? 자기 영혼의 힘을 어디에 쏟고 있는가? 누구를 사랑하는가? 누가 당신을 사랑하는가? 당신의 아내? 당신의 아이? 그러나 사실 그것은 사랑이 아니다. 아내·자녀에 대한 사랑, 이것은 인간적인 사랑이 아니다. 동물들은 그렇게 더 많이 사랑한다. 인간적인 사랑, 그것은 주님의 아들을 향한 사랑, 그래서 형제를 향한 사랑처럼, 인간을 향한, 모든 인간을 향한 인간의 사랑이다.

도대체 당신들은 누구를 그렇게 사랑하는가? 누구도 사랑하지 않는다. 그러면 누가 당신을 사랑하는가? 아무도 사랑하지 않는다.

사람들은 형리-사형집행인이나 야생의 짐승을 무서워하듯이 당신들을 무서워한다. 마음속으로 당신들을 경멸하고 미워하기 때문에, 미워하는 만큼 당신들에게 아첨한다. 당신들도 이것을 알고 사람들을 무서워한다.

그렇다. 살인과 관련된 최고 관리자에서부터 말단 관계자까지, 당신들 모두 생각해보라. 당신들이 누구인지 생각해보고, 당신들이 하는 일을 멈춰라. 자신을 위해서가 아니라, 자기 개인을 위해서가 아니라, 사람들을 위해서가 아니라, 사람들이 당신들을 판단하는 것을 멈추게 하기 위해서가 아니라, 자신의 영혼을 위해, 당신들이 아무리 억누를지라도 당신 안에 살아 있는 주님을 위해서 멈춰라.

1908년 5월 31일
야스나야 폴랴나

181

# 사형과 기독교

셋째 날 나는 상트페테르부르크의 학생으로부터 다음과 같은 편지를 받았다.

"너무나 존경하는 레프 니콜라예비치! 저는 선생님께 12월 18일 《새 시대》에 게재된 A. St-n[7]의 기사를 보내고자 합니다. 그리고 선생님께 이 기사에 관해 어떻게 생각하시는지, 특히 그리스도의 말씀에 대해서 어떻게 생각하시는지 알려주시기를 간곡히 부탁드립니다. 그리스도는 아버지와 어머니를 욕하는 자를 사형에 처해야 한다고 승인한 것일까요?"

---

7 알렉산드르 아르카디예비치 스톨리핀Александр Аркадьевич Столыпин —옮긴이

이 편지에는 1908년 12월 18일자 《새 시대》에서 오려낸 다음과 같은 기사가 첨부되어 있었다.

사형에 반대하여 일어서는 것—이것은 아주 쉽고, 즐겁고, 유리한 과제다. 나는 어린 시절부터 평생 국가는 사형 없이도 잘할 수 있고, '죽이지 마라'라는 계율은 인류를 위한 필수 지침이고, 사형은 기독교 관습에 위배된다고 생각하였다.

그러나 러시아에서 경험한 혁명과 프랑스 범죄율의 무서운 상승은 사형의 실제적인 폐지에도 불구하고 많은 사람들로 하여금 (대조적인 정치 조직을 가진 두 국가에서) 이 가치를 재평가하게 만들었다. 이 문제는 겉보기에 항상 단순하고 명료하다. 하지만 나에게 이 문제는 그것보다 훨씬 더 복잡하고 모호해 보인다.

첫 번째 의심은 다음과 같다.

범죄자 처벌을 거부한다면, 정부는 바로 이것으로써 다양한 범죄의 뜻하지 않은 희생자를 처형하는 꼴이 되지 않는가? 다시 말해서, 정부는 죄인들에게 확실히 자비를 베풀면서, 훨씬 더 많은 무고한 사람을 확실히 처벌하게 된다.

그리고 사실 이것은 우리의 종교적인 개념과도 모순된다. ……

여기에서 검토되어야 할 것이 있다. 사형으로 얼룩진 준엄한 모세의 율법을 일반 계율 '죽이지 마라'와 어떻게 조화시킬 것인가. 이 계율이 유대인 신권 정치의 국가적 독점을 보호하면서, 시민들의 사적 관계를 언급한다는 점은 명백하다.

예를 들어 개인의 철도 건설을 금지하는 법은 바로 이것으로써 제왕권을 활용하는 국가의 우선권을 가리키고 있는 것과 매우 흡사하다.

그러나 준엄한 모세의 율법은 온화한 기독교로 발전하였다. 처형의 가능성에 관한 논쟁에서 우위를 점하기 위해, 복음서를 언급하는 것만으로도 충분하다는 생각이 든다. 어쨌든 복음서에는 오로지 한 곳만(마르코 복음서, 7:9~13) 사형에 관해 그리고…… 사형에 유리하게 언급되어 있다.

9. 그리고 그들에게 말씀하셨다. "너희가 너희의 전통을 고수하려고 하나님의 계율을 저버리는 것이 옳은 일인가?"

10. 모세는 '아버지와 어머니를 공경하여라' 그리고 '아버지나 어머니를 모욕하는 자는 죽임을 당하리라' 하셨다.(출애굽기 20:12, 21:16[8])

11. 그런데 너희는 이르되, 누군가 아버지나 어머니에게 '고르반 즉 제가 당신께 드릴 것을 주님께 바친다'라고 말할 것이다.

12. 그러면서 너희는 아버지나 어머니를 위해 다시 아무것도 해드리기를 허락하지 아니하여

---

8 '출애굽기 21:15'의 오기. ─옮긴이

13. 너희는 너희가 정한 너희의 전통으로 하느님의 말씀을 폐하며 이와 같은 일을 많이 행하고 있다.

여기에서 우리는 사형을 수반한 그리스도의 율법을 하느님의 말씀이라고 부르고, 이 율법의 사적인 적용을 폐지하는 전통과 율법을 대조하는 것을 보게 된다.

그리스도는 과연 판결의 오류 가능성, 불공정한 판결에 대해 어떻게 보셨을까? 그리스도는 신자들을 염두에 두었는데, 이 신자들은 죽음으로 말미암아 내세를 부인하는 자에게 자연스러운 혼란의 공포를 품어서는 안 된다. 때문에 그리스도는 '육체를 죽이는 것'을 두려워하지 말라고 명령했다.

인간의 생명에 관한 권리는 무서운 권리다. 정부가 손에서 그 권리를 놓아버릴 때, 참칭자들이 그 권리를 집어 들고 제한이나 두려움 없이 그 권리를 이용한다.

A. St-n

나는 내 눈을 믿을 수 없었다. 내가 그날 받았던 신문《새시대》의 12월 18일자를 찾아서 다 읽어봤을 정도로 믿을 수 없었다.

모든 것이 그러했다. 이 모든 것은 꿈이 아니라 현실이다. 널리 보급되었으며 기독교를 지지하는 듯한 이 보수 신문에 끔찍한 신성모독, 조롱, 기독교 교리에 대한 야유, 교리에 대한 완전한 부정이 중요하고 진지하고 권위 있는 양상을 띠며 러시아 전역으로 퍼져나간다.

그날 저녁 나는 기사를 보내준 대학생과 St-n에게 편지를 썼다. 학생에게 보낸 편지는 다음과 같다.

지금까지 어떤 광신도도 그리스도의 말씀으로 사형을 정당화할 수 없었습니다. 인위적인 것이 아니라면, 이러한 변명은 어리석고 뻔뻔합니다.

신성하다고 불리는 성경의 문자에 대한 이러한 해석의 결과는 오로지 하나밖에 없습니다. 이것은 무류성을 성경의 문자에 부가하는 것보다 그리스도의 교리를 이해하는 데 더 해로운 것이 없고, 진정한 종교와 진정한 도덕성에 더 파괴적인 것이 없다는 점입니다. 왜냐하면 이 문자를 기반으로 하는 것보다 더 어리석고 추악하고 잔혹한 것은 없기 때문입니다. St-n의 기사에 오로지 한마디로 답할 수 있습니다. 내가 그에게 써서 보낸 말은 '부끄럽다'입니다.

레프 톨스토이
1908년 12월 20일

우리 세계의 사람들의 상황, 특히 오늘날 우리 러시아 민중의 상황은 끔찍하다. 이것은 자기 스스로 민중의 지도자라고 여기고, 또 무지한 대중이 민중의 지도자라고 여기는 사람들에 의해서 가장 끔찍한 범죄인 살인이 마치 필연적이며 합법적인 것처럼 자기만족적이고 안정적이며 숨기지 않고 떳떳하게 매일매일 자행되기 때문에 끔찍한 것만은 아니다. 가장 중요한 것은 이 범죄가 자행되는 뻔뻔함으로 인해 인간에게 어떤 의무와 같은 주님의 율법에 대한 믿음의 마지막 잔재마저도 노동자에게서 파괴하기 때문에 끔찍하다.

내가 알기로는, 복잡한 정부 조직으로 결합되어 있으며 사형이라고 부르는 범죄를 저지르는 사람들은 내가 외치는 바를, 내가 그들에게 원하는 바를 듣지 않는다. 왜냐하면 그들은 듣고 싶어 하지 않기 때문이다. 그래도 나는 이 하나만은 외치고 간원하기를 멈추지 않을 것이다. 얼마 남지 않은 내 생의 마지막 순간까지, 혹은 내가 그 만행을 폭로하려는 그 사람들이 내가 그들을 폭로하려는 일을 방해하지 않을 때까지. 그들은 자신들이 싫어하는 사람들에게 했던 똑같은 짓을 나에게 저질렀고, 또 최근에는 점점 더 잦아져서 나의 책을 보급한 것을 이유로 내 친우들에게도 똑같은 짓을 저질렀다. 나는 침묵할 수 없다. 왜냐하면 내 나이와 의도치 않게 부풀려진 명성으로 인해, 혹은 내가 알지 못하고 이해할 수 없는 어떤 다른 사정으로 인해, 입을 꽉 다문 채 러시아에서 살아가는 모든 사람들 사이에서 나 혼자 말하게 되는 이러한 특별한 상황에 놓여 있기 때문에, 나의 침묵은 다음과 같이 비춰질 수 있다. 즉 자신들을 통지사라고 부르고 그렇게 여기는 길 잃은 불행한 사람들이 자신에 대한 비난에 귀 기울이지 않고, 점점 더 과감하게 저지르는 그들의 만행에 내가 동의하고 수긍하는 것으로 생각할 수 있다.

나는 이제 우리의 사이비 기독교 세계의 사람들의 입장, 특히 우리 세계의 소위 교양 있는 계층이 사형에 대해 갖는 입장에 관해 쓰고자 한다.

이 입장은 St-n 씨의 기사에 놀랄 만큼 명확하게 반영되어 있다. 이 기사 자체가 아무리 쓸모없고, 아무리 터무니없더라도, 어쨌든 기독교 교리를 진정한 의미에서 이해하는 사람에게 언제나 신성했고 신성하고 신성해야 할 모든 것이 아주 명백한 신성모독으로 나타난다. 수십만 명의 독자를 가진 신문에 보도된 이 기사에 따르면 그리스도께서는 살인을 금하지 않았으며, 사형이 필요하다고 인정했을 뿐만 아니라, 사형을 폐지하는 사람들을 질책하였다. 그는 그리스도이고, 사랑의 하느님, 사랑이신 하느님의 발현이다. 이 기사는 인쇄되어 러시아 전역에 보급된다. 그리고 복음서 전체에서 그리스도가 사원에서 채찍으로 사람들을 때리고 제자들이 칼을 가져야 할지 말아야 할지를 묻는 대목을 가장 소중히 여기는 사이비 기독교인은 이러한 신성모독을 반박하지 않을 뿐만 아니라 어떤 주의도 기울이지 않는다. 그리고 기사에서 자신들에게 필요한 범죄의 새로운 정당성을 보았던 오직 그 사람들만 이 기사에 주목한다. 이 기사는 근거가 빈약하고 심지어 어리석기까지 하다고 가정해보자.[9] 그렇다

---

9  고대의 율법에서는 사형이 아니라 단순한 죽음에 관해 언급하고 있다는 점,

면 자신들의 당파성에 따라 사형제도를 반대하는 자유주의 신문들은, 그들이 언제나 리뷰에서 했던 것처럼, 이 기사의 거짓과 어리석음을 지적했어야만 했다. 그러나 나는 10여 개의 신문을 살펴보았지만, 이 신성모독에 관한 어떤 글도 발견할 수 없었다. 학생은 순진하게 St-n의 해석이 올바른지를 묻고, 자유주의 전문 신문은 St-n의 기고가 아니라, 보스니아와 헤르체고비나에 관한 나의 글에 관해, St-n 씨와 똑같이 폭력을 옹호하고, 언제나처럼 성전에서의 추방을 논의한다. 사형 폐지를 원하는 사람들이 가하는 비난을 그리스도에게로 돌리는 기사는 정부와 자유주의자들의 승인을 받아 무사히 통과한다.

거의 같은 시기에, 여성대회 마지막 회의에서 다음과 같은 일이 발생한다. 한 여성이 자신과 다수의 여성은 빈번한 사형으로 인해 힘든 감정을 겪는다고 말하려 했다. 하지만 경찰이 나타나서 서로를 죽이는 것이 나쁘다는 말을 이어가는 것을 금지했기 때문에, 그녀는 사형이라는 단어를 입 밖으로 낼 수 없었다.

St-n의 기사 이후 2~3일 만에 의회에서 똑같은 일이 발생한다. 한 의원이 러시아 도시 가운데 한 곳에서 하루에 32명

---

부모님을 부양하지 않은 죄가 아니ㅣ 비빙한 쇠로 죽음을 전망한다는 것이 아니라는 점은 당연하다. 이 대목 전체의 명백한 의미는 그리스도가 모세의 말을 인용하면서 분명 부모님을 공경해야 한다고 말한다는 점이다. 지금 러시아에서 수백 명을 죽이는 이 악인들이 올바르게 행동한다고 말한 것은 결코 아니다.

에게 교수형을 선고하였던 사실을 인지한 후, 한 번에 교수형을 당한 수가 너무 많다는 것을 깨달았고, 이것에 관해 자신과 동지의 분노를 표출할 필요가 있음을 알게 되었다. 반대 측의 견해에 따르면, 그리스도의 율법을 따르면서 이미 수년 동안 자기 형제를 교수형에 처하는 일에 종사하고 아주 많은 사람을 즉시 교수형에 처하고 싶어 했던 사람들이 있다. 같은 율법을 따르는 사람들이 이들에 반대하여 엄숙하게 분노를 표출하는 것이 아무리 이상할지라도, 이 선언은 이루어졌다. 도대체 무엇 때문일까? 다수의 가짜 민중의 대표자는 이 분노의 표현에 어떻게 반응했을까?

맹렬한 개탄, 욕설로 반응했다. 가장 중요한 것은 그들이 마치 자신의 죄를 아는 모든 범죄자처럼, 여성대회에서 살인의 반대에 대응했던 것과 똑같은 방식으로, 살인을 비난하는 어떤 시도라도 처벌하는 검열 조치에서 나타났던 것과 똑같은 방식으로 반응했다는 점이다. 그들은 어떻게든 자신의 죄를 감추려는 욕망으로 모든 범죄자가 저지르는 일, 즉 자기 범죄에 대한 증인을 제거하려 한다. 이때 특히 주목해야 할 점은 사형에 반대하여 분노를 표명했던 사람들을 침묵시키고자 했던 자들, 특히 형제 살인을 멈추게 하려는 사람들의 바람에 격분했던 자들이 누구인가라는 것이다. 그자들은 종교적인 인물과 비종교적인 인물에 의해 확립된 어떤 법칙을 믿고 있다고 자신과 다른 사람들에게 확신시키는 사람들이다. 그들은 이 법칙을 기독교 법칙이라고 부르고, 이 법칙의 이름으로 거침없이 자신들의 만행을 저질러왔고 계속해서 저지르고자 한다.

기독교 국가에서 성인이 된 모든 사람들은 살인을 준비하는 군인이 되어야 한다. 살인을 향한 온갖 준비가 장려된다. 온갖 종류의 고문이 허용되고, 농업으로 생계를 이어가려는 사람들에게서 땅을 빼앗는 일도 허용된다. 매춘이 허용되고, 술 취한 상태가 이루어지며, 간첩행위가 필수적인 것으로 인정되지만, 엄청난 근면성과 배려심으로 단 하나 즉 살인에 반대하는 견해는 금지된다.

이렇게 행동하는 사람들은 그들이 도대체 누구인지 알고 있으며, 그들의 활동에는 어떤 종교적이고 도덕적인 것뿐만 아니라 이성적인 정당성도 없고, 있을 수 없다는 것을 알고 있다. 그들에게 오로지 하나 즉 살인, 약탈, 온갖 종류의 기만과 사기, 비열함과 같은 가장 혐오스러운 모든 범죄를 통해, 놀랍도록 무례하고 뻔뻔하게 만든 자신의 지위를 지탱한다는 것만 남아 있다. 이와 같은 사실이 정말 명확하지 않은가.

사람들은 삶이 온갖 종류의 공포와 악으로 가득 차 있다는 사실에 놀란다. 과연 그렇게 되지 않을 수 있을까? 삶의 조건이 신앙이 제시한 이상에 뒤처져 있는 그 사회에서, 혹은 신앙 그 자체가 어느 정도의 모호함과 왜곡을 품고 있는 그 사회에서 사실 삶은 불완전하다. 어떤 신앙도 없고, 어떤 삶의 의미도 없고, 삶의 의미에 따른 어떤 행동의 지침도 없는 사회에서, 도덕적인 삶은 말할 것도 없이, 어느 정도 질서 정연한 어떤 삶이 있을 수 있을까? 스스로 기독교인이라고 생각하는 우리가 야만인이라고 여기는 중국, 인도, 일본의 민중들 가운데 다소간의 이성적인 인간의 삶이 전개될 수 있다. 그들에게 우리와 같은 축음기, 영사기, 자동차, 화장실의 장식품, 비행기, 30층 빌딩, 산더미만큼 인쇄된 종이가 없다 해도, 대신 그들에게는 대다수가 인정하는 종교적·도덕적 법칙과 그 법칙을 따르는 행동 지침이 있으며, 이것을 의무라고 여긴다. 소위 기독교인이라 불리는 우리는 불필요하고 해로우며 어리석은 것을 많이 가지고 있고, 이것을 자랑스러워한다. 하지만 그것이 없다면 인간의 삶은 삶이 아니라 짐승 같은 존재가 되고 마는 그 하나가 없고, 모두가 인정하고 인간의 삶의 의미를 파악하게 하는 숭고한 법칙이 없으며, 삶의 의미에서 나온 행동 지침도 없다.

놀라운 사실은 바로 기독교의 종교적 교리의 높이와 그 진실성 및 삶으로의 적용 가능성의 결과, 그것을 받아들인 사람들은 어떤 종교적 교리도 없이 남겨졌다는 것이다.

기독교 교리는 기존 폭력에 복종하고 싶지 않은 사람들을 온갖 종류의 처형으로 위협함으로써 통합된, 오로지 폭력으로 통합된 사회에 사는 사람들에 의해 수용되었다. 그래서 폭력을 사랑으로 교체하는 기독교 교리의 본질은(오로지 여기에서만 기독교의 본질이 존재했고, 존재하고 있다) 수용될 수 없다는 점이 이해된다. 또한 이 본질은 부지런히 숨겨져야만 했을 뿐만 아니라, 모든 폭력을 부인하는 기독교 교리 자체가 온갖 폭력을 변명하고 지지하고 승인할 수 있게끔 은폐되어야 했다.

그러나 첫눈에도 불가능해 보이는 이 일은 이루어졌다. 사랑, 관용, 악을 선으로 보상하는 교리는 통합되었을 뿐만 아니라, 군대의 존속, 전쟁, 애국심, 법정, 감옥, 사형, 토지 소유권과 온갖 종류의 폭력을 정당화하였다. 수많은 신학자와 학자들은 불가능해 보이는 이 어려운 일을 위해 노력하였다. 그리고 이것은 이루어졌다. 모든 이들의 영혼의 요구에 응답하는 단순하고 명확한 사랑의 기독교 교리 대신에, 엄숙한 의식과 무의미한 교리와 신학적이고 학술적인 궤변이 얽히고설킨 복잡한 구조물이 가톨릭과 정교회와 프로테스탄트에게서 똑같이 생겨났다. 이 의식과 교리는 어떤 내적인 내용도 가지고 있지 않고, 그 대신에 지배계층에 의해 만들어진 두 가지 목적을 달성한다. 하나의 목적은 진정한 기독교 의미를 숨기기 위한 것이고, 다른 목적은 기독교 대신에 그와 유사한 어떤 것을 사람들에게 제공하기 위한 것이다. 그리고 이 두 개의 목적은 한때 완벽하게 달성된다. 사람들은 기독교의 진정한 의미를 보지 못했고, 눈이 멀어 날조된 신앙, 교회, 교황, 교의, 성례, 고해성사, 유골, 성상, 성경책을 믿었고, 이러한 우상숭배의 조야한 신앙에 만족하면서 지배계층에 순종적으로 복종하였다. 이것은 오랜 시간 동안 그렇게 지속되었다. 그런데 교육의 발달과 함께 날조되었던 신앙은 사람들에 의해 점점 더 약하게 지각되었다. 마침내 사람들이 이 신앙의 공허함과 내적 모순을 보고, 점점 더 신앙에서 해방되는 시대가 왔다. 교회의 신앙에서 해방되면서, 사람들은 기독교로부터도 해방되었다. 이 기독교는 교회의 신앙과 교묘하게 얽혀 있어서, 교회 신앙에서 해방된 다음 뜻하지 않게 진정한 의미의 기독교에서도 해방되었다. 그리고 아주 많은 기독교 사회, 특히 지식인이라고 불리는 계층은 교회 신앙의 거짓에서 해방된 다음, 인간에게 가장 부자연스러운 상태에, 즉 아무런 신앙도 없는, 삶의 의미에 대한 아무런 설명도 없는, 그리고 삶의 이해에서 비롯된 일반적인 행동 지침도 없는 상태에 머물게 되었다. 기독교 세계에서 대다수의 아주 부유한 계층이 이러한 상태에 놓여 있다. 특히 러시아가 그러하다. 민중을 지도하고 싶어 하고 그것을 생각하는 혁명가와 정부 인사를 막론하고 이 계층의 대다수 사람들은 아무것도 믿지 않고, 잔혹하고 저급한 이기주의 혹은 허영심 외에는, 삶의 의미에 대한 어떤 다른 것도 이해하지 못한다. 양자의 차이점은 오직 다음과 같다. 즉 혁명가는 자신들의 무신앙을 인정하고 심지어 그것을 자랑하지만, 정부 관료는 이제 믿어서는 안 될 것을 믿는다는 점을 자랑한다.

정부와 싸우는 사람과 정부를 구성하는 사람이 어떤 신앙도 가지고 있지 않다는 점은 아주 다양한 현상에서 나타나고, 특히 사형에 대한 우리 러시아 지식인 사회의 태도에서 날카롭게 나타난다.

의회에서 의원들은 사형에 반대하지만, 종교적이고 도덕적인 기반의 이름으로 반대하는 것이 아니다. 그들은 오로지 사형이 진보에 대립하기 때문에, 선진국에서 사형이 점점 더 줄어들기 때문에, 그리고 사형의 거부가 상대 정당에 저항하기 위한 강력한 카드이기 때문에 반대한다. 사형에 반대하는 가장 단순하고 자연스럽고 반박하기 어려운 논거는 종교적 논거다. 이 논거는 사형 옹호자가 스스로 그 참회자라고 여기는 기독교와 사형이 양립할 수는 없다는 점이다. 그러나 자유주의자들도 이 논거를 이용할 수 없다. 왜냐하면 첫째, 그들은 어떤 종교도 인정하지 않으며 모든 종교를 무지와 미신의 소산이라고 여긴다. 둘째, 그들은 진정한 기독교가 온갖 폭력을 부정해야만 한다는 것을 막연하게 느끼기 때문이다. 비록 목적이 상반되지만, 그들은 상대방과 마찬가지로 폭력의 필요성을 인정하고 있다. 자신을 종교적인 사람으로, 즉 St-n 씨처럼 영적이고 세속적인 해석으로 수정된 사이비 기독교에 따르는 사람으로 여기는 자유주의자들의 상대방도 사형을 기독교 삶의 필수적인 조건으로 간주하고 죽음으로부터 사람을 구제해주는 것이 그 구제할 수 있는 능력을 갖춘 모든 사람의 어떤 특별한 공적으로 보게 된다. 그들에게 이것이 마땅할지라도 말이다. 가령, 내가 이 글을 마무리해갈 때쯤 신문에는 이런 소식이 전해졌다. 즉 러시아 차르가 표현하였듯이, 그는 32명의 사형수에게 "생명을 선사하였다." 이것은 사형을 선고받은 수천 명의 사람을 죽음으로부터 구할 가능성을 가진 사람이 수년 동안 이 일을 하지 않았다는 소식이고, 그러다가 지금에서야 32명을 한 번에 선고한 것이 두려워서, 그의 요청이나 승인에 따라 죽게 되었던 100명 중 한 명 정도에게 이 일을 해주었다는 소식이다. 이 소식은 자신을 기독교인이라고 부르는 사람들 사이에서 길 잃은 불행한 사람에 대해 공포와 혐오가 아니라 가장 위대한 찬양과 환희를 불러일으켰다.

그렇다. 우리 불행의 주요 원인은 전제주의가 아니고, 권력을 주장하는 사람들의 하찮음, 잔인함, 멍청함이 아니다. 우리 불행의 주요 원인은 혁명가들의 분노와 민중의 빈곤에 있는 것도 아니다. 그것은 단 하나, 일부 사람의 신앙 부재와 다른 일부의 허위 혹은 자기기만에 있다.

일부인 자유주의자, 혁명가들은 사람들이 종교 없이 살 수 있고, 그들에게는 종교가 없다고 생각한다. 하지만 그들에게는 너무나 일방적이고 사소하고 제한적이며 모호한 종교가 있다. 이것은 그들이 과학이라고 부르는, 말하자면 어리석은 종교다. 다른 일부인 정부 인사와 옹호자들은 자신들에게 아무런 종교가 없음에도 불구하고 종교가 있다고 생각한다. 이것은 그들이 기만당한 사람들에 대한 자기 지배력을 잃지 않기 위해서 그들에게 필요한 교회의 기만일 뿐이다.

보수주의자, 당신은 사형을 지시하고 사형에 관여하고 그 것을 정당화한다. 왜냐하면 당신은 공익을 우려하기 때문이다. 혁명가, 당신도 폭발·살인·수탈을 추진하면서 똑같은 것을 말하고 있다. 그러나 사실 당신들 둘 다 잘못하고 있고, 사람들을 그리고 종종 자기 자신을 기만하고 있다. 왜냐하면 첫째, 당신들이 사랑하는 삶의 조직은 분명 진실일 리가 없다(다른 사람들은 그렇게 확신한다). 둘째, 사람들이 확립하고자 했던 조직은 결코 실현된 적이 없고, 대부분 완전히 반대되는 조직이 만들어진다. 셋째, 따라서 당신들이 사용하는 것을 권리라고 여기는 모든 폭력은 효력을 발휘한 적이 없고, 반대로 모든 발전에 언제나 방해된다. 넷째, 가장 중요한 것으로, 어느 순간에 끝날지도 모르는 이 삶에서 당신들의 소명은 기존의 조직을 지탱하고, 이런저런 사회 조직을 확립하는 것이 아니라, 주님 앞에서, 당신들이 신을 인정하지 않는다면 양심 앞에서, 자신의 인간적 의무를 수행하는 것에만 있을 것이다.

그리고 어느 순간에 죽을지도 모르는 인간인 당신은 폭력과 살인을 통해 당신이 좋아하는 사회 조직을 실현하고 지탱하는 것에 당신의 삶을 사용하는 것보다 더 나은 것을 발견하지 못하고 있다. 그런데 이 사회 조직은 당신의 영혼을 위해, 당신의 진정한 삶의 사명을 실현하기 위해, 결코 필요한 것이 아니다.

그러므로 차르, 테러리스트, 사형 집행인, 어떤 정당의 지도자, 군인, 교수 등 당신이 누구일지라도, 당신에게 던지는 질문은 오로지 하나다. 당신의 어떤 의무가 더 중요하고, 당신은 무엇을 위해서 무엇을 희생해야 하는가? 국가, 국민, 혁명 정당의 의무일까? 아니면 현재, 과거, 미래의 모든 인류의 일원인 인간의 의무일까? 당신이 생각할 수 있는 가장 훌륭한 조직을 위해, 언제든 사라질 수 있는 당신의 삶을 분노하고 흥분하고 종종 절망하여 살인과 폭력 행위에 사용하는 것이 이성적인 존재이자 인간인 당신의 본질일까? 아니면 반대로 이런저런 조직에 관한 온갖 우려와 관계없이, 가장 고양된 인간의 가치를 세우고, 그 힘을 당신의 양심에 따라 선과 사랑에 사용하는 것이 본질일까? 이 선과 사랑은 지금 당신을 완전히 만족시키면서, 동시에 모두가 나름의 방식으로 정의하는 인간의 환상적인 공익이 아니라, 인류가 멈추지 않고 지향하는 분명한 공익으로 전 인류를 가까이 가게 한다. 비록 우리가 이 공익의 형식을 명확하게 모를지라도 말이다.

그렇다. 지금 기독교 인류의 상태는 끔찍하다. 한 가지 위로는 이 상태가 너무 끔찍해서 더 이상 지속될 수 없다는 점이다. 사람들은 결국 막연할지라도 언제나 각자에게 인식되고 있는 영원한 진리 즉 인간에게는 폭력, 위협, 살인이 아니라 사랑으로 사는 것이 당연하다는 점을 인정하지 않을 수 없고, 이 진리를 인식하고 난 후에는 이 진리에 맞춰 자신의 활동을 바꾸지 않을 수 없다. 어떻게 될지 모르지만, 활동의 변화는 자연스럽게 인간 삶의 구조를 바꾼다. 그렇다. 인간은 이 일을 하지 않을 수 없다. 왜냐하면 인식할 수 있는 진리에 따라 삶을 바꿀 수 있지만, 우리가 좋아하는 삶의 형식에 따라 진리를 바꿀 수는 없기 때문이다. 더구나 기독교 사회의 사람들이 수 세기 동안 이 일을 행하고자 시도한다는 것은 불가능하다. 그리고 진리를 왜곡하고 예전 삶을 지속하려는 모든 시도는 점점 더 큰 재앙으로, 점점 더 큰 진리의 이해로 인도한다.

1909년 1월 2일

## 스톡홀름 평화회의를 위해 준비한 발표문

친애하는 형제 여러분,

우리는 전쟁에 맞서 싸우기 위해 여기에 모였습니다. 전쟁을 위하여 세상의 모든 민중, 수백만 명의 사람들은 그들의 노동으로 축적한 수십억 루블, 탈러, 프랑, 엔의 대부분을 수십 명, 때로는 한 명의 통제할 수 없는 명령에 따라 내놓습니다. 뿐만 아니라 그들은 자기 자신과 자신의 생명을 바치기도 합니다. 그리고 여기 우리, 세계 여러 지역에서 모인 10여 명의 개인은 어떤 특권도 가지고 있지 않고, 가장 중요한 것으로, 누구에게도 행사할 지배력을 가지고 있지 않습니다. 우리는 싸우기 위해서 모였습니다. 그런데 만일 우리가 싸우기를 원한다면, 한 정부가 아니라 모든 정부의 거대한 힘을 물리치기를 희망합니다. 정부는 자신의 명령하에 수십억의 돈과 수백만 명의 군대를 거느리고 있습니다. 그리고 정부는 그들 즉 정부를 구성하는 사람들이 처한 예외적 상황이 오로지 군대에만 기반을 둔다는 것도 매우 잘 알고 있습니다. 군대는 우리가 맞서 싸우고 싶고 없애버리고 싶은 전쟁이 있을 때만 의미와 가치를 가집니다.

이러한 힘의 불균형으로 인해, 싸움은 미친 짓으로 보일 것입니다. 그런데 만일 우리가 싸우고자 하는 자들이 손에 쥔 투쟁 수단과 우리가 손에 쥔 투쟁 수단의 가치를 생각한다면, 우리가 싸우고자 결심한 바가 아니라, 여전히 우리가 맞서 싸우고 싶어 한다는 사실이 놀랍습니다. 그들의 손에는 수십억의 돈과 수백만의 순종적인 군사가 있습니다. 우리의 손에는 오로지 하나, 그러나 세상에서 가장 강력한 수단인 진리가 있습니다.

그러므로 적의 힘과 비교하여 우리의 힘이 아무리 하찮게 보일지라도, 우리의 승리는 밤의 어둠에 맞서 떠오르는 태양 빛의 승리만큼 의심의 여지가 없습니다.

우리의 승리는 의심의 여지가 없습니다. 그러나 오로지 하나의 조건에서만 그러합니다. 진리를 말한다면, 우리는 어떤 거래, 양보, 타협 없이 진리 전부를 말하게 될 것입니다. 이 진리는 기독교인뿐만 아니라 모든 이성적인 사람에게도 너무나 단순하고 분명하고 명백하고 당연한 것이라서, 사람들이 이제 이 진리에 거슬러 행동할 수 없도록 모든 의미에서 진리 전부를 말할 필요가 있습니다.

모든 의미에서 이 진리는 우리 이전의 수천 년 동안 우리가 하느님의 것으로 인지한 율법에서 언급된 것입니다. 이것은 두 단어로 되어 있습니다. 죽이지 마라. 이 진리는 인간이 어떤 조건에서도 어떠한 핑계로도 결코 다른 사람을 죽일 수 없으며 죽여서는 안 된다는 것입니다.

이 진리는 너무나 명백하고 모든 사람이 인정하고 있으며 당연한 것이라서, 전쟁이라고 불리는 악을 완전히 불가능하게 만들기 위해서, 사람들 앞에 진리를 명확하고 확실하게 제기할 필요가 있습니다.

그러므로 제가 생각하기에 여기 평화회의에 모인 우리가 이 진리를 명확하고 확실하게 표명하는 대신, 정부에 호소하여 전쟁의 폐해를 줄이도록 혹은 전쟁이 덜 발생하도록 여러 가지 방책을 제안한다면, 우리는 손에 문 열쇠를 쥐고서 벽으로 들어가려는 사람들과 똑같아질 것입니다. 그 사람들은 그들의 힘으로 그 벽을 무너뜨릴 수 없다는 것을 알고 있습니다. 우리 앞에는 훨씬 더 성공적인 살인을 준비하기 위해, 점점 더 많이 겹겹이 무장하는 수백만 명이 있습니다. 우리는 이 수백만의 사람들 모두가 자신의 동족을 죽이고 싶어 하지 않는다는 것을 알고 있습니다. 그들은 대부분 자신을 거스르는 이 일을 하도록 강요받는 이유조차 모르고, 속박과 억압을 당한 자신의 처지에 중압감을 느끼고 있습니다. 그리고 우리는 이 사람들이 때때로 저지른 살인이 정부의 명령에 따른 것이라는 것도 알고 있습니다. 그리고 우리는 정부의 존재가 군대에 의해 좌우된다는 점도 알고 있습니다. 전쟁의 근절을 바라는 우리는 이를 위해 누군가에게 다음과 같이 제안하는 것보다 더 적합한 어떤 것도 찾을 수 없습니다. 우리는 바로 군대에 의해서만, 결국 전쟁에 의해서만 존재하는 정부에게 전쟁을 없애는 조치, 즉 정부의 자멸을 제안합니다.

정부는 이와 같은 판단이 전쟁을 없애지 못하고 그들의 권력을 훼손시키지 못할 뿐만 아니라, 군대와 전쟁을 존속시키기 위해 은폐시켜야 하는 것을 사람들에게 훨씬 더 많이 숨길 것이라는 점을 깨달으면서, 이 모든 말들을 기꺼이 들을 것입니다. 그래서 그들이 직접 군대를 지휘할 것입니다.

사람들은 저에게 이렇게 말합니다. "이것은 사실 무정부주의가 아닙니까. 사람들은 정부와 국가 없이 절대 살 수 없습니다. 그래서 정부와 국가 그리고 그들을 보호하는 군사의 힘이 국민 삶의 필수적인 조건입니다."

정부와 국가를 보호하는 군대와 전쟁 없이, 기독교인의 삶과 모든 민중의 삶이 가능한지 혹은 불가능한지는 제쳐두고, 사람들이 자신의 안녕을 위해 잘 알지 못하는 사람들로 이루어진 정부라는 기관에 노예와 같이 복종할 필요가 있다고 가정해봅시다. 또한 자신의 노동의 산물을 이 기관에 바칠 필요가 있고, 이웃이 산헤를 포함하여 이 기관의 모든 요구를 이행할 필요가 있다고 가정해봅시다. 이 모든 것을 가정해봅시다. 그래도 역시 우리 세상에는 풀리지 않는 어려움이 남아 있습니다. 이 어려움은 정부를 조직하는 모든 사람들이 특별히 강조하여 따르고 있는 기독교 신앙과 기독교인으로 이루어지며 살인을 준비하는 군대가 조화를 이룰 수 없다는 데 있습니다. 기독교 교리를 왜곡할지라도, 교리의 주요 조항에 대해 침묵할지라도, 이 교리의 기본적인 의미는 그래도 주님과 이웃에 대한 사랑입니다. 주님에 대한 사랑은 미덕의 가장 높은 완수에 대한 사랑이고, 이웃에 대한 사랑은 차별 없는, 모든 사람에 대한 사랑입니다. 따라서 주님과 이웃에 대한 사랑이 있는 기독교, 아니면 군대와 전쟁과 함께하는 정부, 둘 가운데 불가피하게 하나를 인정해야만 할 것으로 보입니다.

어쩌면 기독교는 진부해졌고, 기독교와 사랑 혹은 정부와 살인 가운데 하나를 선택하면서, 우리 시대의 사람들은 정부와 살인의 존속이 기독교보다 훨씬 더 소중하다고 생각할 것입니다. 그리고 사람들은 기독교를 잊고 그들에게 더 중요한 것만 즉 정부와 살인만 유지해야 한다고 생각할 것입니다.

이 모든 것이 그러했을 겁니다. 적어도 사람들은 그렇게 생각하고 느낄 수 있습니다. 그렇다면 말해야만 할 것이 있습니다. 이렇게 말해야 합니다. 즉 우리 시대 사람들은 전 인류의 지혜의 총화가 가리키고 있는 것, 그들이 따르는 주님의 율법이 말하는 것을 믿지 말아야 하며, 또 각자의 마음속에 지울 수 없는 흔적으로 새겨진 것을 믿지 말아야 합니다.

하지만 우리 시대의 사람들은 승계에 따라 우연히 황제나 왕이 되거나 혹은 여러 가지 간계나 선거로 대통령, 국회 의원이 된 여러 사람들이 살인을 포함하여 내린 명령을 믿어야만 합니다. 이렇게 말해야만 합니다.

이것을 말할 수는 없습니다. 이것을 말할 수 없을 뿐만 아니라 저것도 그리고 다른 것도 말할 수 없습니다. 기독교는 살인을 금해야 하고, 군대는 없어질 것이며, 정부도 없어질 것이라고 말할 수 없습니다. 우리 통치자들은 살인의 합법성을 인정하고 기독교를 부정한다고 말할 수 없고, 그 누구도 살인에 권력의 기반을 두고 있는 정부를 따르고 싶지 않다고 말할 수 없습니다. 게다가 만일 전쟁에서 살인이 허용된다면, 혁명에서 자신의 권리를 찾으려는 민중에게 살인은 더욱더 허용되어야만 합니다. 그래서 정부는 이런저런 것을 말할 수 없기 때문에, 자국민에게 딜레마 해결의 불가피성을 애써 숨기고 있습니다.

따라서 전쟁의 악에 대응하기 위해 우리는 여기에 모였습니다. 만일 우리가 우리의 목표를 확실히 달성하고 싶다면, 필요한 것은 오지 하나입니다. 이것은 정부를 조직하는 사람과 군대를 이루는 군중 앞에 매우 확실하고 명확하게 이 딜레마를 제기하는 것입니다. 이를 수행하기 위해, 우리는 공개적으로 명확히 사람이 사람을 죽여서는 안 된다는 진리를 반복해야 할 뿐만 아니라, 어떤 이유로도 기독교인을 위해 이 진리의 필연성을 없앨 수 없다고 것을 설명해야만 합니다.

그러므로 나는 모든 사람들을 향해, 특히 기독교 국민들을 향해 호소문을 만들어 선언할 것을 본 회의에 제안하는 바입니다. 호소문에서 우리는 모두가 알고 있지만, 아무도 혹은 거의 누구도 말하지 않는 것을 명확하고 확실하게 말할 것입니다. 바로 현재 대부분의 사람들이 인정하는 것처럼 전쟁은 특별히 올바르고 찬양할 만한 어떤 일이 아니고, 전쟁은 모든 종류의 살인과 마찬가지로, 자유롭게 군사 활동을 선택하는 사람에게도, 처벌의 공포나 사리사욕으로 군사 활동을 선택한 사람에게도 더러운 범죄행위라는 것을 말입니다.

자유롭게 군사 활동을 선택하는 사람들에 관해 나는 이 호소문에서 다음과 같은 점을 명확하고 확실하게 발언해줄 것을 제안합니다. 즉 군사 활동이 수반하는 모든 웅장함, 찬란함, 대체적인 찬동에도 불구하고, 이 활동은 위법적이고 수치스러운 활동입니다. 이 활동이 더 위법적이고 더 수치스러울수록 그 사람은 군대 계급에서 더 높은 지위를 차지합니다. 마찬가지로 처벌로 위협받거나 매수당해 군대에 소집된 민중들에 대해서도 야비한 실수를 명확하고 확실하게 밝혀줄 것을 제안합니다. 민중들은 입대에 동의했을 때, 자신의 신앙, 도덕성, 상식에 어긋나는 야비한 실수를 저지르게 됩니다. 민중들은 살인자 대열에 들어가면서, 스스로 인정한 주님의 율법을 파괴함으로써 신앙에 어긋나고, 당국의 처벌에 대한 두려움이나 사리사욕으로 인해 속으로 잘못한다고 생각하는 일에 합의함으로써 도덕성에 어긋납니다. 또 그들이 군에 입대하여 전쟁이 발발했을 경우, 입대를 거부하여 위협받는 것보다 더 심각한 재난이 아니라면, 똑같은 위험에 처하게 됨으로써 상식에 어긋납니다. 중요한 것은 그들은 이미 명백하게 상식에 어긋나는 행동을 했다는 것입니다. 왜냐하면 그들은 자신의 자유를 빼앗고 군인으로 처신하기를 강요한 바로 그 사람들의 계층에 들어가기 때문입니다.

이들 모두와 관련하여 나는 이 호소문에서 다음과 같은 생각을 명확하게 밝히고자 합니다. 진정 교양 있는 자, 그래서 군대의 위엄에 대한 미신에서 자유로운 자(매일매일 이런 사람들이 점점 많아지고 있습니다)에게 군사 업무와 사명은, 그 진정한 의미를 숨기려는 모든 노력에도 불구하고, 사형집행인의 업무와 사명만큼 혹은 훨씬 더 부끄러운 일입니다. 왜냐하면 사형집행인은 위험한 범인으로 선고된 사람들만 죽일 준비를 합니다. 하지만 군인은 죽이라는 명령만 있으면 누구든 죽이기로 약속합니다. 비록 그에게 가장 가까운 사람이고 가장 좋은 사람일지라도 말입니다.

일반적으로 인류, 특히 우리 기독교인들은 자신의 도덕적 요구와 기존의 사회 조직 사이의 극심한 모순 상태에 이르렀습니다. 그래서 우리 기독교인들은 변화될 수 없는 도덕적 요구가 아니라, 변화될 수 있는 사회 조직을 불가피하게 변화시켜야만 합니다. 내적인 모순으로 인한 이러한 변화는 특히 살인을 대비하는 것에서 날카롭게 나타납니다. 이 변화는 여러 면에서 준비되고 있으며 매년 날이 갈수록 더 절박해집니다.

오늘날 이러한 변화를 요구하는 긴장감은 다음과 같은 단계에 이르렀습니다. 즉 액체에서 고체로 전이하기 위해서는 전류의 힘이 조금 필요하듯이, 분열, 무장, 군대가 함께하는 오늘날 사람들의 잔인하고 비이성적인 삶에서 동시대 인류의 인식의 요구에 부합하는 이성적인 삶으로의 전이는 어쩌면 약간의 노력, 때로는 말 한마디만 필요할 수도 있습니다. 이러한 각각의 노력과 각각의 말은 순간적으로 모든 액체를 고체로 바꾸는 응고점이 될 수 있습니다. 왜 우리의 현재 모임은 이 노력을 하지 않을까요? 황제가 도시의 거리에서 장엄한 행진을 하자, 모든 사람들이 그의 아름다운 새 옷에 열광했을 때, 모두가 알고 있었지만 말하지 못했던 것을 말한 아이의 한마디가 모든 것을 바꾼 안데르센 동화처럼 말입니다. 아이는 말했습니다. "그는 아무것도 입지 않았어." 그러자 최면이 사라졌습니다. 황제는 부끄러워졌고 황제가 입은 아름다운 새 옷을 보고 있다고 스스로 확신했던 모든 사람들은 그가 벌거벗은 것을 알게 되었습니다. 우리도 똑같이 말해야 합니다. 모두가 알지만 말하기를 주저하는 것, 사람들이 살인을 어떻게 부를지라도, 살인은 언제나 살인일 뿐이고 부끄러운 범죄일 뿐이라는 것, 우리는 그것을 말해야만 합니다. 그리고 우리가 여기에서 할 수 있는 것처럼, 이것을 명확하고 정확하게 큰 소리로 말할 필요가 있습니다. 그러면 사람들은 자신이 봤다고 생각했던 것을 보지 않고, 실제로 본 것을 보게 될 것입니다. 조국에 대한 봉사, 전쟁의 영웅, 군의 명예, 애국심을 보기를 멈춘다면, 무엇이 있는지 보게 될 것입니다. 즉 살인이라는 적나라한 범죄 행위를 보게 될 것입니다. 만일 사람들이 이것을 본다면, 동화에서 벌어졌던 일이 벌어지게 될 것입니다. 범죄를 저지르는 사람은 부끄러워할 것이고, 살인의 죄과를 보지 못했다고 확신하는 사람들은 살인을 볼 것이고 살인자가 되기를 멈출 것입니다.

그런데 사람들은 적으로부터 스스로를 어떻게 지키고, 내부 질서를 어떻게 유지하며, 군대 없이 어떻게 살 수 있을까요?

살인을 거부하는 사람들의 삶이 어떤 형태를 취하게 될지 우리는 알지 못하고, 알 수도 없습니다. 한 가지 확실한 것은 바로 이성과 양심을 가진 사람들이 서로를 죽이는 사람들에게 노예처럼 예속되지 않고 자신의 본성에 따르며 사는 것이 더 자연스럽다는 것입니다. 그래서 살인의 위협에 근거한 폭력이 아니라 이성과 양심에 따라 행동하는 사람들의 삶이 이루어지는 사회 조직의 형태는 어떤 경우에도 그들이 지금 살고 있는 형태보다 더 나쁘지 않을 것입니다.

이것이 내가 말하고자 하는 전부입니다. 만일 내가 했던

말이 누군가를 모욕하고 괴롭히고 그에게서 좋지 않은 감
정을 불러일으킨다면 매우 유감입니다. 그러나 매 순간 죽
음을 기다리는 여든의 노인인 내가 모든 진리를 이야기하지
않는 것은 부끄럽고 죄를 짓는 것입니다. 이 진리는 내가 이
해하는 것으로서의 진리이고, 내가 확고하게 믿는 진리입니
다. 오로지 이 하나만이, 전쟁으로 유발되었으며 인류가 무
수히 인내해낸 재앙으로부터 인류를 구제해줄 수 있습니다.

1909년 8월 4일

## 구셰프 체포에 대한 탄원서

어제저녁 10시에 제복을 입은 몇몇 사람들이 우리 집으로 와서, 내 일의 조력자인 니콜라이 니콜라예비치 구셰프를 소환했다.

니콜라이 니콜라예비치는 아래층으로 내려가 그를 소환하기 위해 온 사람들에게로 갔고, 그들에게서 돌아와서 우리에게 이렇게 알려주었다. 방문한 사람들은 중앙 경찰서장이며, 구셰프를 연행하여 크라피브나 감옥으로 이송하기 위해서 왔으며, 또 거기에서는 구셰프를 페름현의 체르딘군으로 보낸다고 했다.

이 소식이 너무 이상해서 니는 무엇이 문제인지 이해할 수 없었다. 그래서 나는 아래층으로 내려가 방문객에게로 갔고, 나에게 그들이 온 이유와 소환 사유가 무엇인지 설명해 달라고 그들에게 부탁했다.

그들 가운데 한 명인 경찰서장은 내 질문의 대답으로 주머니에서 크지 않은 서류를 꺼냈고, 종이에 적힌 내무부 장관의 결정을 나에게 장엄하고 경건하게 읽어주었다. 그것은 384조 혹은 어떤 다른 조항에 따라 그 보호를 받는 러시아 인민의 이익을 위해서(그들이 했던 일을 하기 위해서일 테지만, 그 어떤 조항을 인용할 필요는 없을 것이다) N. N. 구셰프는 혁명에 관한 출판물 유포 혐의로 체포되어야만 한다는 것이다. 또 그는 내무부 장관이 알고 있고 이해한 어떤 판단에 따라 2년간 페름현 체르딘군으로 유형에 처해져야만 한다고 했다.

이 서류의 내용을 다 들은 후 그 집행자와 더 이상의 대화는 무의미하다고 판단하여, 나는 니콜라이 니콜라예비치와 작별 인사를 하고 내 작업을 도우면서 그가 맡아왔던 모든 일을 넘겨받기 위해 방으로 갔다. 여기에서 나는 모두가 사랑하고 존경하는 니콜라이 니콜라예비치 구셰프에게 전혀 예기치 않게 불어닥친 상황 때문에 극도로 흥분한 모든 집안사람들과 손님들을 발견하였다.

이러한 흥분을 불러일으킨 당사자인 N. N. 자신만은 타고난 선량함과 자신이 아닌 다른 사람을 향한 배려심으로 기뻐했고 침착했다. 그는 떠날 채비를 할 시간이 30분도 되지 않았기 때문에 서둘러 내 일을 정리하였다.

우리는 모두 수천 가지의 이와 같은 명령과 집행에 관해

들고 읽은 바 있었다. 그러나 이 명령과 집행이 우리 눈앞에서 우리와 가까운 사람들에게 실행되었을 때, 이것들은 특히 놀랄 만한 것이 된다. 그래서 구셰프에게 일어난 일은 특히 나에게 충격을 주었다. 구셰프를 상대로 취해진 잔인하고 강경한 조치가 구셰프의 인격과 상반된다는 점이 나에게 충격을 주었다. 그리고 이 조치를 적용하기 위해 제시된 이유의 명백한 불공정, 무엇보다 중요한 것으로, 이 조치의 부적절함이 충격적이었다. 만일 그가 해로운 인물로 간주된다면 그에 대한 조치도, 더욱이 이 조치가 실제로 지시하고 있는 나에 대한 조치도 충격적이었다.

갑자기 밤에 사람을 체포하고, 즉시 그를 연행해 감옥에 투옥하고(모든 사람들은 지금 러시아 감옥이 넘쳐난다는 것을 알고 있다), 그다음에는 단계에 따라 장전된 무기를 든 보초의 감시하에 2000베르스타 넘게 떨어져 있으며 도시에서 400베르스타 떨어진 마을로 구셰프를 보내는 몰상식, 그에 대한 이러한 조치의 부적절함은 특히 충격적이었다.

우리 집안사람들과 우연히 그날 저녁에 우리 집에 모인, 구셰프를 아는 모든 지인들이 구셰프를 어떻게 배웅했는지를 봐야만 했다. 노인부터 젊은이까지, 아이와 하인까지 모두 이 사람에 대한 존경과 사랑이라는 하나의 감정을 지니고 있었고, 구셰프에게 행해진 일의 가해자에 대한 다소간의 절제된 분노의 감정을 지니고 있었다.

구셰프와 작별 인사를 하면서 나는 눈물을 흘렸다. 이것은 그에게 닥친 일을 동정해서가 아니다. 나는 그를 동정할 수 없다. 왜냐하면 그는 정신적인 삶을 살고 있고, 이러한 삶에는 어떤 외적인 영향도 이 사람에게서 그의 진정한 가치를 빼앗아 갈 수 없다는 것을 나는 알고 있기 때문이다. 그는 자신에게 일어난 일을 기쁘게 받아들였다. 나는 기쁨에까지 이른 그의 강건한 모습에 감동의 눈물을 흘렸다.

착하고 온화하고 성실하고, 모든 폭력의 적이고, 모두를 위해 봉사하고 싶어 하며 자신을 위해 아무것도 요구하지 않는 이 사람, 이 사람을 밤에 체포하고 티푸스 감옥에 감금하고 그를 유형 보낸 사람들만 알고 있는 어떤 곳으로 보내 버린다. 이곳은 그들이 생활하기에 가장 불쾌하다고 여기는 곳이다.

더욱 충격적인 것은 구셰프를 체포하고 감옥에 투옥하고 그를 유형에 처해야 했던 이유다. 그것은 구셰프가 혁명에 관한 책을 유포했다는 것이다. 하지만 구셰프는 나와 함께 살았던 2년 내내 혁명에 관한 어떤 출판물도 유포하지 않았고, 결코 그것을 가져본 적도 읽은 적도 없다. 그는 언제나 이러한 책들에 관해 부정적인 태도를 보였다. 만일 그가 내 부탁을 들어주면서 어떤 책들을 우체국을 통해 보내고 건네주었다면, 그것은 혁명에 관한 책들이 아니라 내 책들이다. 내 책들이 사람들에게 나쁘고 불쾌해 보일 수 있다. 하지만 어떤 경우에도 혁명적인 책이라고 불릴 수는 없다. 왜냐하면 거기에서 아주 명확하게 온갖 혁명 활동을 부정하고 있기 때문이고, 그 결과 이 책들은 모든 혁명 조직에 의해 항상 비난과 조롱을 받는다. 이렇게 혁명에 관한 책의 유포로 구셰프를 비난하는 것은 옳지 않을 뿐만 아니라 어떤 근거 따위도 없다.

만일 구셰프가 해로운 사람이라면, 구셰프 자신과 관련하여 그의 유형의 불합리성에 관해 말하는 것이 양심적이다. 왜냐하면 모두가 그를 지켜보는 러시아 중심에서보다 그 누구도 그의 활동을 주시하지 않는 체르딘군에서 덜 위험할 어떤 이유도 없다는 점이 명백하기 때문이다.

어쩌면 반대로 자기 자리에서 찢겨 나와 수입원을 잃고 이 추방에 분노하여 똑같이 분노하는 다른 유형수들과 결탁하는 것이 그들이 제자리에 있었을 때보다 훨씬 더 해로울 수 있을 것이다. 그러나 여기에 관해서는 아무도 생각하지 않는다. 이것은 제정되어 집행되고 있지만 이 일을 당하는 사람과 사회에 좋을지 나쁠지, 유익할지 해로울지는 아무도 모른다. 사람들은 일하고, 일에 대한 급료를 받고, 해야 할 일을 한다. 가장 높은 계층에서 가장 낮은 계층의 사람들까지 그 누구도 자신들의 일에서 벗어날 수 있을지 그리고 그 일이 정당한지에 관해 생각하는 수고를 하지 않는다.

"마땅히 해야 할 일이라서 우리는 하고 있습니다. 그리고 우리가 때때로 실수한다면, 이렇게 해야 할까요? 우리는 할 일이 너무나 많습니다. 실수했다면, 뭐 어쩌겠어요. 정말 유감입니다."

그들은 유감스럽게 어머니와 아내를 죽였고, 몇 년을 감옥에 가두고, 미치게 만들었다. 때로는 사람을 처형하고 타락시키고 영혼을 망쳐버렸다. "뭐 어쩌겠어요. 실수했네요." 발을 밟고 "죄송합니다. 정말 우리는 고의가 아니었어요"라고 사과하는 것과 비슷하다.

이것이 가장 끔찍하다. 그리고 이후 혁명가들의 폭탄에 놀란다. 아니, 혁명가들은 영리한 학생일 뿐이다.

구셰프에 대한 조치의 부적절함과 잔인함이 이러하다. 나에 대한 조치의 부적절함은 훨씬 더 놀랍다.

사실 모든 문제는 억눌러야만 하는 유해한 모든 요소에 무엇보다 톨스토이가 있다는 점이다. 톨스토이는 자신이 만들어낸 어떤 기독교와 무의미한 무저항에 관한 어리석은 설교를 하였다. 물론 그의 모든 수다에는 어떤 진지한 의미도 없다. 하지만 이 수다는 죽이지 말라는 설교와 토지 소유가 불법이라는 등등의 다양한 추론으로 사람들을, 심지어 군인들까지도 흔들고 있다. 그래서 어떻게 해서라도 그것을 그만두게 만들어야만 한다. 가장 간단한 방법은 톨스토이를 재판하는 것이다. 아니면 우리가 지금 가지고 있는 특별한 조항에 따라 그를 5년 동안 감옥에 감금하는 것도 간단하다. 그가 그곳에서 죽으면 우리를 괴롭히지 않을 것이다. 물론 이것이 손쉬운 방법이다. 그러나 해외에서는 그의 교리의 이 공허함을 모르면서, 그 교리에 어떤 의미를 덧붙인다. 그래서 구셰프처럼 그를 크라피브나 감옥으로 보내는 것은 어쨌든 거북하다. 따라서 우리가 할 수 있는 단 하나, 부지런하고 확실하게 하게 될 그 하나는 바로 그와 가까운 모든 사람들에게 피해를 주고 불쾌하게 만드는 것이다. 이것으로 안 된다면 다른 것으로 해서 어쨌든 그를 침묵하게 만들 것이다.

체르트코프를 추방하고 구셰프를 유형 보낸 사람들은 그렇게 판단했을 것이다. 왜냐하면 체르트코프의 추방과 구셰프의 유형의 목적이 체르트코프가 일으킨 피해를 툴라현에서 모스크바현으로 옮기고, 구셰프가 일으킨 피해를 크라피브나군에서 체르딘군으로 옮기는 것은 결코 아닐 것이기 때문이다. 그 목적은 오로지 하나였을 것이고 실제로 하나다. 그것은 톨스토이가 일으킨 피해를 줄이거나 완전히 없애는 것이다.

여기, 나에게 취해진 조치의 부적절함은 특히나 충격적이다. 이 조치들은 부적절하다. 왜냐하면 첫째, 사람들이 나의 사상을 어떻게 보든, 나는 나의 사상이 진실하고 필요하다고 여기고, 특히 중요한 것은, 나의 삶의 의미가 오로지 나의 사상을 밝히는 것에 있기 때문이다. 내가 이미 이것을 밝혔다시피, 나는 어디에서건 살아갈 것이고 그것을 밝힐 것이다. 나에게서 체르트코프와 구셰프를 떨어뜨려도 결코 나의 이 활동을 바꿀 수는 없다. 내 책을 가지고자 하는 자에게 구셰프를(그에게 죄기 진가되었다) 통해서 책을 건네주고 소포를 보냈던 것처럼, 나는 지금도 똑같이 나를 돕고 있는 수십 명의 다른 사람의 도움으로 책을 건네주고 소포를 보낼 것이다. 만일 수십 명의 다른 사람들을 체르딘이든 혹은 또 다른 곳으로든 유형을 보내면, 내 책을 가지고자 하는 의사를 밝힌 사람들에게 내가 직접 건네주거나 소포를 보낼 것이다. 내가 알고 있는 것을 물어보는 사람에게 대답하지 않을 수 없듯이, 내 책을 가지고자 하는 자들에게 내 책을 건네주지 않거나 소포를 보내지 않을 수는 없다.

또한 이러한 조치는 다음과 같은 이유로 부적절하다. 즉 폭탄을 골라내고 폭파범을 감옥에 보내거나 그들을 사형시킴으로써 폭탄과 폭파범으로부터 구조될 수 있지만, 사상에 대해서는 어떤 것도 할 수 없기 때문이다. 사상과 그 사상을 전하는 자에게 행해지는 폭력은 그 영향력을 약화하지 못할 뿐만 아니라 오히려 강화한다.

따라서 나의 탄원서의 주목적은 다음과 같다. 나는 나의 사상의 확산과 나의 활동에 불쾌해하는 사람들에게 다시 한 번 요구한다. 만일 그들이 결코 안심할 수 없어서 무슨 일이 있더라도 누군가에게 폭력적인 조치를 취하고 싶다면, 절대 나의 친구들이 아니라 나에게 조치를 취했으면 한다. 내가 그들이 싫어하는 이 사상을 발현시키고 유포시킨 유일한 주범이다.

나는 구셰프와 나에 관해 모든 것을 말했다. 그러나 내가 이 탄원서를 쓸 수밖에 없었던 문제는 훨씬 더 중요한 다른 의미를 가진다. 이 의미와 관련된 것은 나와 구셰프가 아니라, 구셰프에게 저지른 그러한 일을 하는 사람들의 정신적 상태다.

우리 모두는 러시아에서 최근에 일어났으며 지금도 계속 일어나고 있는 일을 알고 있다. 이 모든 것이 무섭고 그것에 대해 말하고 싶지 않다. 유형지에서, 감옥에서 몰락한 자, 몰락하고 있는 자, 분노하는 자, 악의와 증오로 교수대에서 죽어가는 자를 동정할지라도, 이와 같은 일을 실행하고, 특히 그들에게 선고하는 이 불행한 자들을 동정해서는 안 된다.

아무리 이 사람들이 공공의 이익을 위해 일한다는 사실을 확신할지라도, 아무리 그들과 같은 자들이 이 일을 격려하고 찬양할지라도, 어떻게든 그들 스스로 온갖 위안과 오락으로 무뎌지기 위해 노력할지라도, 그들은 인간이다. 그리고 대부분의 선량한 인간은 마음 깊은 곳에서 자신들이 잘못하고 있음을 느끼고 알고 있다. 그들은 이와 같은 일을 하면서 세상에서 가장 소중한 것과 자기 영혼을 망쳤다는 것을, 삶의 가장 훌륭하고 참된 모든 기쁨으로부터 스스로 문을 닫아버렸다는 것을 느끼고 알고 있다.

그리고 구셰프와 나에게 벌어진 별일 아닌 이 사건을 계기로 나는 이 사람들에게 하고 싶은 말이 있다. 자신에 대해 그리고 자기 삶에 대해 생각하고, 주님이 당신에게 준 영혼의 힘을 당신이 낭비하고 있다는 점을 생각하시오. 자신의 영혼을 들여다보시오. 자신을 가엾게 여기시오.

1909년 8월 6일

# 평화회의에 보내는 발표문에 덧붙이는 글

여러분은 제가 여러분의 모임에 참석하기를 원하고 있습니다. 가능하다면, 저는 이 보고서를 통해 평화의 문제에 대한 제 견해를 밝히고자 합니다. 이 보고서는 지난해 회의를 위해 준비되었습니다. 이 보고서를 보냅니다. 그런데 저는 이 보고서가 회의에 참석한 '많이 배우신' 분들의 요구를 충족시키지 못할까 봐 두렵습니다. 제가 알고 있는 한에서, 만족할 수 없는 이유는 이렇습니다. 즉 모든 평화회의에서 이 문제에 관한 제 견해는 저의 개인적인 견해가 아니라 세상의 모든 종교인의 견해인데, 이 견해는 불분명한 신조어인 반군국주의라는 명칭하에서 몇몇 사람의 개인적인 소망과 특징을 나타내는 예외적이고 우연한 현상이며, 그래서 진지한 의미를 지니지 않는 것으로 치부됩니다. 하지만 이러한 점에도 불구하고, 저는 어쨌든 저에게 표명된 회의의 요청을 이행할 것입니다. 그리고 저는 서로 미워하고 자신의 권력을 최대한 확산시켜 그 이익을 추구하는 사람들 사이에서 평화를 보장하려는 새로운 법을 회의에서 제정하는 일이 아무런 소용이 없다는 생각을 간략하게나마 다시 한 번 밝히고자 합니다. 저는 회의에서 평화를 보장하는 새로운 법의 제정이 소용없다고 생각합니다. 무엇보다 전 세계에서 의심의 여지 없이 평화를 보장하는 법칙, '죽이지 마라'라는 두 마디로 표현된 이 법칙을 전 세계가 알고 있고, 회의에 참석한 '많이 배우신 모든' 회원들이 모를 리 없기 때문입니다.

여기 세계의 위대한 모든 종교뿐만 아니라, 모든 인간의 마음에도 새겨진 율법이 있습니다. 저는 회의에 참석한 많이 배우신 회원들에게 이 율법에 관해 다시 한 번 상기시키는 것이 주님과 사람들에 대한 저의 진정한 의무라고 생각하였고 또 생각하고 있습니다. 사실 이 회의의 '많이 배우신' 회원들은 러시아와 유럽에 있는 제 친구들처럼, 이 율법에 따라 군 복무를 거부하여 힘겨운 궁핍과 고통에 처한 수백 명의 활동에(바로 어제 저는 군 복무를 거부하려는 스웨덴인의 편지를 받았습니다) 흥미를 느끼지 않을 수 있습니다. 왜냐하면 이 활동은 반군국주의 분야에 속하기 때문입니다. 어쨌든 지는 이렇게 생각합니다. 말로만이 아니라 실제로 '죽이지 마라'라는 율법을 인정하고, 어떠한 형식으로도 살인의 범죄에 가담하지 않으려는 이 사람들의 활동, 이 하나만이 개개인 모두의 영혼과 인간의 양심의 요구를 만족시킵니다. 마찬가지로 이것은 가장 믿음직하게 전 인류의 선과 진리를 향한 공통의 활동을 위한 것이고, 회의의 회원들이 차지하고 있는 사회에서 평화 확립이라는 목적을 위한 것입니다.

사랑하는 형제 여러분, 생의 마지막 날들과 시간을 보내고 있는 제가 여러분에게 다시 한 번 이것을 반복하고자 합니다. 바로 우리에게 필요한 것은 황제와 왕, 군 최고사령관이 만든 '연합'도 회의도 아니며, 다른 사람의 삶의 구조에 대한 이 회의의 논의도 아닙니다. 우리에게 필요한 것은 오로지 하나, 우리가 알고 있고 우리가 인정한, 주님과 이웃을 향한 사랑의 법칙을 삶에서 실천하는 것입니다. 이 법칙은 어떤 경우에도 이웃을 죽이는 것 그리고 그것을 준비하는 것과 양립할 수 없습니다.

1910년 7월 20일

야스나야 폴랴나

# 폴란드 여성에게 보내는 답변

여러 개의 서신 가운데 하나

친애하는 부인!

제가 보스니아와 헤르체고비나의 통합에 관해서는 제 견해를 피력했지만, 폴란드에 가해졌고 계속 가해지고 있는 잔혹함과 불평등에 관해서는 아무것도 말하지 않은 것을 질책한 당신의 편지를 받았습니다. 어쨌든 부인께서는 **제가 만들어낸 듯한 무저항주의 철학**을 비난하면서, 이 교리가 러시아를 망쳤고 망치고 있다고 말합니다. 부인께서는 스카르가, 코하노프스키, 코시치우슈코, 슬로바츠키, 미츠키에비치는 다른 것 즉 투쟁을 가르쳤고, 투쟁만이 폴란드를 구원할 수 있다고 썼습니다.

며칠 전 저는 한 인도인에게서 편지를 받았습니다. 그는 무저항주의 교리에 대해 똑같은 생각, 똑같은 공포와 혐오를 다르게 표현했습니다. 이 인도인은 저에게 편지와 함께 잡지 《자유로운 힌두스탄》을 보냈습니다. 이 잡지에는 폭력에 의한 폭력과의 투쟁은 허용될 뿐만 아니라 필연적이며, 무저항주의는 이타심과 이기주의의 요구에 어긋난다는 격언의 에피그램이 있습니다. 그 에피그램은 '무저항은 이타심과 이기주의 모두를 해친다Non resistance hurts both altruism and egoism'입니다.

잡지에는 부인이 말한 것과 매우 흡사한 생각들이 표현되어 있습니다. 민중과 여러 계층의 박해에 맞서는 모든 투사들이 똑같은 생각들을 말하고 있습니다. 모든 사람들은 비폭력 무저항의 교리에 악의적인 태도를 지닙니다. 마치 이 교리에 인간 해방의 큰 장애가 포함되어 있는 듯합니다. 사실 이상하게 보이지만, 노예가 된 민중과 그 계층의 해방은 부인과 제가 아는 인도인들, 심지어 예속된 민중과 박해받는 노동자 계층의 모든 지도자들이 부지런하고 완고하게 거부하는 그것에만 있습니다. 그것은 거부될 뿐만 아니라, 그것을 제안한 사람들에 대한 거북하고 악의에 찬 감정을 불러일으킵니다. 이 상황은 자신을 풀어주려는 사람을 매섭게 물어버리는 개를 연상시킵니다.

폴란드인을 포함하여 노예가 된 모든 사람, 계층, 민중의 해방은 결코 증오하는 러시아 및 오스트리아 정부와 싸우고, 힘으로 그들로부터 해방되는 것에 있지 않습니다. 해방은 정반대에 있습니다. 그것은 폴란드인들 속에서만 특별하고 사랑하고 박해받는 자신들의 형제들을 보지 말고, 모든 사람들 즉 폴란드인도, 낯설고 적대적인 러시아인과 독일인도 똑같이 이웃과 형제로 인정하는 것에 있습니다. 그들이 누구일지라도, 그 누구에게도 그 어떤 폭력도 행사할 가능성을 없애버리고 사랑하는 것 외에 다른 어떤 관계도 허용하지 않는 이웃과 형제 말입니다. 해방은 그 완전한 의미로 사랑의 법칙을 인정하는 것에, 즉 해방과 불가분의 관계에 있는 무저항의 율법을 인정하는 것에 있습니다.

저는 알고 있습니다. 폭력으로 악에 저항하지 않는 것만이 노예가 된 사람들을 노예의 상태에서 구할 수 있다는 생각은 우리 시대와 우리 사회의 사람들에게 너무나 터무니없고 적절치 않아 보일 것입니다. 그래서 그들은 경멸에 차서 어깨를 으쓱할 뿐, 이것을 깊이 생각하는 수고를 하지 않고, 악에 맞서 싸우는 이 비실용적이고 환상적인 방식을 언급할 때 웃고만 있습니다. 저는 알고 있고, 확신합니다. 폴란드인뿐만 아니라, 지금 사람들이 끊임없이 호소하고 있는 불평등과 고통으로부터 모든 사람들을 해방시키는 것은 인간이 자신에게 사랑의 법칙이 필요하다는 점을 인정함으로써 실현됩니다. 이 법칙은 어떠한 폭력이라도 이웃에 가하는 것과 양립할 수 없는 법칙 즉 **무저항**의 법칙입니다.

"그래도 지구는 돈다E pur si muove." 저는 갈릴레이가 자신이 발견한 진리의 확실함을 저보다 더 확신했다고 생각하지 않습니다. 대체로 부정하겠지만, 제가 확신하는 것은 제가 아니라, 그리스도 한 사람이 아니라, 세상의 가장 위대한 모든 현자들이 발견한 진리의 확실함입니다. 이 진리는 악은 악으로써가 아니라 오로지 선으로써만 굴복시킬 수 있다는 것입니다.

그렇습니다. 놀라운 일입니다. 노예화된 모든 민중과 계층은 그들을 고통스럽게 하는 악으로부터 구원할 수 있는 유일한 수단을 완강하게 거부하고 있습니다. 뿐만 아니라 그 반대로 이 민중과 계층은 분명 그들이 불평하는 노예화를 증가시키고 악화시키는 것 외에 다른 어떤 결과도 가져올 수 없는 일을 하는 데 자신의 모든 역량을 쏟고 있습니다.

사실, 실천하면 개인에게도, 실천하는 사람들의 크고 작은 연합체에도 최고의 선을 가져다주는 그 사랑의 법칙이 지닌 내적이고 종교적인 의미는 말할 것도 없이, 가까운 사람, 곧 모든 사람을 사랑하라는 기독교 법칙을 따르는 사람이 이런 저런 민족 전체를 미워하면서 그들이 믿고 있는 교리를 바로 포기한다는 점은 말할 것도 없이, 단순한 상식은 사람들에게 이렇게 말해주어야만 합니다. 즉 폭력, 특히 비교할 수 없을 만큼 강한 사람들의 폭력에 맞서는 약한 사람들의 폭력은 노예의 상태를 악화시키기만 할 뿐 어떠한 경우라도 그들을 해방시키지 못합니다. 그렇지만 혁명 지도자들은 강한 자에게 맞서는 약한 자의 힘으로 바로 이 투쟁에 사람들을 선동하고 있습니다.

사실 문제는 정말 너무나 단순하고 분명하여, 그렇게 명백한 것을 설명하는 것이 부끄러울 정도입니다. 만일 정말 폴란드 민족이 인도인이나 다른 노예가 된 민족들처럼 예속되고 억압받는다면, 만일 노동자 계층이 소수의 부자에게 똑같이 노예화된다면, 사실 이 모든 노예화는 황제들, 왕들, 장관들, 장군들, 지주들, 부유한 상인들, 은행가들에 의한 것이 아닙니다. 왜냐하면 수십 명 혹은 수천 명이라고 할지라도, 그들이 수백만을 노예로 만들 수는 없기 때문입니다. 사실 노예화는 오직 노예들 스스로 노예화에 처해질 뿐만 아니라, 노예화에 관여하기 때문에 발생합니다. 그들은 노예를 만든 자들에게 세금을 바치고, 그들을 위해 행정·재정·치안 업무에 나서고, 기존 체제를 유지하기 위해서만 존재하는 국회에 들어갑니다. 그리고 가장 중요한 것은 그들이 스스로 무기력하게 살상 무기가 되어 전쟁에 나서게 됩니다.

사실 지금 폴란드인을 노예로 삼은 러시아인, 오스트리아인, 프로이센인들이 제1차, 2차, 3차, 4차 폴란드 분할을 감행했기 때문에, 폴란드인들을 지배한 것이 아닙니다. 폴란드 사람들이 무저항주의를 내포하고 있는 사랑의 법칙을 인정하지 않고, 그들이 불평하고 그들을 고통스럽게 했던 그 폭력을 자신들의 형제에게 감행하거나 감행할 준비를 하는 데 동조하며, 스스로 자신을 기만하여, 바로 이 폭력을 정당화하는 국회에 관여하기 때문입니다.

사실 문제는 매우 단순합니다. 고대에서부터 어떤 사람들은 다른 사람들을 노예로 삼고, 어떤 민족은 다른 민족을 노예로 삼았습니다. 사람들을 노예로 삼으면서, 정복자들은 사람들 각자가 개인의 이익을 위해 서로에 대한 폭력 사용을 열망한다는 점을 활용하여, 어떤 조직을 만들었습니다. 혹은 오히려 노예들이 각자 자신의 개인적 이익을 지키면서, 정복자들의 권력을 지탱하고 인정해주는 조직을 스스로 만들었습니다.

다른 민족에게 정복당한 모든 민족이 그렇게 했습니다. 폴란드에서도 그렇게 행해졌고, 행해지고 있으며, 마찬가지로 인도에서도 특별한 기술로 행해지고 있습니다. 인도에서는 10여 명의 편협한 상인들이 매우 성숙하고 계몽된 2억의 사람들을 노예로 만들었고, 계속해서 그들을 노예로 묶어두고 있습니다. 비노동자에 의해서 노동자 계층이 노예화될 때 그렇게 진행됩니다. 이러한 노예화는 노예 출신 각자가 폭력에 가담하는 것을 허용하지 않는 사랑의 법칙을 따르지 않고, "노예화에 가담하지 않는다면 나 혼자만 이익을 박탈당하고 어려움에 처하게 될 거야"라고 생각하기 때문에 발생합니다. 그는 "나는 아니다. 다른 사람이 그렇다"라고 말하면서 폭력에 가담합니다. 다른 사람, 또 다른 사람도 똑같은 일을 하여, 결국 수십억의 돈이 정복자들의 수중에 떨어지고, 노예들로 이루어진 군대도 그들의 수중에 떨어집니다.

여기에 다음과 같은 사회 조직이 있습니다. 한편에는 정복자의 손에 수십억의 돈, 무장 교육받은 수백만 명의 군대, 권력을 따르는 사람들의 타성과 습성이 있지만, 다른 한편에는 적의 수중에 있는 재화의 0.0001퍼센트에 해당하는, 그럭저럭 끌어모은 2코페이카짜리 재원과 익숙하지 않지만 그럭저럭 무장한 수백, 잘하면 수천 명의 사람들이 있습니다. 이러한 사회 조직에서 노예들은 그들을 노예화시킨 원인이 된 폭력의 원칙을 바꾸지 않고 똑같은 폭력으로, 혹은 훨씬 더 웃기게도 완전히 정부 권력인 국회에서 연설가들의 연설로 정복자들과 싸우고 싶어 합니다. 그리고 문이 열리면 갇힌 자들이 풀려나는 것만큼 확실하게 해방될 수 있는 유일한 수단을 그들은 마치 이상하고, 어리석고, 불필요한 것처럼 내던집니다.

어쨌든 해방 방법은 너무나 간단합니다.

"당신들은 우리에게 악과 폭력이라는 당신들의 일에 직접 참여할 것을 요구한다. 이 방법을 알고 있고 그것을 이용하고자 하는 사람들이 분명히 말하듯이, 당신들은 다른 사람과 우리 자신에게 가한 폭력이라는 당신들의 일에 우리 노동의 일부를 제공할 것을 우리에게 요구한다. 매우 유감스럽게도 우리는 당신들의 소망을 이루어줄 수 없다. 우리가 원하는 바는 이것이 아니다. 우리는 폭력을 절대로 용납하지 않는 사랑의 율법을 따르기에, 이러한 일을 할 수는 없다. 당신들은 힘으로 우리의 재산과 생명을 빼앗아 갈 수 있다. 하지만 우리의 이성, 우리의 신앙, 우리의 이익에 반하는 당신들의 일에 자발적으로 참여하는 것은 우리가 원하는 바가 아니며, 우리는 결코 할 수 없다. 당신들이 우리가 죽였으면 하는 사람들을 죽이는 것에 우리가 동의하는 일은 있을 수 없다."

사람들이 이러한 관점을 취하기만 하면, 기독교 사회와 우리 시대의 사람들은 타고난 인간의 감정과 이성에 따른 이 관점에 서 있지 않을 수 없습니다. 그러면 너무나 위대하고 강력해 보이는 모든 폭력의 왕국은 카드로 만든 집처럼 저절로 무너질 것입니다.

그렇습니다. 우리 시대 노예의 구제, 폴란드 민족뿐만 아니라 모든 민족과 모든 노예 계층의 구제는 결코 폴란드, 인도, 슬라브의 이런저런 애국심이나 혁명가들의 열정을 불태우는 데 있지 않습니다. 더욱이 이 구제는 국민과 사람들이 이루어야 할 삶의 새로운 형식을 만드는 데 있지 않고, 소위 국회의 투쟁 즉 웅변술을 연습하는 것에 있지 않습니다. 구제는 퇴색되어 이미 사람들에게 맞지 않는 투쟁과 폭력의 법칙으로부터 사람들이 멀어지는 것에, 그리고 우리 시대 모든 사람에게 공통된 사랑의 법칙을 삶의 기본적인 법칙으로 인정하는 것에 있습니다. 이때 사랑은 어떠한 폭력일지라도 그것에 가담할 가능성을 배제하는 것입니다.

퇴색된 폭력의 법칙을 사랑의 법칙으로 교체하는 것이 모든 종교적 교리, 특히 기독교 민중이 믿었던 교리에 의해 너무나 오랫동안 전파되었고, 기독교 세계의 사람들과 이들 민중의 삶의 조건 사이의 모순이 너무나 명백해져서, 이 민중이 살아가고 있는 상태는 더 이상 지속될 수 없습니다. 저는 이러한 교체가 이루어질 것임을, 심지어 곧 이루어질 것임을 전적으로 확신합니다. 이러한 확신 외에도 저에게는 꿈이 하나 더 있습니다. 이 꿈은 인류의 삶에서 이 거대한 변화가 다른 민족보다 덜 호전적이고, 기독교의 진정한 의미에서 다른 민족들보다 더 기독교적이며, 그래서 퇴색한 것을 교체해야만 하는 새로운 사랑의 법칙을 생생하게 지각하는 데 훨씬 더 재능 있는 우리 슬라브 민족 사이에서 시작되는 것입니다.

왜 고통받는 폴란드에서 인류의 운명에 결정적인 이와 같은 운동이 시작되지 않을까요? 폴란드가 아니라면, 왜 내적으로 훨씬 더 고통받는 러시아에서 시작되지 않을까요? 슬라브 민족 가운데 한 곳에서 이러한 운동을 시작한다면, 현 정부의 유혹으로 타락한 다른 슬라브 민족들이 자연스럽게 이 운동에 합류할 것입니다. 그리고 이 운동이 슬라브 민족을 사로잡는다면, 이 운동은 반드시 모든 기독교 민족으로 전염될 것입니다.

저의 꿈은 이렇습니다. 저는 부인의 편지에 대한 답변을 이전 편지에도 했습니다. 그때의 답변처럼, 모든 노예화된 민족과 모든 노예와 마찬가지로, 폴란드의 해방은 하나뿐입니다. 그것은 무저항을 포함하고 있고, 폭력 그 자체와 폭력에 대한 어떠한 가담도 허용하지 않는 사랑의 법칙을 삶의 가장 높은 법칙으로 인정하는 데 있습니다.

1909년 9월 8일

크료크시노

# 유효한 수단

우리 시대의 가장 훌륭한 (모든) 사람들이 너무나 강렬하고 고통스럽게 느끼는 악에 대응하기 위해, 내가 할 수 있는 모든 일을 하게 되어 매우 기쁘다는 것은 말할 필요도 없다.

하지만 나는 우리 시대에 사형과의 실질적인 투쟁을 위해 열린 문을 부술 필요가 없고, 사형이 지닌 부도덕함, 잔혹함, 무의미함에 저항하여 분노를 표할 필요가 없다고 생각한다. (진정성이 있고 사려 깊은데다 어린 시절부터 6번째 계율을 알고 있는 사람이라면 누구나 사형이 지닌 무의미함과 부도덕함에 대한 설명을 필요로 하지 않는다.) 또한 사형집행 자체의 공포 역시 묘사할 필요가 없다. 이러한 묘사는 오로지 사형집행인들에게만 효과적으로 작용할 뿐이다. 사람들은 이러한 직무에 착수하여 이행하는 것을 탐탁지 않게 여길 것이고, 정부는 그들의 일에 더 큰 비용을 지불해야만 할 것이다.

그러므로 내가 생각하기에 가장 필요한 것은 자신과 비슷한 사람을 죽이는 살인에 분노를 표하는 것도 아니고, 집행되는 사형에 공포를 불어넣는 것도 아니다. 필요한 것은 완전히 다른 어떤 것에 있다.

칸트가 멋지게 말했듯이, "반박할 수 없는 착각이 있다. 미혹된 이성에 그것을 깨우쳐줄 지식을 알려주어야만 한다. 그러면 착각은 저절로 사라질 것이다."

이러한 착각이 저절로 사라지기 위해서, 사형의 필연성, 유용성, 정당성에 관해 미혹된 인간의 이성에 어떤 지식을 알려주어야만 하는가?

내 생각에, 이러한 지식은 오직 하나다. 이 지식은 인간이란 도대체 무엇이고, 인간을 둘러싼 세계에 대한 인간의 태도는 어떠한지, 혹은 인간의 태도가 똑같은지, 인간의 사명은 어디에 있는지, 그래서 인간 각자가 무엇을 할 수 있고, 무엇을 해야만 하는지, 가장 중요한 것으로, 무엇을 할 수 없고 무엇을 하지 말아야 하는지에 관한 것이다.

그래서 만일 사형제도와 싸운다면, 모든 사람, 특히 사형 집행인을 관리하는 자와 그들을 승인하는 자들을 가르치는 방식으로만 싸워야 한다. 이들은 오로지 사형제도 덕분에 자신의 지위가 유지된다고 잘못 생각하고 있다. 이 사람들에게 그 착각으로부터 그들을 해방시킬 수 있는 지식, 그 하나만을 심어주어야 한다.

이 일이 쉽지 않다는 것을 나는 알고 있다. 사형집행인들을 고용한 자와 승인한 자는 이러한 지식으로 인해 그들이 소중히 여기는 지위의 유지가 불가능해진다는 것을 자기보존 본능에 의해 느끼고 있다. 그래서 그들 스스로 이러한 지식을 습득하지 않을 뿐만 아니라, 권력, 폭력, 기만, 간계, 거짓, 잔인함 등의 모든 수단을 동원하여 이 지식을 왜곡하고, 이 지식의 배포자에게 온갖 종류의 박탈과 고통을 가하면서, 사람들에게 이 지식을 숨기기 위해 애쓰고 있다.

그래서 만일 우리가 사형에 관한 착각을 확실히 없애고자 한다면, 가장 중요한 것으로, 만일 이러한 착각을 없애는 지식을 가지고 있다면, 어떤 위협, 박탈과 고통에도 불구하고 이 지식을 사람들에게 알리도록 하자. 왜냐하면 이것이 투쟁의 유일한 유효 수단이기 때문이다.

1910년 10월 29일
옵티나 수도원

# 전쟁과 혁명의 시대 한복판에서 비폭력주의를 외치다

소설가 톨스토이에서 더 나아가 종교적 회심의 시기를 거친 사상가 톨스토이는 굉장히 다른 인물인 듯 여겨진다. 하지만 거기에는 일관된 무언가가 있다. 무엇보다 그것은 그의 남다른 관찰력과 통찰력이리라. 이러한 '관찰력의 천재'가 〈폭력의 법칙 사랑의 법칙〉(1908)에서 보여주는 인민의 고통에 대한 감수성, 그 원인 분석, 역사적 조망과 그 논지를 무소처럼 밀고 나가는 논리력, 종합적인 해결책 제시 및 부록에서 시적으로 승화된 그 경지는 그야말로 감탄을 자아낸다.

19세기 말에서 20세기 초의 전환기 유럽은 권위주의 국가가 '합법적' 폭력의 위력으로 신민을 복종시키고 자발적인 복종까지 끌어낸 결과에 힘입어 식민지 쟁탈전을 시작한다. 여기서 톨스토이는 온갖 악랄한 방법으로 육체적·정신적 고통을 가하며 사람들의 이성과 양심까지 마비시키는 국가 폭력에서 기인하는 문제들을 극복하여 인류의 삶을 획기적으로 변화시킬 근본적인 해법을 모색했다. 그것을 우리는 톨스토이식 '종교·도덕 혁명'이라고 일컬어도 좋을 것이다.

80세의 원숙한 노 사상가는 〈폭력의 법칙 사랑의 법칙〉에서 특히 기독교 세계 사람들에게 그들이 헤어나지 못하는 육체적 고통과 정신적 타락에서 벗어날 방법을 제시하겠다고 선언한다. 이 논설에는 일정 기간 써온 글들이 하나로 종합되고 체계화되었다고 할 수 있다. 서두에서 그는 "죽음의 관 어귀에 선 자로서 침묵할 수가 없다"라고 꼬장꼬장하게 말한다. 이런 발언은 오랜 기간 고되게 이어진 비판과 모색, 거기서 얻어진 통찰과 확신 그리고 시대사적 책임감의 발로일 것이다. 그리고 논설의 끝부분에서 역시 폭력적인 현실에 대한 자신의 대안 제시가 동서고금의 최고 지성들을 섭렵한 결과물이라는 지적을 잊지 않는다.

자연 상태가 아닌 국가 내에서도 만인은 서로 투쟁한다. 혁명 세력은 정부에 대항하고, 정부는 혁명 세력을 적대하고 억압한다. 그들은 아무도 알 수 없는 것인데도 더 나은 미래의 삶의 구조를 알 수 있다고 장담하며 그러한 삶의 조성을 위해 폭력을 행사하고 정당화한다. 더 나아가 국가와 국가가 대립하고, 동양과 서양이 대결하고 이 대립은 주체와 그 양상을 바꾸어 날이 갈수록 가혹하고 교묘해진다. 그리고 이러한 투쟁은 대체로 폭력에 의존해 이뤄진다. 그러나 폭력으로는 어떤 경우에도 공동선에 도달할 수 없다. 폭력은 오직 악을 낳을 뿐이다. 특히 국가의 구조화된 폭력은 만악의 근원이다. 톨스토이는 현대 사회의 모든 갈등과 분쟁이 폭력에 근거한다고 지적한다. 폭력을 통해 문제를 해결하려는 것은 오히려 더 큰 폭력을 낳을 뿐이라는 아주 설득력 있는 주장이다. 서로를 악마화하며 현재 격화되고 있는 팔레스타인과 이스라엘의 오랜 무력 대결은 출구를 찾기조차 어려운 상황 아닌가. 아무튼 톨스토이가 내린 결론은 어떤 경우에도 폭력은 그리스도께서 펼쳐 보인 사랑의 법칙을 거스르기 때문에 합법적일 수 없다는 것이었다. 그것이 '악에 폭력으로 저항하지 말라', 즉 비폭력에 의한 저항/비저항이라는 톨스토이의 사상을 관통한다.

대체로 기독교권인 유럽 각국에서 폭력이 악순환하는 참상이 빚어진 역사적인 원인은 교회가 그리스도의 가르침을 왜곡하여 국가권력과 결탁했기 때문이다. 거의 5세기까지 초창기 기독교 대표자와 고행자들의 행적은 폭력을 배척하는 그리스도의 가르침이 그 참 의미를 잃지 않고 있었음을 보여준다. 그러다가 그리스도의 가르침의 참 의미가 공식적인 교회에 의해 철저히 감춰지고 온갖 속임수와 미신, 망상이 국가 폭력과 전쟁을 뒷받침하는 구실을 한다. 하지만 이 비극은 또한 기독교인들이 참신앙과 종교적 심성을 되찾음으로써 해결책을 깨달으리라는 역설을 품고 있다.

대안으로 톨스토이가 제시하는 것이 그리스도의 참된 가르침의 핵심인 사랑의 법칙이다. 사랑의 법칙은 모든 인간이 동등한 존재이며, 서로를 존중하고 이해해야 한다는 법칙과 다름없다. 톨스토이는 예외를 허용치 않는 사랑의 법칙을 실천함으로써, 모든 갈등과 분쟁을 해결하고 서로가 연대하는 더 나은 세상을 만들 수 있다고 여긴다.

따라서 머릿속으로 잠시나마 사회의 미래 구조에 대한 앎의 가능성과 그 구조의 건설을 위해 온갖 폭력을 정당화하는 끔찍한 미신에서 해방되어 사람들의 삶을 진심으로 신중하게 바라봐야 한다. 그렇게만 한다면, 폭력으로 악에 저항할 필요성을 인정하는 것은 복수, 사욕, 시기, 야망, 권세욕, 교만, 비겁, 악의 같은 습관적이고 일상화된 악덕의 정당화에 불과하다는 게 분명해질 것이다.

그리하여 톨스토이는 노동하는 사람들이 스스로에 대한 폭력을 저지르지 않고 도덕적 완성을 추구하며 어울려 살 수 있는 어떤 공동체를 상상한다. 마치 존 레넌이 〈이매진 Imagine〉에서 국가가 존재하지 않는다는 상상을 권유하는 것처럼 말이다. 톨스토이가 애초 이 논설문의 제목을 '모든 일에는 끝이 있다'로 정했던 것은 그의 구상의 일단을 설명하는 것이리라. 인류가 국가 폭력을 비롯한 온갖 폭력을 청산하고 권력의 위계질서가 필요 없는 지상의 평화를 이루는 시대가 언제든 도래할 것에 대한 희망을 설계하고자 했을 것이다. 그러려면 우선 사람들의 의식이 바뀌어야 한다. 폭력적인 힘에 의해서는 평화가 불가능하며 정의와 사랑에 기초한 평화가 힘이고 모두의 길이 되는 공동체에 대한 그의 모색의 중심에는 사랑의 법칙, 복음서, 상호성의 원칙(네가 대접받고 싶은 대로 남을 대접하라), 개인의 자기완성(내적 도야), 여론의 힘에 대한 해명이 함께한다. 그리하여 타인에 대한 존중, 배려, 사랑이라는 보편 종교적 가치, 그리스도가 설파한 사랑의 정신으로 인류의 평화 공존을 모색하는 저항적 구도자, 평화 사상가 톨스토이의 웅숭깊은 모습이 그 전모를 드러낼 것이다.

그 시대의 어법 또한 반영되었을 테지만, 특히 의미가 중첩되어 거의 포화 상태에 이르기도 하는 톨스토이의 글쓰기는 번역자를 머뭇거리게 했다. 거기에 아무리 익숙해져도 한국어로 전달하는 것은 별개의 일이기 때문이다. 톨스토이의 논지를 그 핵심과 맥락을 살려서 현대 한국어 독자에게 전달하는 일은 시간이 흘러도 상상 밖으로 어려웠다. 그래도 백 년을 훌쩍 뛰어넘는 문화·역사적 배경까지 재현하는 시공간 여행의 친절한 해설사가 되고자 했다. 그러기 위해 역사 자료와 사전 등을 얼마나 뒤적였던가? 능력의 한계를 느끼며 자꾸만 늘어지는 시간과 싸웠지만, 독자들에게 전달하는 데는 뭔가 부족한 구멍이 있을 것이다. 독자들께서 반응을 보여주신다면, 차후 언젠가 돌아볼 기회를 만들고 싶은 마음이다.

톨스토이 사상 번역의 길잡이셨던 이강은, 이항재 교수님, 원전의 문맥을 명확히 하기 위해 원저의 톨스토이학 연구자들의 주석을 비롯하여 여러 자료를 뒤지는 동시에 한국어 독자들이 이해하기 쉬운 번역을 위해 애쓰신 번역자 선생님들의 노고에 감사드린다. 그리고 역자의 앞선 번역서 두 권을 찬찬히 통독하고 '말맛 나는 조언'을 해주신 경북대 교육학과 이경숙 선생님께 특히 감사드린다. 끝으로 여러 우여곡절에도 톨스토이 사상 번역 출판의 뜻을 굳건하게 이어오신 바다출판사 김인호 사장님과 편집자분들께도 감사의 말씀을 드린다.

변춘란

---

고대 러시아에서부터 소비에트 시대를 거쳐 오늘날에 이르기까지 러시아는 세계사에서 주목할 만한 크고 작은 전쟁에 관여하였다. 러시아는 과거 타타르 몽골과의 전쟁에서부터 나폴레옹과의 전쟁, 양차 세계대전을 겪었고, 오늘날에도 미국과 대립각을 보이며 아프가니스탄, 우크라이나와 계속해서 전쟁을 벌여왔다. 하지만 아이러니하게도 이러한 러시아 전쟁의 역사 뒤에 비폭력 무저항을 주장하며 전쟁과 전쟁이 불러일으키는 폭력에 단호히 반대했던 세계적인 대문호 톨스토이가 있다.

톨스토이는 자신의 조국에서 크림전쟁을 경험하였고 황제의 암살과 그에 대한 반동 정치를 지켜보았다. 1905년 이후 러시아에서 점점 무르익어가는 혁명의 기운은 러시아 사회에서 더 많은 폭력과 충돌을 낳았다. 이러한 러시아의 상황을 우려하며, 톨스토이는 정부와 혁명가들의 폭력에 날 선 비판을 멈추지 않는다. 그는 자기 삶이 얼마 남지 않았음을 알고, 자신이 지닌 사회적인 명성에 걸맞게 해야 할 일들을 고민하며 목소리를 끊임없이 높여왔다.

러시아 정부에서는 이러한 톨스토이를 예의 주시할 수밖에 없었다. 정부는 톨스토이를 압박하는 수단으로 세계적으로 명성이 높은 그보다는 그를 둘러싼 주변 사람에게로 시선을 돌린다. 그래서 톨스토이는 자신의 조력자인 구셰프와 체르트코프의 체포를 지켜보았고, 자신이 쓴 글을 유포한 죄로 감옥에 투옥된 인물의 소식을 접하면서, 당시 러시아 사회의 불안정한 정세 속에서 계속되는 추방, 유형, 사형 선고에 대해 다시 한 번 깊이 생각하였다.

러시아에서 자행되는 폭력의 여러 행태 가운데 사형에 대한 문제점을 언급한 논문이 〈나는 침묵할 수 없다〉이다. 이 논문의 일부가 신문에 게재되면서 신문사는 즉각 벌금형에 처할 만큼 큰 반향을 일으켰고, 이후에 전문이 불법으로 발표되면서 세계 곳곳으로 퍼져나갔다. 법률상 사형집행이 거의 없었던 러시아에서는 당시 급작스럽게 많은 사형이 선고되었고, 연일 보도되는 사형 소식에 톨스토이는 사형집행 장면을 상세하게 묘사하고 사형집행인의 양심과 고뇌 그리고 급변한 러시아인들의 피폐해진 인식까지 논문에 담으면서 사형제도의 여러 문제점을 보여주었다.

이것은 끔찍하다. 하지만 가장 끔찍한 점은 이것이 싸움, 전쟁, 심지어 약탈이 일어날 때처럼, 이성을 억누르는 감정, 열정에 따라서 행해지는 것이 아니라, 반대로 감정을 억누르는 이성과 계산에 따라 행해진다는 것이다. 이 때문에 이 일은 특히 끔찍한 것이 된다. 또한 이것이 끔찍한 이유는 재판관에서부터 사형집행인에 이르기까지 원하지 않는 사람들이 행한 이 일만큼 인간의 영혼에 대한 전횡과 다른 사람에 대한 어떤 사람의 권력의 파괴력을 명확하고 분명하게 보여주는 것이 없기 때문이다.

톨스토이는 사형제도가 이성적이고 계획적이며 조직적으로 이루어지는 점에 주목한다. 몇 단계를 거치고 교묘하게 비틀려 만들어진 사형은 그 죄과가 여러 사람에게 분산되어 가담자들이 책임감이나 죄책감을 덜 느끼도록 해준다. 특히 사형제도를 관리하고 승인하는 사람들은 사형에 간접적으로 가담함으로써 오히려 죄를 느끼지 못하고 수치심도 경험할 수 없다. 사형제도는 이처럼 부조리하고 잔인하며 많은 사람을 타락시키는 결과를 가져올 뿐이다.

톨스토이에게 사형은 공익을 위한다는 허울을 쓰고 있지만 단지 살인일 뿐이다. 더불어 톨스토이는 사형이든, 전쟁이든 사람을 죽이는 모든 행위는 기독교의 율법에 어긋나는 것으로 보았다. 이것은 그리스도의 가장 기본적인 계율 '죽이지 마라'와 정면으로 배치된다. 기독교인들은 결코 살인을 의도하거나 살인에 협조해서는 안 되며 어떤 사람도 죽여서는 안 된다. 그는 당시 러시아의 불안정한 사회적 상태의 원인 가운데 하나는 정부든 혹은 혁명가든 모두 '죽이지 마라'라는 계율을 어기면서 서로를 미워하고 죽이려 드는 잘못된 이념을 가졌기 때문이라고 여겼다. 그의 시선에서 혁명가는 계몽을 바탕으로 신앙을 무시하고 근본 없는 학문을 따르는 반면, 정부는 사이비 종교, 자신들에게 유리하게 해석된 기독교를 종교라고 주장한다. 하지만 둘 다 기독교의 중요한 계율 가운데 하나인 '죽이지 마라'에 관해서는 전혀 신경 쓰지 않고 오히려 인간에 의한 인간의 살인을 장려한다는 공통점을 지니고 있다.

톨스토이는 인간의 삶을 통합할 수 있는 유일한 원리를 종교라고 생각했다. 이것은 인간이 신에 따라 영혼을 위해서 사는 것, 이성과 사랑의 원리에서 사는 것이다. 하지만 우리의 불행은 바로 삶의 지침이 되는 신앙 없이, 혹은 사이비 신앙이나 자기기만 속에서 살고 있기 때문에 발생한다. 인간이 이러한 불행에서 벗어날 방법은 단순하다. 그 방법은 전쟁이나 투쟁 등 어떤 폭력이나 살인 행위를 저지르지 않고 사랑을 삶의 기본 법칙으로 인정하고 따르면 된다.

사랑에 기초한 도덕적·종교적 법칙만이 삶을 통합시키는 하나의 원리다. 사실 이 원리는 모두가 아는 것이다. 안데르센의 동화 〈벌거벗은 임금님〉에서 어린아이의 한마디가 모든 사람을 각성시켰듯이, 이 원리는 모두가 알고 있기에 상기하고 실천하기만 한다면 우리가 원하는 세상을 충분히 이룰 수 있다. 톨스토이는 이 어린아이의 한마디의 효과를 기대하며 자신의 논문, 평화회의 연설문 등을 통해 비폭력주의를 강조하고 이것을 포함하는 기독교의 계율을 실천할 것을 역설하였다.

톨스토이의 주장은 러시아 정부와 정교는 물론, 이들과 대립각을 세운 혁명가들에게도 쉽게 용납되지 않았다. 그는 끊임없이 정부의 감시를 받고 정교에서 파문당하고 혁명가들에게 조롱받으면서도 자신의 소신을 밝히고자 노력하였고, 세계 곳곳에 비폭력 무저항 정신을 제대로 알리려고 애썼다. 1910년 자기 영지 야스나야 폴랴나에서 가출을 감행한 삶의 마지막 순간까지도 톨스토이는 비폭력 무저항주의를 밝히면서, 자신에게 주어진 소명과 신념을 실천하려는 삶을 보여주었다.

끝으로 본 번역서는 《레프 톨스토이 전집》(모스크바, 1928~1958) 중 37권의 〈폭력의 법칙 사랑의 법칙Закон насилия и закон любви〉(1908), 〈누구도 죽이지 마라!Не убий никого!〉(1907), 〈나는 침묵할 수 없다Не могу молчать!〉(1908)와 38권의 〈사형과 기독교Смертельная казнь и хрисианство〉(1909), 〈스톡홀름 평화회의를 위해 준비한 발표문Доклад, приготовле нный для конгресса мира в Стокгольме〉(1909), 〈평화회의에 보내는 발표문에 덧붙이는 글Добавление к докладу на конгрессе мира〉(1910), 〈구셰프 체포에 대한 탄원서Заявление об аресте

Гусева〉(1909), 〈폴란드 여성에게 보내는 답변Ответ польской женщине〉(1909), 〈유효한 수단Действительное средство〉(1910)을 번역한 것임을 밝힌다.

박미정

| | |
|---|---|
| 1828년(출생) | 8월 28일(신력 9월 9일), 야스나야 폴랴나에서 니콜라이 일리치 백작과 마리야 니콜라예브나 사이의 4남 1녀 중 넷째로 태어나다. |
| 1830년(2세) | 8월 4일 어머니 마리야 니콜라예브나가 여동생을 낳다 사망하다. |
| 1837년(9세) | 1월 모스크바로 이사. 7월 21일 아버지 니콜라이 일리치 백작 사망. 숙모가 다섯 남매의 후견인이 되다. |
| 1844년(16세) | 형제들과 함께 카잔으로 이사. 카잔대학교 동양어학과에 입학하다. |
| 1845년(17세) | 법학과로 전과하다. |
| 1847년(19세) | 카잔대학교를 중퇴하고 야스나야 폴랴나로 귀향하다. 농민들의 가난한 삶을 목격하고 그들을 돕기 위해 노력했으나 좌절하다. |
| 1848~1849년 (20~21세) | 모스크바와 상트페테르부르크를 오가며 법학 공부를 계속하지만 졸업 시험에서 탈락하다. 사교계 생활과 도박, 사냥 등에 빠져 방황하며 경제적 어려움에 직면. 바흐, 쇼팽 등의 음악에 심취하여 피아노 연주에 탐닉하다. 야스나야 폴랴나에 돌아와 농민학교를 열지만 만족할 만한 성공을 거두지 못하다. |
| 1851년(23세) | 큰형 니콜라이를 따라 캅카스로 떠남. 지원병으로 참전. 〈어린 시절〉 집필. |
| 1852년(24세) | 포병 부사관으로 포병대 입대. 문예지《동시대인》에 〈어 |

린 시절〉이 게재되고 극찬을 받다.

1853년(25세)  퇴역한 큰형을 따라 톨스토이도 퇴역하려 했으나 터키와
의 전쟁으로 군 복무가 연장되다.

1854년(26세)  1월 장교로 승진. 몇몇 장교들과 함께 〈군사 신문〉 발행
계획을 세웠으나 당국에 의해 금지됨. 11월 세바스토폴에
서 크림전쟁에 참전하다. 〈소년 시절〉 발표.

1855년(27세)  6월 《동시대인》에 〈세바스토폴 이야기〉 발표. 크림전쟁
패배 후 군에서 제대하다. 12월 상트페테르부르크에서 투
르게네프 등 작가들과 만나다.

1856년(28세)  〈세바스토폴 이야기〉 연재 계속. 12월 소설 〈지주의 아
침〉 발표.

1857년(29세)  《동시대인》에 〈청년 시절〉 발표. 유럽여행을 다녀와 야스
나야 폴랴나에 정착. 농사일을 하다.

1858년(31세)  〈세 죽음〉 발표.

1859년(32세)  〈가정의 행복〉 발표. 농민 자녀를 위한 학교 개설.

1860년(32세)  교육 문제에 관심을 두고 〈국민 보통 교육 초안〉을 기초
함. 7월 두 번째 유럽 여행을 떠나다. 9월 큰형 니콜라이
사망.

1862년(34세)  교육 잡지 《야스나야 폴랴나》 간행. 소피야 안드레예브나
와 결혼하다.

1863년(35세)  〈카자흐 사람들〉 발표. 맏아들 세르게이가 태어나다.

1864년(36세)  작품집 1, 2권 간행. 딸 타티야나가 태어나다.

1865년(37세)  《러시아 통보》에 《1805년》《전쟁과 평화》1, 2권) 발표.

1866년(38세)  둘째 아들 일리야가 태어나다.

1867년(39세)  《전쟁과 평화》 3, 4권 집필.

1868년(40세)  《전쟁과 평화》 5권 집필.

1869년(41세)  《전쟁과 평화》 6권 집필. 셋째 아들 레프가 태어나다.

1871년(43세)  둘째 딸 마리야가 태어나다. 《철자법 교과서》 집필.

1873년(45세)  《안나 카레니나》 집필 시작. 러시아 과학 아카데미 언어·
문화 분과 준회원으로 선출됨. 사마라 지방에 온 가족과

| | |
|---|---|
| | 함께 가 기근 구제사업을 하다. |
| 1875년(47세) | 《러시아 통보》에 《안나 카레니나》 연재를 시작하다. |
| 1877년(49세) | 《안나 카레니나》 탈고. 넷째 아들 안드레이가 태어나다. |
| 1878년(50세) | 《안나 카레니나》 단행본 출간. |
| 1879년(51세) | 다섯째 아들 미하일이 태어나다. |
| 1880년(52세) | 《고백》을 탈고했으나 출판이 금지되다. 성서번역에 착수. |
| 1881년(53세) | 단편소설 〈사람은 무엇으로 사는가〉 집필. 알렉산드르 2세 황제 암살에 가담한 혁명가들의 사형집행을 반대하는 청원을 황제에게 제출하다. 가족과 함께 모스크바로 이주. 톨스토이 자신은 모스크바와 야스나야 폴랴나를 오가며 생활하다. |
| 1882년(54세) | 모스크바 인구 조사에 참가하다. 이 조사를 통해 노동자들의 비참한 현실을 깨닫게 된다. 〈모스크바에서의 민세조사에 대하여〉, 〈교회와 국가〉 발표. |
| 1883년(55세) | 《나의 신앙은 어디에 있는가》 탈고. |
| 1884년(56세) | 야스나야 폴랴나에서 첫 번째 가출 시도. 셋째 딸 알렉산드라가 태어나다. |
| 1885년(57세) | 〈바보 이반〉, 〈두 노인〉, 〈촛불〉, 〈사랑이 있는 곳에 하나님이 계시다〉, 〈홀스토메르〉 등을 집필하다. |
| 1886년(58세) | 단편소설 〈세 수도승〉, 중편소설 〈이반 일리치의 죽음〉, 희곡 〈어둠의 힘〉 등을 집필. |
| 1887년(59세) | 《인생에 대하여》, 중편소설 〈크로이체르 소나타〉 집필. |
| 1888년(60세) | 모스크바에서 야스나야 폴랴나까지 도보로 여행하다. 여섯째 아들 이반이 태어나다. |
| 1889년(61세) | 희곡 〈계몽의 열매〉, 중편소설 〈악마〉 집필. |
| 1890년(62세) | 중편소설 〈세르게이 신부〉 집필. |
| 1891년(63세) | 저작권을 거부하고 1881년 이전까지 발표한 모든 작품의 저작권 포기 각서에 서명하다. 중앙 러시아, 동남 러시아 등 기근이 발생한 지역의 농민 구제를 위해 활동. 〈기근 보고〉, 〈법원에 관해서〉 등을 집필하다. |

| | |
|---|---|
| 1892년(64세) | 〈신의 나라는 네 안에 있다〉 탈고. |
| 1895년(67세) | 단편 우화 〈주인과 일꾼〉 탈고. 여섯째 아들 이반 사망. 《부활》집필 시작. |
| 1896년(68세) | 희곡 〈그리고 빛은 어둠 속에서 빛난다〉 탈고. 《부활》집필 중단. 중편 〈하지 무라트〉 초판본 완성. |
| 1897년(69세) | 〈예술이란 무엇인가〉 집필. |
| 1898년(70세) | 두호보르 교도의 캐나다 이주 지원 자금 마련을 위해 《부활》집필을 다시 시작하다. 지속적으로 기근 구제사업을 전개하다. |
| 1899년(71세) | 잡지 《니바》에 《부활》연재 시작. 《부활》탈고. |
| 1900년(72세) | 〈우리 시대의 노예제〉, 〈애국심과 정부〉 발표. |
| 1901년(73세) | 종무원이 톨스토이의 파문을 결정. 〈종무원 결정에 대한 답변〉 집필, 3월 상트페테르부르크 학생 시위에서 폭력 진압이 발생하자, 이에 항의하는 호소문을 작성. 크림반 도로 요양을 떠나다. |
| 1902년(74세) | 〈신앙이란 무엇이며, 그 본질은 무엇인가〉, 〈노동하는 민 중들에게〉 등을 발표. 폐렴과 장티푸스로 병의 상태가 악 화되다. 6월 야스나야 폴랴나로 돌아옴. |
| 1903년(75세) | 회고록과 셰익스피어에 대한 논문 집필. |
| 1904년(76세) | 러일 전쟁에 대하여 전쟁 반대론을 펼친 〈재고하라〉 발 표. 〈하지 무라트〉 개작 완료. 8월 형 세르게이 사망. |
| 1905년(77세) | 논설 〈세기말〉, 〈러시아의 사회 운동에 대하여〉, 단편소설 〈항아리 알료샤〉, 〈코르네이 바실리예프〉, 중편소설 〈표도 르 쿠지미치 신부의 유서〉 집필. |
| 1906년(78세) | 둘째 딸 마리야 사망. |
| 1907년(79세) | 농민 자녀 교육을 재개하다. 어린이를 위한 《독서계》 창 간. 톨스토이 비서 구세프가 체포되다. |
| 1908년(80세) | 탄생 80주년 축하회가 열리다. 사형 제도에 반대해 〈나는 침묵할 수 없다〉, 〈폭력의 법칙 사랑의 법칙〉 발표. |
| 1909년(81세) | 중편소설 〈누가 살인자들인가〉 집필. 마하트마 간디로부 |

터 서한을 받고, 무력으로 악에 맞서서는 안 된다는 내용을 담은 답신을 보냄. 유언장을 작성하다.

1910년(82세) 톨스토이의 유언장으로 인해 가족들 사이에 불화가 일어나자 10월 28일 가출하다. 11월 3일 평생을 써 온 일기에 마지막 감상을 쓰고, 11월 7일 아스타포보 역에서 폐렴으로 사망하다. 11월 9일 태어나서 평생을 보낸 야스나야 폴랴나 숲의 세상에서 가장 작고 소박한 한 평 무덤에 안장되다.

**옮긴이**

**변춘란** 경북대와 모스크바사범대학에서 숄로호프의 소설을 연구했다. 러시아 전문 번역가로 러한, 한러 번역을 한다. 2017년부터 러시아인과 주기적인 온라인상의 만남(번역팀 '미래깃')을 통해 공동의 러시아 블로그('les-knig')를 운영한다. 한국문학번역원 번역지원 공모사업에 선정(2019년)돼 소설가 현기영 단편집(〈순이 삼촌〉 등 5편)을 러시아어로 번역했고, 한국어 번역서로는《한국 학습자를 위한 러시아어 수업 연구》(공역), 톨스토이 사상집《죽이지 마라》《학교는 아이들의 실험장이다》가 있다. 이와 더불어 공저《노벨문학상 수상작 산책》이 출간되어 있다.

**박미정** 경북대학교 노어노문학과 강사. 경북대학교 노어노문학과를 졸업하고, 동 대학원에서 러시아 작가 고골 연구로 석·박사학위를 받았다. 박사학위 논문은 〈고골의 중편소설과 서술 주체〉이다. 옮긴 책으로 톨스토이의《비폭력에 대하여》《무엇을 어떻게 가르쳐야 하는가?》가 있다.

톨스토이 사상 선집

**폭력의 법칙 사랑의 법칙**

초판 1쇄 발행 · 2023년 12월 15일

지은이 · 레프 니콜라예비치 톨스토이
옮긴이 · 변춘란, 박미정
책임편집 · 이기홍
디자인 · 주수현

펴낸곳 · (주)바다출판사
주소 · 서울시 마포구 성지1길 30 3층
전화 · 02-322-3885(편집) 02-322-3575(마케팅)
팩스 · 02-322-3858
이메일 · badabooks@daum.net
홈페이지 · www.badabooks.co.kr

ISBN 979-11-6689-194-6 04800
ISBN 979-11-89932-75-6 04800(세트)